KB075315

하우스
키핑

HOUSEKEEPING by Marilynne Robinson
Copyright © 1980 by Marilynne Robinson
All rights reserved.
This Korean edition was published by Maroniebooks in 2013
by arrangement with Marilynne Robinson c/o Trident Media Group, LLC,
New York through KCC(Korea Copyright Center Inc.), Seoul.

이 책은 (주)한국저작권센터(KCC)를 통한 저작권자와의 독점계약으로
마로니에북스에서 출간되었습니다. 저작권법에 의해 한국 내에서 보호를 받는
저작물이므로 무단전재와 복제를 금합니다.

하우스 키 핑

HOUSEKEEPING

마로니에북스

차례

한국 독자들에게…

『하우스키핑』의 한국 독자 여러분께 진심으로 반가운 인사를 전합니다. 작품 속의 이야기는 허구이지만 등장하는 호수와 숲과 산은 제가 어린 시절을 보냈던 미국 북서부 지방의 초상입니다. 비록 오래전에 그곳을 떠나 그동안 여기저기 다른 지방에서 살아왔지만 아름다우면서도 황량했던 그곳의 풍경이야말로 누가 뭐라 해도 잊을 수 없는 제 영혼의 고향이랍니다.

이제『하우스키핑』을 통해 여러분을 그곳으로 초대할 수 있어서 정말로 기쁩니다. 그리고 잠시 동안이나마 여러분과 함께 그곳의 풍경을 누릴 수 있게 되어 참으로 행복합니다.

메릴린 로빈슨

1

내 이름은 루스. 나는 여동생 루실과 함께 자랐는데, 처음에는 외할머니인 실비아 포스터의 손에서, 할머니가 돌아가신 다음에는 당신 시누이들인 릴리와 노너 할머니 자매의 손에서 자랐다. 그러다가 얼마 후에 그분들이 원래 사시던 곳으로 돌아가자, 막내이모인 실비아 피셔가 뒤를 이어 우리를 돌봐 주었다. 이렇게 여러 노인네들의 손을 거치는 동안에도 우리는 줄곧 한 집에서 살았으니, 바로 외할머니 집이었다. 철도 회사에 다니시다가 내가 태어나기 한참 전에 세상을 뜨신 외할아버지 에드먼드 포스터가 할머니를 위해 지은 집이었다. 우리가 우리에게는 가당치도 않은 이 집에 살게 된 것은 순전히 외할아버지 덕분이었다. 할아버지는 중서부 지방의 땅을 파서 만든 집에서 성장하셨는데, 눈

높이에 창문이 달려 있고 그 높이에 바로 지면이 있었다고 한다. 그 결과 밖에서 집을 보면 사람이 사는 주거지라기보다는 그냥 무덤처럼 보이는 흙더미에 불과했으며, 안에서 밖을 내다보면 바깥세상과 너무 완벽하게 수평을 이룬 나머지 시야가 터무니없이 줄어들어, 그 지하 주택 주변에 지평선 말고는 아무것도 없는 것 같았다고 한다. 그런 이유로 할아버지는 기행 문학이나 아프리카, 알프스, 안데스, 히말라야, 로키 산맥 등에 대한 탐험 잡지 따위를 닥치는 대로 구해서 읽기 시작했다.

아울러 물감도 한 통 사서 석판 인쇄 잡지에 실린 후지 산을 열심히 모사하기 시작했다. 할아버지는 그것 말고도 많은 산을 그렸는데 설령 그중에 실제 산이 있었다고 하더라도 어느 게 어느 건지 도통 구별되지 않았다. 너나없이 모두 하나 혹은 몇몇 개 아니면 첩첩이 겹쳐진 완만한 봉우리나 언덕 모양으로 그려졌으며 계절에 따라 초록색이나 갈색 또는 흰색으로 색이 칠해져 있었기 때문이다. 또 사시사철 꼭대기에 눈이 쌓여 있었는데 하루 중 언제냐에 따라서만 그 꼭대기가 분홍색이나 흰색 또는 황금색으로 달라졌다. 한번은 커다란 그림에서 맨 앞쪽에 종 모양의 산을 그려 넣은 다음 무척 세밀하게 그린 나무들로 산을 뒤덮어 버리기도 했다. 그런데 그 나무 하나하나가 벨벳의 접힌 부분에서 튀어나온 보풀처럼 바닥과 직각을 이룬 채 서있었다. 나무에는 화려한 빛깔의 열매가 매달렸고 현란한 새들이 가지에 깃들어 있있는데, 열매도 새도 한결같이 땅바닥과 수직을 이루었다. 얼룩 무늬와 줄무늬의 구성없이 큰 얼룩무늬와 줄무늬 짐승들이 아무 런 방해도 받지 않고 오른쪽으로 달려 올라가는가 하면, 느긋하 게 왼쪽으로 내려가는 모습도 눈에 띄었다. 이 그림의 특성을 무 식하다고 해야 할지 환상적이라고 해야 할지 나로서는 몹시 헷갈 리는 일이었다. 어느 해 봄, 할아버지는 그 지하 주택을 떠나 역 으로 걸어가서 서부로 가는 기차를 탔다. 할아버지가 매표원에게 산으로 가고 싶다고 말하자 매표원이 여기로 오는 차표를 끊어 주었다고 하는데, 악의적인 장난이나 그 비슷한 것이었다고는 절 대로 말할 수 없을 것 같다. 왜냐하면 이곳에는 산이 셀 수도 없 이 많았으며 산이 없는 곳에는 언덕이라도 있었기 때문이다. 마 을이 세워진 지대는 한때 호수였던 곳으로, 비교적 평평한 편이 었다. 영문을 알 수 없는 수많은 여백을 남기면서 사물들의 크기 가 스스로 조절되던 시기가 있지 않았나 싶다. 옛날에 존재했음 이 분명한 산맥과 현재의 산맥 사이나, 이전에 존재했던 호수와 현재의 호수 사이에 있는 것과 같은 여백을 남기고서 말이다.

이따금 봄이 되면 그 옛날의 호수가 다시 돌아오곤 했다. 그러 면 층계까지 온통 물에 잠긴 지하실에서 제멋대로 둥둥 떠다니 는 장화와 문지방에 부딪히는 널빤지와 양동이가 빠져나오도록 지하실 문을 열어 놓아야 했다. 육지 가장자리까지 물이 차오르 면서 땅은 침니(모래보다 곱고 진흙보다 거친 침적토—옮긴이)로 꽉 막힌 물

바다가 되고, 오싹할 정도로 차가운 물속에서 풀은 끄트머리까지
꼿꼿이 서있었다. 우리 집은 마을 가장자리의 야트막한 언덕 위
에 있었던 까닭에 지하실에도 골격만 앙상하게 남은 벌레 몇 마
리가 미끄러져 내리는 어두운 웅덩이 말고는 물이 거의 고이지
않았다. 과수원에 좁다란 연못이 생기면서 공기처럼 투명한 물이
풀과 거무튀튀한 나뭇잎과 떨어진 나뭇가지를 뒤덮었고, 그 주변
또한 온통 거무튀튀한 나뭇잎과 물에 흠뻑 젖은 풀과 떨어진 나
뭇가지들로 넘쳐나곤 했다. 아울러 그 연못 위로 하늘과 구름과
나무와 공중에 떠있는 우리 얼굴과 차디찬 우리 손이 눈동자에
어리는 영상처럼 가냘프게 비치곤 했다.

돌아가실 무렵에 할아버지는 철도 회사에서 일을 하셨다. 아무
래도 열차 차장이 할아버지를 보통 이상으로 특별히 잘 봐주었던
것 같다. 그렇다고 해서 그 자리가 대단했다는 것은 아니다. 경비
원 아니면 통신원이었을 것이다. 아무튼 할아버지는 밤중에 일하
러 나가서 새벽이 될 때까지 등을 들고 돌아다니셨다. 할아버지
는 책임감 강하고 부지런한 일꾼으로, 기어이 승진을 하려고 하
셨다. 10년 동안 가축과 화물을 싣고 부리는 일을 감독했고 다시
6년 동안 역장을 보조하는 일을 담당하셨다. 그런 다음 예의 그
자리에서 2년 동안 근무하다가 스포캔에서 무슨 볼일을 보고 돌
아오던 중, 굉장한 구경거리가 될 정도로 기차가 탈선하는 바람

에 목숨도 직장도 다 끝장나고 말았다.

이 사건이 덴버나 세인트폴처럼 멀리 떨어진 지역 신문에까지 나기는 했어도 엄밀히 말하면 그것을 볼만한 구경거리라고는 할 수 없었으니, 실제로 사고가 일어나는 것을 본 사람이 아무도 없었기 때문이다. 달도 뜨지 않은 한밤중에 벌어진 재난이었다. 번개호라고 불렸던 까만색의 번드르르하고 우아한 특급 열차가 다리를 절반 이상 건너가다가 그만 기관차가 호수로 코를 들이박고 말았다. 그러자 열차의 나머지 부분도 바위를 미끄러져 내려가는 수륙 양용 차처럼 줄줄이 뒤를 따라 물속으로 곤두박질쳤다. 맨 뒤 칸의 승무원실 난간에 서서 개인적인 문제를 의논하던 짐꾼과 사환만(두 사람은 먼 친척 간이었다.) 살아남았다. 하지만 그들도 어느 모로 보나 실질적인 목격자라고는 할 수 없었으니, 그 당시는 사방을 분간할 수 없을 만큼 캄캄했을 뿐 아니라 두 사람은 열차 맨 뒤에서 뒤쪽을 보고 서있었기 때문이다.

사람들이 등불을 들고 호수 가장자리로 내려갔다. 대부분은 기슭에 서있으면서 거기에다 제때 불을 피워 놓았다. 하지만 좀 더 키가 큰 소년들과 젊은 축에 속하는 남자들은 밧줄과 랜턴을 들고 철교 위로 걸어 나갔다. 두세 명이 온몸에 검은색 수지(樹脂)를 칠한 뒤 밧줄에다 자신의 몸을 묶자, 나머지 사람들이 짐꾼과 사환이 열차가 사라진 곳이 틀림없다고 말한 지점의 물속으로 그들을 내려 보냈다. 초시계로 2분을 잰 다음 밧줄을 다시 끌어올리자, 잠수했던 사람들이 뻣뻣해진 다리로 말뚝 위로 걸어 올라와 밧줄을 풀고 담요로 몸을 감쌌다. 끔찍하게 차가운 물이었다.

동이 틀 때까지 잠수부들이 다리에서 밧줄에 매달린 채 물속에 들어갔다가 다시 끌려 나오기를 몇 차례나 거듭하였다. 여행용 가방 하나와 좌석 쿠션 하나, 양상추 하나가 그들이 건져 올린 전부였다. 어떤 잠수부는 물속으로 헤엄치며 들어갈 때 옆으로 지나가던 무슨 파편들을 밀어냈던 기억을 떠올리기도 했지만, 결국 다시 가라앉았거나 어둠 속으로 흘러가버렸음이 분명했다. 그들이 승객을 찾겠다는 희망을 버릴 때까지 앞의 세 가지 외에는 더 이상 건져 낸 것도, 유품도 없었는데 그나마 그중 하나는 썩기도 쉬운 것이었다. 그러자 사람들은 아무래도 기차가 다리에서 떨어진 지점이 이곳이 아닌 것 같다고 생각하기 시작했다. 아울러 기차가 물속에서 어떻게 움직였을까 하는 의문이 제기되었다. 기차가 그 속도에도 바윗덩어리처럼 그대로 가라앉았을까, 아니면 그 무게에도 뱀장어처럼 미끄러져 나갔을까? 만약 이 지점에서 선로를 벗어났다면 아마도 약 30미터 전방에서 멈춰 섰을 것이다. 혹은 바닥에 부딪쳤다가 다시 굴러서 미끄러져 나갔을 수도 있었다. 물에 잠긴 구릉들이(32킬로미터 떨어진 북쪽에 또 하나의 일련의 구릉들이 있었는데 그것들 중 어떤 것은 섬의 모양을 하고 있었다.) 죽 이어진 곳의 가장 꼭대기 부분에 다리 말뚝이 있었는데, 구릉 한쪽은 널따란 골짜기의 벽을 이루고 있었고 반대쪽은 경사가 가파른 절벽을 이루고 있었기 때문이다. 다른 호수의 제방 노릇을 하고 있는 것이 분명한 이 구릉은, 물살에 부서져 완전히 떨어져 나가 버린 깨지기 쉬운 돌멩이들로 이루어져 있었다. 만일 기차가 남쪽에서 뒤집힌 다음(짐꾼과 사환이 그렇다고 증언했지만 이때쯤에는 사람들이 그 말을 거의 신뢰하지 않았다.) 미끄러져서 한두 번 더 굴렀다면 다시 한 번 훨씬 더 멀찌감치 떨어져 나갔을 수도 있었다.

잠시 후에 좀 더 어린 머슴애들 몇이 다리 위로 올라오더니 야아 하고 두려움에 찬 고함을 내지르며 뛰어내리기 시작했다. 처음에는 조심스럽게 덤비다가 이내 미친 듯이 뛰어들었다. 해가 뜨자 구름이 햇빛을 얼룩처럼 빨아들였다. 날씨가 점점 더 추워졌다. 하지만 해가 차츰차츰 높이 솟아오르면서 하늘도 점점 더 양철처럼 반짝거리기 시작했다. 호수는 무척 잔잔했다. 머슴애들이 물에 대고 발길질을 시작하자 물살 갈라지는 소리가 가볍게 났다. 투명한 얼음 조각이 그들이 만든 물살 위에서 흔들리다가 수면이 다시 잔잔해지자 물 위에 비친 그림자 조각처럼 서로 다시 붙어 버렸다. 머슴애 하나가 다리로부터 12미터쯤 떨어진 곳에서 헤엄쳐 나왔다가 다시 옛날 호수 속으로 내려갔다. 보이지도 않고 숨도 막혀 오는 바위를 향해 벽 쪽으로 곤두박질쳐 내려가면서 길을 더듬다가 얼마 후 발로 물을 밀치면서 똑바로 섰다. 그러다가 자신이 서있는 곳에 생각이 미치자 갑자기 공포에 휩싸이면서 공중으로 펄쩍 뛰어올랐는데 그 순간 다리로 무엇인가 쓸리는 게 느껴졌다.

아이가 아래로 내려가서 바닥과 평행을 이룬 더할 나위 없이 반지르르한 표면에 손을 올렸다. 그 물체는 바닥에서 2미터하고도 30~40센티미터 정도 위에 떠있는 것 같았다. 창문이었다. 열차가 옆으로 누워 있었다. 하지만 아이는 두 번 다시 그것에 닿지 못했다. 물살이 그를 위로 밀어냈기 때문이다. 그는 자신이 만졌던 것들 중에서 그 매끄러운 표면만이 볼꼴 사납게 커져 있거나 침적토 같은 물렁한 것이 덕지덕지 들러붙어 있지 않았다고 말했다. 이 소년은 영리한 거짓말쟁이로, 죽자 살자 다른 이의 환심을 사고 싶어 하는 외로운 아이였다. 사람들은 그 이야기에 반신반의하였다. 머슴애가 다시 다리로 헤엄쳐 돌아와 거기 있던 사람들에게 자신이 갔던 곳에 대해 말하고 있을 무렵, 물은 식어 가는 밀랍처럼 점점 더 흐릿하고 칙칙해져 갔다. 아이가 물 위로 떠올랐을 때, 얼음 조각이 흘러가면서 얼음이 깨진 곳에 만들어진 얇은 얼음막이 새것처럼 반들반들 까맣게 빛났다. 물속에 들어갔던 사람들이 모두 돌아왔다. 저녁 무렵이 되자 호수는 다시 원래대로 봉해졌다.

그 재난으로 핑거본에 과부 세 명이 새로 생겼으니, 우리 할머니와 포목상을 하던 두 노인 형제의 미망인들이었다. 이 두 노파는 핑거본에서 30년 넘게 살았는데도 마을을 떠나 버렸다. 한 사람은 결혼한 딸과 살기 위해 노스다코타로 떠났고, 나머지 하나는 친구와 친척을 찾아 시집올 때 떠나왔던 펜실베이니아의 스위클리로 돌아갔다. 더 이상은 호수 옆에서 살 수가 없다고 했다. 바람 속에서도 호수 냄새가 나고 마시는 물에서도 호수의 맛이 느껴지는데 자기들은 그 호수의 냄새와 맛과 풍경을 감당할 수 없노라고 했다. 그러면서 추도 예배를 올리고 추모비를 세울 때까지도 기다리지 않았다. 수많은 조문객과 관광객이 철도청 관리들의 안내를 받으며 행사를 위해 만든 난간을 지나 다리로 걸어 나가 얼음 위에 화환을 던졌다.

  핑거본 사람들이 호수 또는 빛도 들지 않고 공기도 통하지 않는 저 아래 물속 깊은 곳을 항상 의식하는 것은 사실이었다. 봄에 쟁기로 흙을 갈아 파헤치면 밭고랑에서 그와 똑같은 물기를 머금은 냄새가 강렬하게 뿜어 나왔다. 바람도 축축했고 펌프와 시내, 도랑 어디에서나 다른 어떤 성분도 섞이지 않은 물 냄새가 났다. 그 캄캄한 밑바닥에 이름도 없이 파묻힌 옛날 호수가 있었다. 그리고 핑거본 호수가 있었다. 수많은 그림과 사진 속에 등장하는 호수, 햇빛이 스며드는 물속에 녹색 식물과 수많은 물고기를 품고 있는 호수, 선착장의 그림자 속으로 마치 마른땅을 보는 것처럼 돌과 흙으로 된 바닥까지 볼 수 있는 호수 말이다. 그 옛날 호수 위로 봄이면 물이 불어나면서 풀들을 갈대처럼 어둡고 거칠게 바꾸어 놓았다. 또 짐승의 숨결처럼 거친 물결이 햇살 아래 찰랑거리면서 산의 경계선 안쪽까지 넘실댔다.

우리 할머니는 마을을 떠난다는 생각은 꿈에도 해보지 않으셨던 것 같다. 그분은 평생을 핑거본에서 살아오셨다. 비록 한 번도 그런 이야기를 하거나 그 문제에 대해 생각해 본 적이 없는 것은 분명하지만 어쨌거나 할머니는 종교적인 분이셨다. 다른 말로 하자면 할머니는 인생을 사람이 여행해야 할 길이라고 생각하셨다. 광활한 지역을 지나가는 비교적 쉬운 길로, 출발지로부터 일정 거리만큼 떨어진 지점에 여느 집처럼 평범한 불빛 아래 목적지가 기다리고 있는……. 안으로 들어가면 점잖은 사람들이 여행자를 환영하면서, 그가 잃어버렸거나 한쪽으로 치워 두었던 모든 것들이 한 자리에 모여 기다리는 방으로 그를 안내하는 그런 집처럼 말이다. 할머니는 언젠가는 할아버지를 다시 만나서 좀 더 온화한 기후 속에서 돈 걱정 없이 함께 삶을 꾸려 나갈 거라고 믿고 계셨다. 또 할아버지가 조금이나마 좀 더 안정적이고 상식적인 사람이 되어 있기를 희망하셨다. 할아버지는 나이가 들어서도 이런 것들을 하나도 갖추지 못했고 할머니는 사람이 변한다는 생각을 믿지 않으셨다.

할머니는 집도 있고 연금도 있었으며 자식들도 거의 다 자랐기 때문에 할아버지의 죽음에서 가장 견디기 힘들었던 부분은 그것이 할머니에게 일종의 배신처럼 여겨진다는 점이었다. 그렇다고 해서 그것이 전혀 예상치 못한 일은 아니었다. 아침에 잠에서 깨어났다가 남편이 어디론가 사라져버린 것을 발견한 적이 얼마나 많았던가? 이따금 할아버지는 온종일 가냘픈 소리로 혼자 콧노래를 흥얼거리면서 돌아다녔고, 아주 예의 바른 사람이 낯선 이에게 하듯이 아내와 자식들을 대하곤 하였다. 그랬던 그가 이제 마침내 사라져 버리고 만 것이다. 두 분이 다시 만나게 될 때 할머니는 할아버지가 바뀌어 있기를, 근본적으로 변하기를 바라셨지만 그다지 큰 기대를 걸고 계시지는 않았다. 그렇게 생각하면서 할머니는 과부 생활에 돌입했고 훌륭한 아내였던 만큼이나 아주 훌륭한 과부가 되셨다.

아버지가 죽은 후 딸들은 엄마 주변을 맴돌면서 엄마가 하는 모든 것을 일일이 다 지켜보았고 엄마 뒤를 졸졸 따라다니면서 방해했다. 그해 겨울 몰리 이모는 열여섯이었고 우리 엄마 헬렌은 열다섯, 실비 이모는 열세 살이었다. 엄마가 수선할 것을 들고 자리에 앉으면 딸들은 어린 꼬마처럼 잠시도 가만히 있지 않은 채 엄마 주변의 마룻바닥에 모여들어 엄마 무릎이나 엄마가 앉아 있는 의자에 머리를 기댄 채 편안한 자세로 자리를 잡곤 하였다. 딸들은 바닥 깔개의 술을 잡아당기기도 하고 엄마의 옷자락에 주름을 잡기도 하면서 이따금 서로 주먹으로 치고받았다. 그러면서 학교에 관해 한가하게 수다를 떨거나 자기들 사이에서 끊임없이 벌어지는 자잘한 불평과 불만을 해결하기도 하였다. 그러다가 조금 뒤에는 라디오를 틀어 놓은 채 허리까지 치렁치렁하게 내려오는 실비 이모의 숱 많은 연한 갈색 머리를 빗기기 시작하는 것이었다. 언니들은 귀와 목덜미에 고수머리를 늘어뜨린 퐁파두르 스타일로 머리를 올리는 데 선수들이었다. 실비 이모는 양반다리를 하고 잡지를 읽었다. 그러다가 졸리면 자기 방으로 가서 잠깐 눈을 붙인 뒤 화려하게 꾸며 준 머리를 엉망진창으로 헝클어트린 채 저녁을 먹으러 내려왔다. 이모에게 허영심을 불러일으킬 수 있는 것이라곤 아무것도 없었다.

저녁때가 되면 딸들은 엄마를 따라 주방으로 가서 식탁을 차리고 그릇의 뚜껑을 열었다. 그런 다음 식탁에 둘러앉아 함께 저녁을 먹었는데, 몰리 이모와 우리 엄마는 입이 짧았고 실비 이모는 우유를 마셨다. 하얀 커튼이 어둠을 가려 주는 환한 주방에서 엄마는 그때조차 딸들이 자신의 얼굴과 손을 바라보면서 그녀 쪽으로 몸을 기울이고 있다는 것을 느꼈다.

딸들이 아주 어린 꼬마였을 때 이후로 그렇게 엄마 주변에 모여들었던 적이 한 번도 없었고, 엄마 또한 그 후로 딸들의 머리카락 냄새와 보들보들한 촉감과 숨소리와 무뚝뚝한 태도를 그토록 분명하게 의식했던 적이 없었다. 그것은 엄마에게 기묘한 만족감을 주었다. 딸들이 모두 젖먹이였던 시절, 아이들이 엄마의 얼굴에 눈길을 고정시킨 채 다른 쪽 가슴이나 머리카락이나 입술을 만지고 싶어 애를 태우고 잠시나마 욕망을 충족시킨 뒤 잠들고 싶어서 기를 쓰고 자신을 더듬던 순간에 느꼈던 바로 그런 기쁨이었다.

그녀는 자비로운 은혜처럼 보였을 게 분명한 태도로 딸들을 거느리는 방법을 수도 없이 많이 알고 있었다. 게다가 한도 끝도 없이 많은 노래를 알고 있었다. 그녀가 만든 빵은 부드러웠고 젤리는 새콤했으며 비가 오는 날이면 과자와 사과 소스를 만들어 주었다. 여름이면 피아노 위에 놓인 꽃병에다 날카로운 가시가 있는 커다란 장미를 꽂아 두었다가 꽃이 활짝 피고 난 뒤 꽃잎이 떨어지면 길쭉한 도자기 항아리에 담아 놓았다. 그 속에는 작은 구근과 타임, 계수나무 가지 등도 함께 들어 있었다. 딸들은 빳빳하게 풀을 먹인 시트 위에서 누비이불을 덮고 잤는데, 아침이면 바람을 잔뜩 품은 돛처럼 하얀 커튼이 햇빛을 한가득 머금었다. 아이들은 물론 엄마가 오랫동안 집을 비웠다가 금방 돌아온 것처럼 그녀를 만지고 주무르고 하였다. 아버지가 그랬던 것처럼 엄마가 느닷없이 사라져 버릴까 두려워서가 아니라 아버지가 갑작스럽게 사라지고 나서야 엄마의 존재를 의식하게 되었기 때문이다.

결혼하고 얼마 지나지 않아서 그녀는 사랑이란 소유했다고 해도 결코 누그러지지 않는 것과 비슷한 종류의 갈망이라고 결론을 내렸다. 언젠가 아직 아이가 없었을 때 할아버지가 호수 기슭에서 회중시계를 하나 주워 온 적이 있었다. 케이스와 유리는 온전

했지만 녹이 슬어 시계 자체는 작동하지 않았다. 할아버지는 뚜껑을 열고 안을 비우더니 숫자판이 있던 자리에 직접 그린 해마(海馬)를 동그랗게 잘라서 집어넣었다. 그런 다음 거기에다 줄을 달아 아내에게 목걸이를 만들어 주었는데 할머니는 그 목걸이를 거의 하고 다니지 않았다. 편안하게 해마를 보기에는 목걸이 줄이 너무 짧았기 때문이다. 그러면서 벨트에 매달거나 주머니에 넣으면 흠집이 날까 걱정했다. 한 일주일 정도는 심지어 옆방에 갈 때조차 그것을 꼭 끼고 다녔는데, 남편이 자신을 위해 만들어 주었다거나 해마 그림이 그의 다른 그림들에 비해 강렬함이나 어색함이 덜해서 그런 것은 아니었다. 해마가 몹시 짓궂고 익살맞으면서 꼭 문장(紋章)처럼 보이는 데다가 곤충의 껍데기 안에서 갑옷을 차려입은 것 같았기 때문이다. 눈을 떼자마자 당장 보고 싶어지는 것은 말할 것도 없고 보고 있는 그 순간에도 보고 싶은 것이 바로 해마였다. 그러한 갈망은 다른 일이(싸움이 났다거나 누군가 찾아왔다거나) 그녀의 주의를 끌 때까지 결코 가라앉지 않았다. 그런데 딸들 역시 그와 똑같은 식으로 한동안 그녀를 만지고 쳐다보고 따라다니곤 하였다.

때때로 아이들은 한밤중에 아무도 깨우지 않는 작고 가냘픈 울음을 터뜨리곤 했다. 하지만 엄마가 계단을 오르기만 하면 아무리 사뿐사뿐 걸어도 울음소리는 곧 멈추어 버렸다. 그리하여 아이들 방에 가보면 울음소리의 출처는 귀뚜라미처럼 침묵 속으로 숨어 버린 가운데 모두들 조용히 잠들어 있었다. 딸들을 조용히 만드는 데는 엄마가 오는 것만으로도 충분했던 것이다.

외할머니에게 남편이 죽고 맏딸이 집을 떠나기까지 몇 년 동안은 사실상 거의 완벽하게 평온한 시절이었다. 할아버지는 종종 딸들에게 실망했다는 말씀을 하셨다고 한다. 그런데 할아버지가 돌아가시면서 딸들은 성공의 가능성이나 인정받는 일, 혹은 성적 향상 따위의 골치 아픈 문제들에서 자유로워졌다. 그들은 장래에 대해 고민할 이유나 유감스러워할 까닭이 조금도 없었다. 그들의 삶은 물렛가락에서 벗어난 실타래처럼 기울어진 세상으로부터 떨어져 나와 제멋대로 굴러갔다. 아침 식사 때, 저녁 식사 때, 라일락이 피는 때, 사과가 열리는 때와 더불어……. 만일 천국이라는 것이 재난과 성가신 일들을 깨끗이 떨쳐 버린 이런 세상이라면, 만일 불멸이라는 것이 균형 속에 정지된 이런 생활이라면, 또만일 깨끗이 씻긴 이런 세상과 낭비 없는 이런 삶을 본래의 자연스러운 본성으로 돌아간 상태라고 생각할 수 있다면, 아무 일도 일어나지 않은 이 5년간의 평온한 삶 덕분에 할머니가 절대로 잊히지 않을 것 같았던 사건을 잊었다는 것은 하나도 놀라운 일이 아니었다.

몰리 이모는 집을 떠나기 6개월 전부터 벌써 완전히 변해 있었다. 이모는 공공연하게 종교적인 태도를 드러내고 다녔다고 한다. 피아노에 맞춰 찬송가를 연습했고 선교 단체에 두툼한 편지를 부쳤는데, 그 안에는 이모가 최근 개종한 것에 관한 설명서와 함께 장문의 시 두 편의 사본이 들어 있었다. 하나는 부활에 관한 내용이고 나머지 하나는 세상을 헤치고 나아가는 예수님의 군대에 대한 시였다. 나도 그것들을 읽어 본 적이 있다. 두 번째 시에서는 이교도들, 특히 전도자들을 매우 따뜻하게 표현하였다. …… 천사들이 다가와서, 무덤을 봉해 놓은 바위를 굴려 버리니.

여섯 달도 되지 않아 몰리 이모는 선교 단체에서 일하기 위해 중국으로 갈 준비를 마쳤다. 몰리 이모가 「뿔라의 땅」(가나안의 옛날 이름으로 밝은 미래의 상징─옮긴이)이나 「주여 저희가 할 수 있나이다」 같은 찬송가를 열심히 부르는 동안에도 우리 엄마 헬렌은 우리 아버지로 추정되는 레지널드 스톤이라는 남자와 과수원에 앉아 나지막하면서도 진지하게 이야기를 나누고 있었다.(나는 이 남자에 대한 기억이 전혀 없다. 사진을 본 적은 있는데 두 장 다 그 사람의 두 번째 결혼식 날 찍은 것이었다. 겉으로 보기에는 검은 머리를 단정하게 빗어 넘긴 창백한 얼굴에 짙은 양복이 잘 어울리는 모습이었다. 양쪽 사진 모두 자신이 사진에 찍히리라고는 꿈에도 생각하지 않은 모습임에 틀림없었다. 한쪽 사진에서는 엄마를 보고 있었는데 엄마는 사진기에서 등을 돌린 채 실비 이모에게 무슨 말인가를 하고 있었다. 또 다른 사진에서는 쓰고 있던 모자 꼭대기의 움푹 들어간 부분을 매만지고 있었고 그 옆에서 할머니와 엄마와 실비 이모가 한 줄로 나란히 선 채 사진기를 바라보고 있었다.)

6개월 후에 몰리 이모는 샌프란시스코로 떠났다가 다시 중국으로 갔고 우리 엄마 헬렌은 이 스톤이라는 사람과 시애틀에서 살림을 차렸다. 엄마가 네바다에서 그와 결혼식을 올린 것은 분명했다. 실비 이모 말로는, 할머니가 두 사람이 눈이 맞아서 도망친 것과 다른 주에서 결혼한 것 때문에 무척 화가 나셨다고 한다. 그리고 엄마에게 당신 눈앞에서 다시 결혼식을 올리기 전에는 그들이 진짜 결혼한 것으로 인정하지 않겠노라는 편지를 쓰셨다고 한다. 결국 엄마와 엄마의 남편은 결혼식 예복으로 가득 찬 트렁크와 종이꽃 가루와 드라이아이스로 포장한 샴페인이 든 상자를 들고 기차를 타고 도착했다. 엄마와 아버지가 부유하게 살았다고 생각할 만한 근거가 없으므로 내 짐작에는 그 양반들이 할머니의 기분을 누그러뜨리는 데 상당히 애를 먹었을 게 틀림없었다.

그나저나 실비 이모 말에 따르면 그들은 핑거본에서 채 24시간도 머무르지 않았다고 한다. 그래도 할머니와 어느 정도는 관계가 좋아졌던 게 틀림없는 것이, 그로부터 몇 주일 뒤에 실비 이모가 새로 산 코트에 모자를 쓰고 구두를 신고 할머니의 가장 좋은 장갑과 핸드백과 여행용 가방을 빌려 들고 결혼한 언니를 방문하기 위해 기차를 타고 시애틀로 떠났기 때문이다. 실비 이모는 객차 문 앞에서 손을 흔드는 자신의 사진을 지니고 있었다. 단정하고 젊고 예의 바른 모습이었다. 내가 아는 한 실비 이모는 딱 한 번 집에 돌아왔다. 우리 엄마가 서있었던 할머니네 정원의 꼭 그 자리에 서서 피셔라는 이름의 누군가와 결혼하기 위해서였다. 이 결혼식에서는 사진조차 찍지 않았던 것 같다.

그해까지만 해도 얌전하기만 한 세 딸을 거느렸던 할머니가 다음 해에는 텅 빈 집에 혼자 남게 되었다. 할머니는 당신 딸들이 분명 얌전하다고 생각하셨겠지만, 사실은 당시의 풍습과 생활 습관이 딸들로 하여금 거의 말할 필요성을 느끼지 못하게 했던 것뿐이었다. 실비 이모는 각설탕 두 개를 넣어서 커피를 마셨고 엄마는 가무잡잡하게 탄 토스트를 좋아했으며 몰리 이모는 토스트에 버터를 바르지 않고 먹었다. 이런 것들은 모두가 아는 사실이었다. 몰리 이모가 침대를 정리하고 실비 이모가 야채를 다듬고 엄마가 설거지를 하는 것 따위도 정해진 일이었다. 이따금 몰리 이모가 실비 이모의 방을 뒤져서 도서관에 반납하지 않은 책이 있는지 확인했다. 어쩌다 한 번씩 엄마가 과자를 굽기도 하였다. 꽃다발을 가져오는 사람은 실비 이모였다.

할아버지가 돌아가신 뒤로 이런 완벽한 평온이 집안에 자리 잡고 있었다. 그 사건이 그들의 생활을 통째로 뒤흔들어 놓았다. 모든 충격이 다 사라질 때까지 시간과 공기와 햇빛 속에 충격의 파문이 굽이치다가 시간과 공간과 햇빛이 도로 잔잔해지면서 아무것도 흔들리지 않고 아무것도 기울어지지 않은 것처럼 보였다. 열차와 마찬가지로 재난도 눈앞에서 사라져 버렸다. 그리고 뒤를 이어 찾아온 평온이 그전보다 더 평온한 것은 아니었음에도 불구하고 마치 그런 것처럼 보였다. 소중한 일상의 삶이 물 위에 비친 그림자처럼 아무런 상처도 남기지 않은 채 치료되었다.

어느 날 할머니가 검은 상복을 입은 채 봄볕에 널기 위해 홑이 불 한 바구니를 들고 나가셨다. 말하자면 믿음의 행위로서 일상 의 의식을 치르고 계셨던 것이다. 여기저기 갈라진 틈으로 흙이 질척거렸고 바닥에는 내린 지 오래된 단단한 눈이 6, 7센티미터 가량 쌓여 있었다. 바람이 미처 다 날려 보내지 못한 따스함이 햇 살 속에 스며 있던 날이었다. 할머니가 젖은 홑이불 가장자리를 들어 올리기 위해 숨을 헐떡이며 코르셋 입은 몸을 꾸부렸다. 집 게로 세 귀퉁이를 빨랫줄에 꽂고 났을 때 홑이불이 손에서 부풀 어 오르더니 떨리듯이 굽이치고 펄럭이면서 햇빛을 받아 반짝거 렸다. 그 고통스러운 몸부림은 마치 영혼이 수의를 입고 춤이라 도 추는 양 기쁨에 넘친 강렬한 것이었다고 한다. '저놈의 바람!' 이라고 할머니는 중얼거렸으리라. 바람이 할머니의 상복 자락을 종아리께로 밀어붙이고 머리카락을 흐트러뜨렸기 때문이다.

바람이 호수로 내려오면서 달콤한 눈 냄새와 녹아내리는 눈의 고약한 냄새를 함께 싣고 왔다. 그러자 할머니의 마음속에 할아 버지와 함께 한나절이나 걸어가서 뽑아 왔건만 다음 날이면 몽땅 시들어 버리곤 하던, 작고 줄기가 많은 보기 드문 꽃 하나가 떠올 랐다. 간혹 할아버지는 양동이와 모종삽을 들고 가서 그것을 흙 째 떠다가 집에 심어 보기도 했지만 결국 다 죽어 버리기는 마찬 가지였다. 개미굴과 곰의 똥과 짐승의 썩은 살로부터 멀리 떨어진 곳에서 자라는 희귀종이었다. 할머니와 할아버지는 온몸이 땀에 흠뻑 젖을 때까지 산 위로 올라가셨다. 말파리가 두 사람을 따라왔고 바람이 땀을 식혀 주었다. 눈이 녹은 곳에서는 호저(豪猪)의 잔해를 볼 수 있었는데 이빨은 이쪽에, 꼬리는 저쪽에 흩어져 있었다. 바람 속에 오래된 눈과 죽음과 송진과 야생화 냄새가 뒤섞인 시큼한 냄새가 실려 왔다.

한 달 후면 꽃들이 피어나리라. 한 달 후면 겨울잠을 자던 모든 생명과, 쇠잔한 채 죽은 듯이 꼼짝도 하지 않던 모든 것들이 기지개를 켜면서 도로 활동하기 시작하리라. 다시 또 한 달이 지나면 할머니도 더 이상 슬퍼하지 않을 것이다. 그 계절이 되면 자신이 과묵한 감리교 신자인 에드먼드와 결혼한 것처럼 여겨지지 않았기 때문이다. 에드먼드 할아버지로 말하면 야생화를 캐러 갈 때조차 넥타이를 매고 양말대님을 하는 사람으로, 해마다 야생화가 정확하게 어디에서 자라는지까지 다 기억하고 있었다. 또 꽃대궁을 감싸기 위해 웅덩이에 손수건을 적시고, 바위투성이의 가파른 곳에서는 아내를 도와준답시고 말 한마디 없이 무표정한 얼굴로 팔꿈치를 내미는 사람이었다. 그렇다고 할머니가 그것을 유감스러워하지도 않았으니, 할머니 자신도 정말로 누군가와 결혼했다고 느끼고 싶어 한 적은 한 번도 없었기 때문이다. 이따금 할머니는 쑥 들어간 배와 얼굴에 야한 줄무늬를 그리고 허리에 짐승 가죽을 두른 가무잡잡한 피부의 사내를 상상해 보곤 하셨다.

귀에는 짐승의 뼈를 달고, 진흙과 엄니와 발톱과 깃털과 뼈와 힘줄과 가죽으로 팔뚝과 허리와 목과 발목을 온통 휘감고 다니는 사내. 죽은 짐승들로부터 얻어 들인 전리품을 여기저기 주렁주렁 매단 채 자신이 그것들보다 훨씬 대단하다는 사실을 온몸으로 드러내며 자랑하는 사내……. 할아버지도 약간은 그런 사내와 비슷했다.

봄이 되면 할아버지의 내부에서 불가사의한 흥분이 걷잡을 수 없이 끓어오르면서 아내를 잊어버리게 했다. 할아버지는 알 껍데기, 새의 날개, 턱뼈, 장수말벌집의 잿빛 파편 따위를 수집하셨다. 온 신경을 집중해서 그것들을 들여다본 다음 잭나이프와 잔돈을 넣고 다니는 주머니에 집어넣었다. 마치 그것들을 판독할 수 있다는 듯이 자세히 들여다보았고 소유할 수 있다는 듯이 주머니에 챙겨 넣으셨다. 이것은 내 손에 있는 죽음이고, 이것은 내 앞가슴 주머니에 든 잔해인데, 돋보기를 넣어두는 데가 바로 거기지. 그런 때면 할아버지는 자신이 양말대님을 하고 다니는 감리교 신자라는 사실도, 아내도 잊어버렸고 바로 그런 순간이 할머니가 할아버지를 가장 사랑하는 때이기도 했다. 당신 자신처럼 완전히 고독한 영혼의 남편을.

그러므로 홑이불을 펄럭이게 했던 바람은 할머니에게 일상의 부활을 선언한 셈이었다. 얼마 지나지 않아 앉은부채(뿌리와 줄기가 짧고 굵은 여러해살이 풀—옮긴이)가 나오고 과수원에서는 사과술 같은

28

향기가 솟아오르며 처녀들은 가벼운 봄옷을 꺼내 빨고 풀 먹이고 다림질하겠지. 저녁마다 친근하면서도 낯선 분위기가 느껴지고 귀뚜라미는 할머니 방 창문 아래에서, 아무도 살지 않는 핑거본의 캄캄한 구석구석에서 밤새도록 노래를 부르리라. 그럴 때면 할머니는 어린 시절부터 길고 긴 밤마다 느꼈던 지독한 외로움을 새삼스레 떠올리곤 하셨다. 시곗바늘이 큰 소리를 내면서 느릿느릿 움직이는 것처럼 느껴지고, 누군가의 목소리가 호수 건너편에서 들려오듯이 아스라히 들리는 것과 비슷한 종류의 외로움이었다. 할머니가 알던 늙은 여인들, 첫 번째는 당신 할머니였고 이어 당신의 어머니로 이어지는 노파들이 저녁이면 자기 집 현관에 앉아 몸을 흔들면서 구슬픈 노래를 불렀다. 그러면서도 누군가가 말을 걸어오기를 바라지 않았다.

이제 할머니는 자신을 위로하기 위해 당신 자식이나 여느 집 자식들의 매정함을 탓하지 않았다. 할머니는 딸들을 볼 때마다 그들의 표정이 부드럽고 진지하고 내면적이며 고요하다는 사실을 볼 때마다 새삼스럽게 깨달았다. 어린 꼬마였을 때나 자고 있을 때의 이즈음이나 변함이 없었다. 방에 친구라도 하나 와있을 경우, 딸들은 친구의 얼굴을 뚫어지게 쳐다보면서 놀리고 어르고 까불곤 하였다. 그러다가도 셋 다 마음만 먹으면 심지어 막내인 실비까지 가장 고상한 표정과 말투를 갖춘 사람으로 변신할 수 있었다. 하지만 엄마의 비위를 맞추느라고 일부러 어떤 언행을 취한 적은 없었고, 할머니 또한 딸들이 그러기를 원치 않으셨다. 실제로 할머니는 종종 딸들의 이런 무의식을 지켜 주겠다는 충동에 불쑥 사로잡힌 적이 많았다. 그 당시 할머니가 거만했던 이유는 큰 키와 넓죽하고 날카로운 얼굴, 혹은 당신이 받은 가정교육 때문만이 아니라 그것이 할머니의 목적에 부합하기도 했기 때문이다. 딸들이 절대로 놀라거나 당황하지 않도록 당신 스스로 남들이 그러리라고 여기는 사람이 되셨고, 딸들이 전혀 간섭받는다는 느낌을 받지 않도록 점잖은 부인의 태도와 복장을 갖춘 채 자신의 삶을 자식들의 삶과 구분하셨던 것이다.

딸들에 대한 할머니의 사랑은 지극하면서도 공평했고, 그들을 다루는 당신의 태도는 너그러우면서도 절대적이었다. 할머니는 햇빛처럼 변함이 없었고 또한 햇빛처럼 주목을 끌지 않았다. 그저 딸들의 표정에 드러난 고요한 내면 세계를 지켜보았을 뿐이다. 일인즉슨 그와 같았다. 어느 여름날 저녁, 할머니가 정원으로 나가셨다. 이랑 속의 담황색 흙은 재처럼 부드럽고 가벼웠으며, 어느덧 다 자란 나무와 풀이 여느 때와 다름없는 초록빛을 과시하면서 편안하게 바스락거렸다. 옅은 색깔의 흙과 선명한 색채의 나무 위로 암청색 하늘이 펼쳐져 있었다. 땅바닥에 무릎을 꿇고 앉을 때, 헛간 벽에서 접시꽃이 탁 하고 부딪치는 소리가 들렸다. 빠른 속도로 부는 축축한 바람을 맞아 목덜미의 솜털이 오소소 일어서는 것이 느껴졌다. 바람을 잔뜩 머금은 나뭇가지에서 돛대처럼 삐걱거리는 소리가 났다.

할머니가 마른 뿌리 넝쿨에 새로 열린 감자 밑으로 손을 집어넣고 달걀처럼 매끈한 감자들을 조심스럽게 땄다. 그런 다음 앞치마에 담아 집으로 돌아오면서 생각했다. 내가 무얼 보았지, 내가 무얼 보았을까. 늘 보던 것과는 다른 흙과 하늘과 정원이었다. 문득 딸들의 얼굴이 늘 보던 것과 다르다는 사실을, 혹은 다른 사람의 표정이라는 사실을 깨달았다. 할머니는 그 낯선 것이 놀라서 달아나지 않도록 조용하고 태연하고 조심스럽게 행동했다. 할머니는 딸들에게, 당신에게 친절하게 굴라고 가르친 적이 없었다.

우리 엄마가 핑거본을 떠났다가 다시 돌아올 때까지 총 7년 반이 흘렀다. 마침내 엄마가 돌아오던 날은 일요일 오전으로, 엄마가 알기로 할머니가 집에 계시지 않을 시간이었다. 엄마는 루실과 나를 칸막이 문으로 된 현관 앞의 의자에 내려놓고 나서 금방 떠나 버렸다. 둘이 싸우거나 나대지 못하도록 크래커 한 봉지를 안긴 채…….

할머니가 엄마와 어떻게 살았는지에 대해 아무것도 물어보지 않으셨던 것은 아마도 세심한 배려 때문이었을 것이다. 혹은 궁금하지 않으셨는지도 몰랐다. 아니면 엄마의 비밀스러운 행동거지에 너무나 자존심이 상한 나머지 알고자 하지 않으셨는지도 모른다. 그것도 아니라면 엄마가 자기 입으로 직접 말하고 싶지 않은 일들을 남의 입을 통해 듣기를 원하지 않으셨는지도 모르고······.

만일 할머니가 나한테 물어보셨다면, 높은 회색 빌딩 꼭대기 층의 방 두 칸짜리 집에서 살았다고 말씀드릴 수 있었으리라. 모든 창문에서(창문은 전부 다섯 개였고, 각 창문마다 작은 유리가 다섯 장씩 끼여 있었다.) 좁아터진 하얀 현관이 내려다보이는 곳이었다고. 현관은 말라붙은 소금처럼 입자가 거친 회백색으로, 절벽 귀퉁이에 얼어붙은 채 튀어나온 물줄기처럼 얼기설기 매달린 하얀 층계와 현관들로 이루어진 엄청난 비계(飛階)의 맨 꼭대기에 있었다고 말이다. 이 현관에서 우리는 처마 끝이 연달아 이어진 널따란 루핑 지붕(종이에 검정 콜타르를 칠한 것으로, 빈민 지역 판잣집의 지붕─옮긴이)을 내려다보았다. 상자에 쌓아 놓은 상품들, 토마토와 순무와 닭고기와 게와 연어, 거기다 식전부터 누군가가 「굿나이트 아이린」이나 「나무 꼭대기의 참새」 같은 노래를 틀어 대는, 자동 전축이 있는 무도장 위로 칙칙한 텐트처럼 펼쳐진 지붕이었다. 하지만 이 모든 것 중에서 우리가 볼 수 있는 것은 오로지 텐트 꼭대기뿐이었다. 갈매기들이 우리 현관 난간에 줄지어 앉아 음식 찌꺼기라도 있는지 열심히 두리번거렸다.

모든 창문이 일렬로 달려 있었기 때문에 우리 집 방은 창문 가까운 곳은 대낮처럼 밝았지만 안쪽으로 들어갈수록 점점 더 어두워졌다. 큰방 뒤쪽 벽에 카펫이 깔린 복도로 통하는 문이 있었지만 한 번도 열린 적은 없었다. 사실 그 문은 얼마나 무겁고 볼

품이 없었는지 12미터도 넘는 물속에서 끄집어낸 것처럼 보이는 커다란 초록색 소파로 막혀 있었다. 희끄무레한 색깔의 안락의자 두 개가 이야기하기 좋게 둥글게 놓여 있고, 도자기로 만든 청동 오리 한 쌍이 날개를 활짝 편 채 벽에 걸려 있었다. 그 밖에 방 안에는 격자무늬 비닐 식탁보가 덮인 둥근 식탁과 냉장고, 도자기 그릇을 넣어 둔 연푸른색 찬장, 조리용 전열판이 있는 작은 테이블, 그리고 가장 자리에 비닐 커버를 씌운 싱크대가 있었다. 엄마는 우리 허리띠에 빨랫줄을 연결시켜서 문손잡이에 묶어 놓았는데, 그 덕분에 우리는 아무리 바람이 세게 불어도 감히 현관 쪽을 넘어다볼 용기를 낼 수 있었다.

아래층에 사는 버니스가 우리 집의 유일한 손님이었다. 그녀는 옅은 자주색 입술과 오렌지색 머리카락, 그리고 양쪽에 갈색으로 한 줄씩 그려 넣은 초승달 같은 눈썹을 가지고 있었다. 매끄럽게 잘 그렸다가 되는 대로 아무렇게나 그렸다가 하면서 때로는 귀까지 닿게 그린 적도 있었다. 실제로는 늙은 여자였지만 야한 화장 덕에 그럭저럭 젊어 보였다. 그녀는 시도 때도 없이 우리 집 문간에 서서 긴 등허리를 활처럼 구부리고 튀어나온 똥배 위에 팔을 얹은 채 루실과 내게 들리지 않도록 잔뜩 낮춘 목소리로 추잡한 이야기를 늘어놓았다. 이야기를 하는 동안 새삼 놀랍다는 듯이 눈을 홉뜨거나 간간이 웃음을 터뜨리면서 자주색 손톱으로 엄마 팔을 찌르곤 하였다. 엄마는 문간에 기대선 채 바닥을 보고 조용히 웃거나 머리카락을 비비 꼬았다.

버니스는 우리를 귀여워해 주었다. 그녀에게는 남편 찰리 말고
는 다른 가족이 없었는데, 찰리는 손은 무릎에 얹고 배는 허벅지
에 올려놓은 채 자기 집 현관 앞에 앉아 있었다. 살은 소시지처
럼 얼룩덜룩했고 관자놀이와 손등에서 굵은 핏줄이 뛰는 것이 보
였다. 마치 호흡을 아끼려는 듯이 말을 아끼는 사람이었다. 우리
가 아래층으로 내려갈 때마다 우리 뒤로 천천히 몸을 기울이면서
"어이!" 하고 부르곤 하였다.

버니스는 우리에게 자주 커스터드를 가져다주었는데, 안약 정
도의 묽은 크림 속에 담긴 두툼한 노란색 껍질의 커스터드였다.
엄마는 잡화상에서 화장품을 팔았기 때문에 엄마가 일을 나가는
동안 버니스가 우리를 돌봐 주었다. 버니스 자신도 밤새도록 트
럭 정류장에서 출납원으로 일을 했다. 그녀는 주먹다짐이 시작되
거나 가구가 부서지거나 무언가에 중독되어 비명을 내지르거나
간에, 소리가 나자마자 얼른 일어날 수 있게 얕은 잠을 자려고 애
를 쓰면서 우리를 보살펴 주었다. 이러한 계획은 잘 진행되었다.
비록 가끔씩 버니스가 무언가에 놀라 잠에서 깨어나 눈썹도 안
그리고 잠옷만 걸친 채 계단을 뛰어 올라와 우리 집 창문을 마구
두드리기도 했지만 말이다. 대개 엄마와 함께 저녁을 먹기 위해
조용히 식탁에 앉아 있을 때 그랬다. 그녀는 이렇게 자다가 중간
에 방해받는 일을 별로 언짢게 여기지 않았으니, 모두 자기 탓이

기 때문이었다. 어쨌거나 버니스는 엄마 대신 우리를 사랑해 주었다.

버니스는 우리가 핑거본을 방문할 수 있도록 차를 빌려 주기 위해 일주일이나 일을 쉬었다. 엄마에게 외할머니가 아직 살아 계시다는 말을 듣고 난 뒤로 버니스는 잠시 동안이라도 집에 다녀오라고 재촉하기 시작했다. 그러다가 마침내 엄마가 그녀의 말에 따르기로 결정하자 몹시 흐뭇해하였다. 결국 그것은 치명적인 여행으로 드러나고 말았다. 엄마는 우리를 데리고 산을 넘고 사막을 건너고 다시 산을 통과한 끝에 마침내 호수에 도착해 다리를 건너서 마을로 들어왔다. 날이 밝자 시커모어가(街)로 출발해 곧장 여섯 블록을 직진했다. 그러더니 고양이 한 마리와 관록 있는 세탁기가 놓인 칸막이 문이 달린 현관에 우리 가방을 내려놓은 뒤, 우리에게 조용히 기다리라고 말했다. 그런 다음 다시 차를 타고 거의 타일러까지 북쪽으로 간 다음, '위스키 바위'라고 불리는 절벽 꼭대기에서 호수의 가장 캄캄한 바닥을 향해 버니스의 포드를 타고 미끄러지듯 날아 들어갔다.

사람들이 엄마를 찾아 나섰다. 나는 파랗다고 하고 루실은 초록색이라고 한 차를 탄 젊은 여자를 찾는다는 소식이 사방 100마일까지 퍼져 나갔다. 낚시를 하느라 수색 작전에 대해서는 아무것도 모르고 있던 몇몇 소년이 우연히 차 지붕 위에 책상다리를 하고 앉은 엄마를 보았는데, 차는 도로와 절벽 사이의 풀밭에 낀 채 꼼짝달싹 못했다고 한다. 아이들 말에 따르면, 그때 엄마는 호수를 바라보면서 그해 유난히도 크고 많이 열린 야생 딸기를 먹고 있었다고 한다. 엄마는 아이들에게 진흙 속에서 차를 끌어낼 수 있게 좀 도와 달라고 매우 상냥하게 부탁하였다. 소년들은 엄마를 좀 더 쉽게 구조하기 위해 자기네 담요와 코트를 자동차 바퀴 아래 깔았다. 그들이 포드를 다시 도로로 끌어내자 엄마는 고맙다는 인사와 함께 지갑을 준 다음, 뒤 유리창을 내리면서 출발했다고 한다. 이어 핸들을 최대한 오른쪽으로 꺾으면서 요란한 굉음과 함께 도로를 벗어나더니 미끄러지듯이 풀밭을 건너 절벽 끄트머리에서 날아갔다는 것이다.

할머니는 꽤 여러 날 동안 방에서 나오지 않으셨다. 대신 거실에 있던 안락의자와 발판을 과수원이 내다보이는 창가에 놓도록 한 뒤, 거기 앉아 있으면서 식사도 그리 가져오도록 하셨다. 도대체 움직이려 들지를 않으셨다. 특별히 소곤거리는 경우만 아니면 적어도 주방에서 사람들이 이야기하는 소리는 할머니에게도 다 들렸다. 일손을 돕기 위해 자진해서 모여든 친구와 조문객들로, 격식을 차리는 점잖은 사람들이었다. 무척이나 나이 든 친구들로 흰색 케이크와 피너클이라는 카드놀이를 좋아했다. 그들 중 두세 명이 다른 사람들이 아침식사를 마친 식탁에서 카드놀이를 할 동안 우리를 돌봐 주었다. 소심하고 독단적인 노인네들이 우리 주위를 맴돌면서 스페인 동전, 시계, 어떤 비상 사태에서도 사용할 수 있게끔 수많은 날이 달린 소형 잭나이프 따위를 보여 주었다. 그렇게 함으로써 교통사고의 위험이 있는 도로에 우리를 내보내지 않고 자기들 가까이 두려는 것이었다.

　피부가 독버섯 색깔인 에티라는 이름의 왜소한 노부인은 기억력이 너무 나빠진 나머지 무슨 일을 시킬 수 없을 정도였는데, 혼자 현관에 앉아 미소를 짓고 있다가 어느 날 내 손을 잡고 이야기를 하나 들려주었다. 불이 나기 전 샌프란시스코 대성당 근처에 살 때, 건너편 집에 사는 부인이 발코니에 커다란 앵무새를 키웠다고 했다. 성당의 종이 울리면 천주교 신자인 부인이 머리에 미사보를 두르고 나와 기도를 올리곤 했는데, 앵무새도 주인과 함께 기도를 했다. 그리하여 부인과 앵무새의 기도 소리가 왁자지껄한 소음과 쨍그랑거리는 종소리를 뚫고 계속 들렸다는 것이다. 얼마 후 부인이 병이 났는지 어쨌는지 더 이상 발코니로 나오지 않는데도 앵무새는 종이 울리기만 하면 여전히 지저귀고 기도하고 꼬리를 흔들어 댔다. 불이 나자 성당과 종과 함께 앵무새도 물론 불에 타버렸고, 또 천주교 신자인 부인도 그랬을 가능성이 높다고 했다. 에티 할머니는 손을 휘휘 내저으며 이야기를 끝내더니 짐짓 잠이 든 척하였다.

　5년 동안 할머니는 우리를 아주 극진히 보살펴 주셨다. 마치 꿈속에서 기나긴 하루를 되살고 있는 양 돌봐 주셨다. 할머니는 마치 꿈을 꾸는 사람처럼 멍해 보였는데, 그럼에도 당면한 문제를 깊이 통감하고 계신 것 같았다. 그러면서 현재가 이미 지나가 버린 채 결과만 남았다는 것을 깨닫고 한층 더 주의를 기울이는 동시에 좌절감을 느끼셨던 것 같다. 정말로 할머니에게는 자신이 이날을 되살아 내기 위해 돌아온 것처럼 보였을 터이니, 무언가를 상실하고 망각했던 곳도 바로 여기였기 때문이다. 할머니는 신발을 뽀얗게 빨고 머리를 땋고 닭고기를 튀기고 침구를 정리하고 나서, 문득 자식들이 하나같이 사라졌다는 사실을 떠올리고 두려움에 사로잡혔다. 어떻게 그런 일이 일어났을까? 어떻게 자신이 그런 일을 알 수 있었을까? 할머니는 신발을 뽀얗게 빨고 머리를 땋고 침구를 정리해 놓았다. 마치 그런 일상적인 일들을 다시 행하면 일상적인 삶이 돌아오기라도 한다는 듯이, 혹은 고요하고 질서 정연하고 평범했던 삶에서 무슨 틈이나 하자를 발견할 수 있다는 듯이, 아니면 하다못해 저희 아버지와 마찬가지로 세 딸이 감쪽같이 사라져 버린 데 대한 단서라도 찾을 수 있다는 듯이……. 따라서 할머니가 마음이 산란하거나 멍해 보였던 것도, 사실은 덜 중요한 것으로부터 더 중요한 것을 가려낼 원칙 하나 가지지 못한 채 너무 많은 것을 자각했기 때문이 아닌가 싶기도 하다. 한편으로는 할머니의 자각이 결코 줄어들 수 없었기 때문이라는 생각도 드는데, 이는 이 재난이 취한 형태가 낯익게 생각되는 것들 가운데 있었기 때문이다.

또 할머니에게는 몹시 다급한 상황에 쓰기에는 너무 쉽게 부서지는 시원찮은 도구밖에 없었던 것이 분명했다. 언젠가 할머니가 말씀하시기를, 비행기에서 아기가 떨어지는 것을 보고 앞치마로 받으려 했던 꿈을 꾼 적이 있다고 하셨다. 또 한 번은 차 여과기를 가지고 우물 속에서 아기를 건지려는 꿈을 꾸었다는 이야기도 하셨다. 할머니는 루실과 나를 아주 빈틈없이 보살피면서도 별로 자신이 없어 하셨다. 그렇지 않으리라는 것을 뻔히 알면서도 마치 10센트짜리 동전이나 초콜릿이 우리를, 우리 영혼을, 여기 당신의 주방 안에 잡아 둘 수 있다는 듯이 행동하셨다.

할머니의 어머니가 아는 한 여자는 밤에 창밖을 내다보면 거리에서 울고 있는 아이들의 영혼이 종종 눈에 뜨인다고 했다. 홀랑 벗은 몸으로 추위 속을 껑충껑충 뛰어다니면서 배고픔 때문에 성이 나 손등으로 눈물을 훔치고 다니는, 밤하늘처럼 새까만 어린 아이들이었다. 이 아이들이 그 여자의 재산을 탕진하게 만들고 그 여자의 관심을 온통 독차지했다. 그녀가 내놓은 수프는 개들이 다 먹어 치웠고, 아침에 나가 보면 담요는 아무도 건드리지 않은 채 이슬에 젖어 있었다. 아이들은 여전히 손가락을 빨면서 웅크리고 다녔지만, 여자는 점점 더 많은 아이들이 한층 더 자주 오는 것을 보고 아이들이 무엇엔가 만족스러워한다고 생각했다. 그녀의 언니가 밤마다 개한테 먹으라고 수프를 내놓는 것을 사람들이 이상하게 여긴다고 말하자, 여자는 그 불쌍한 아이들을 봤다면 누구라도 그렇게 했을 것이라고 아주 재치 있게 받아넘겼다. 그와 마찬가지로 우리 자매의 캄캄한 영혼이 달도 없는 밤의 추위 속에서 떠도는 것을 보고, 할머니가 호의와 절망이 뒤섞인 행위로 사과 파이를 한 접시 듬뿍 주신 게 아니었나 하는 생각이 이따금씩 들었다.

할머니는 연로하셨다. 어떤 부분도 넘치지 않게 타고난 분이었기에 나이가 들면서 진행된 할머니의 노화 정도는 다소 충격적이었다. 사실 할머니는 대부분의 친구들이 고개를 떨고 말이 어눌해지고 휠체어나 침대에서 꼼짝 못하고 있을 때도 꼿꼿하고 민첩하고 팔팔하셨다. 하지만 마지막 시기에는 계속 앉아만 계신 채 오그라들었다. 입은 앞으로 처지고 이마는 뒤로 기울었으며, 분홍색으로 빛나는 두개골에는 얼마 안 되는 머리카락이 얼룩처럼 남아 있을 뿐이었다. 이제는 변해 버렸지만 그래도 옛날의 모습을 상기시키려는 듯했다.

할머니는 인간으로서의 위엄이 점점 사라지면서 원숭이로 변해 가는 것 같았다. 눈썹에서 덩굴손 같은 털이 자랐고, 입술과 턱에도 굵고 흰 터럭이 돋았다. 옛날에 입던 옷을 입으면 가슴 부분이 휑하니 헐렁거렸고 끝자락이 바닥을 쓸고 다녔다. 과거에 쓰던 모자도 할머니의 눈을 덮은 채 아래로 흘러내렸다. 이따금 손으로 입을 가린 채 웃는 할머니를 보면, 눈은 감겨 있고 어깨는 흔들렸다. 할머니는 내 최초의 기억 속에서도 이미 연세가 들어 있었다. 할머니가 거실 커튼을 다리면서 "로빈 어데어"를 흥얼거리는 동안, 주방 벽에서 끌어내린 다림판 아래 앉아 있던 기억이 난다. 빳빳하게 풀을 먹인 하얀 커튼 자락이 상큼한 냄새를 풍기면서 차례차례 내 주위로 떨어져 내렸다. 나는 내가 아무도 모르는 곳에 은둔해 있거나 수도원에 틀어박혀 있다는 몽롱한 상상에 빠진 채 다리미 줄이 흔들리는 것을 보거나 할머니의 커다란 검정 구두를 찬찬히 뜯어보았다. 혹은 갈색 스타킹을 신은 할머니의 종아리를 보았는데, 굵직한 뼈와 같은 근육으로 인해 형태도, 윤곽도 완전히 사라진 다리였다. 그때도 할머니는 이미 늙어 있었다.

할머니에게는 약간의 수입과 집이 있었기 때문에 당신의 소박한 개인적 운명이 법률적, 재정적으로 거창한 공식 절차를 밟게 되는 상황, 즉 돌아가실 경우를 미리 생각할 때면 늘 어느 정도는 만족스러워하셨다. 할머니의 모든 의복과 옷감과 재산과 매달 은행에서 나오는 수표와 새색시로 시집온 이래 줄곧 살아온 집과, 마당의 삼면을 둘러싸고 있으면서 할머니가 과부가 된 이후로 해마다 점점 더 잘아지고 벌레가 많아진 사과와 살구와 자두가 열리는 잡초가 무성한 과수원 등, 모든 것이 갑자기 유동적으로 변하면서 새로운 형태를 취하게 될 터였다. 그리고 그 모든 것이 전부 루실과 내 차지가 될 터였다.

"과수원은 팔도록 해라." 할머니는 진지하면서도 지혜로운 표정으로 말씀하시곤 했다. "하지만 집은 그냥 가지고 있으렴. 스스로 건강을 챙기고 머리를 가려 줄 지붕이 있는 한, 너희도 어느 누구 못지않게 안전한 법이란다." 아울러 다음과 같이 덧붙였다. "하나님이 돌봐 주실 거다." 할머니는 이런 것들에 대해 즐겨 말씀하셨고, 그럴 때 할머니의 눈길은 저도 모르게 열심히 간수하고 계신 물건들 위를 떠돌았다. 아무 생각 없이 차곡차곡 모아 놓은 뒤 나중에 되찾으러 올 것처럼…….

할머니가 돌아가시면 노너와 릴리 할머니가 우리를 돌봐주기로 되어 있었다. 할머니의 시누이인 릴리와 노너 할머니는 할머니보다 열두 살과 열 살 아래였다. 그런데 당신이 늙으신 관계로 할머니는 줄곧 그분들을 상당히 젊다고 생각하셨다. 두 사람은 아주 빈한한 처지였기에 우리가 다 클 때까지 우리와 함께 지낸다면 집세를 저축할 수 있다는 사실만으로도 두 사람에게 충분한 동기 부여가 될 터였다. 호텔 지하의 비좁은 방 대신 어수선하기는 하지만 그래도 모란과 장미 덤불로 둘러싸인 집에서 사는 것은 새삼 말할 필요도 없는 장점이었다.

2

5년쯤 지난 어느 겨울 아침, 할머니는 영영 깨어나지 않으셨고, 할머니가 바라시던 대로 릴리와 노너 할머니가 스포캔에서 불려와 핑거본의 살림을 떠맡게 되었다. 두 사람은 처음부터 드러나게 불안해하는 모습으로 신경질적으로 안절부절못하면서 가방과 주머니를 뒤져 자기들이 가져온 작은 선물을 찾았다. (그것은 기침약한 상자로, 그들은 그 드롭스를 맛도 있고 건강에도 좋은 것이라 생각했다.) 릴리와 노너 할머니는 둘 다 연한 푸른색 머리카락에 복잡한 무늬의 반짝이는 검정 구슬이 옷깃에 달린 검정색 코트를 입고 있었다. 뚱뚱한 몸은 엉덩이에서부터 앞으로 기울어져 있었고 팔과 다리는 통통했다. 처녀로 늙은 할머니들인데도 엄마와 같은 풍만한 외모였고, 그것은 그들의 무뚝뚝하고 어색한 손길이나 입맞춤과 기묘한 대조를 이루었다.

가방을 들여놓고 우리에게 입을 맞추고 우리를 쓰다듬어준 다음, 릴리 할머니는 난로를 쑤셔서 불을 피웠고 노너 할머니는 커튼을 내렸다. 릴리 할머니가 현관으로 다소 큰 꽃다발을 들고 오자 노너 할머니가 꽃병에다 물을 더 부었다. 그런 다음 두 사람은 어쩔 줄 몰라 하는 것 같았다. 릴리 할머니가 노너 할머니에게 저녁 먹을 때까지 아직 세 시간이나 남았고, 자러 갈 때까지는 다섯 시간이나 남았다고 말하는 소리가 들렸다. 두 사람은 겁먹은 듯한 슬픈 눈빛으로 우리를 바라보았다. 우리가 난로 옆의 깔개에서 낚시 놀이를 하고 있을 동안 그들은 읽을거리로 몇 권의 『리더스 다이제스트』를 찾아냈다. 길고도 지루한 시간이 흐르고 난 뒤 두 사람이 우리에게 저녁을 차려 주었다. 다시 또 한참이 지나자 이번에는 우리를 침대로 데려다 주었다. 우리는 누워서 두 사람이 나누는 대화를 들었다. 둘 다 귀가 어두웠기 때문에 대화 내용은 언제나 완벽하게 다 들렸다. 복잡하면서도 튼튼하게 쌓아 올린 흰개미 성처럼 두 사람의 의견은 항상 정교하게 일치하는 것 같았다.

"불쌍해."

"불쌍해, 불쌍하고말고!"

"실비아는 늙지도 않았는데."

"올케가 젊지는 않았어."

"어린애를 돌보기에는 늙었지."

"세상을 뜨기에는 아직 젊었어."

"일흔여섯이었나?"

"일흔여섯이었다고?"

"늙은 나이가 아니야."

"아니고말고."

"올케 집안을 생각해 봐도 늙은 건 아니야."

"올케의 어머니가 기억나."

"여든여덟에도 소녀처럼 팔팔하셨지."

"하지만 실비아가 더 고달프게 살았어."

"훨씬 힘들었지."

"훨씬 힘들었고말고."

"그 딸들 말인데."

"어쩌면 그렇게 일이 안 좋게 풀릴까?"

"올케도 의아해했어."

"누구라도 그랬을 거야."

"나도 그랬어."

"그 헬렌도, 참!"

"그런데 막내는 어찌 됐을까? 실비 말이야."

끌끌 하고 혀를 차는 소리가 들렸다.

"그 애는 적어도 자식은 없지."

"적어도 우리가 아는 한은."

"행상이지."

"떠돌이 일꾼이야."

"떠돌이지."

잠시 침묵이 흘렀다.

"어머니 소식을 들었어야 하는데."

"그러게."

"어디서 그 애를 찾을지 짐작이라도 할 수 있다면 좋으련만."

"신문에 광고를 내면 도움이 될지도 몰라."

"별로 그럴 것 같지도 않아."

다시 침묵이 이어졌다.

"이 어린 계집애들도 참……."

"애들 엄마는 저렇게 어린 것들을 어떻게 남겨 두고 갔을까?"

"유서 한 장 없이."

"사고였을 리가 없어."

"아니었지."

"그 애한테 차를 빌려 준 여자가 안됐어."

"나도 안됐다는 생각이 들어."

"그 여자는 자기 탓으로 돌리더라고."

누군가가 식탁에서 일어나 난로에 나무를 집어넣었다.

"쟤들은 아주 괜찮은 애들 같아."

"아주 얌전해."

"헬렌만큼 예쁘지는 않아."

"하나는 머리가 아주 예쁘던데."

"예쁘지 않은 애들은 아니지."

"외모는 그렇게 중요하지 않아."

"계집애들한테는 당연히 더 중요하지."

"애들이 알아서 잘 지내야 할 텐데."

"불쌍한 것들."

"불쌍한 것들."

"애들이 얌전해서 다행이야."

"하트윅네 아이들도 늘 아주 얌전했어."

"그랬지."

"틀림없다고."

두 사람이 자러 가면 나와 루실은 침대에서 일어나 누비이불을 덮어쓴 채 창가에 앉아 빠르게 흘러가는 구름을 보았다. 둥근 달이 환하게 비치는 가운데, 루실은 우리 방 창문 아래에다 눈으로 달 시계를 만들 계획을 세웠다. 창문으로 들어오는 달빛은 카드놀이를 할 만큼은 되었지만 책을 읽을 정도는 아니었다. 루실이 무서운 꿈을 꾸었다고 하는 바람에 둘 다 밤새 깨어 있었다.

릴리와 노너 할머니는 그해 한겨울을 우리와 함께 지냈다. 두 사람은 요리를 잘하지 못했으며 관절염으로 끙끙거렸다. 우리 할머니의 친구들이 카드놀이를 하자고 초대했지만 그들은 카드놀이를 한 번도 배운 적이 없었다. 목소리가 쉰 까닭에 교회 성가대에서 노래도 하지 않으려 했다. 릴리와 노너 할머니는 그날이 그날인 양 다람쥐 쳇바퀴 돌 듯 하는 생활을 좋아했던 것 같다. 그런데 핑거본에서는 그렇게 지낼 수가 없었다. 어쩔 수 없이 모든 인간관계가 다 새로울 수밖에 없었기에 고독한 것보다 더 못마땅했다. 게다가 루실과 내가 끊임없이 기침을 해대는가 하면 금방 신발이 작아졌다고 나서는 판이었으니…….

날씨 또한 아주 견디기 힘든 겨울이었다. 마침내 눈이 우리 머리꼭대기보다 높이 쌓였다. 눈이 바람에 날리면서 우리 집 처마가 한쪽으로 밀려났다. 핑거본에 있던 몇몇 집들은 순전히 지붕에 쌓인 눈의 무게 때문에 무너져 내렸다. 벽돌 건물 지하에 사는 데 길이 든 두 사람에게 그것은 심각하면서도 끊임없는 불안의 원천이었다. 이따금 햇볕이 따스하게 내리쬐는 날이면 지붕에 두껍게 쌓인 눈이 녹아내리기도 했고, 때로 전나무가 바람에 흔들리면서 엄청난 굉음과 함께 흙덩이처럼 쿵 하고 떨어지기도 했는데, 이 모든 것들이 두 양반을 공포에 떨게 만들었다. 이렇게 음산하고 지독한 날씨 덕분에 우리는 무척이나 자주 호수에 나가 스케이트를 탈 수 있었다. 릴리와 노너 할머니가 우리 집이 무너질 것이라고 생각하면서 그런 일이 벌어질 경우 최소한 우리만이라도 살아남기를 바랐기 때문이다. 비록 폐렴으로 죽는 한이 있더라도…….

무슨 이유에선지 그해 호수는 핑거본 주민들에게 특별한 기쁨의 원천이 되었다. 호수는 일찍부터 단단히 얼어붙었다. 사람들이 빗자루를 들고 와서 얼음이 말끔하게 드러나도록 저 건너편까지 수십 제곱킬로미터에 이르는 호수를 쓸었다. 썰매 끄는 사람들이 가파르게 경사진 기슭의 도랑 안에 눈을 쌓아 놓으면, 눈은 도랑을 따라 얼음판 저 건너편까지 흘러 내려갔다. 사람들은 호숫가로 드럼통을 가져와 그 안에 불을 피워 놓고서, 들고 온 상자나 널빤지 혹은 마대 자루 위에 앉거나 서있었다. 프랑크푸르트 소시지를 굽거나 얼어붙은 벙어리장갑을 빨래집게에 끼워서 드럼통 아가리에 걸어 놓는 사람도 있었다. 그러자 많은 개들이 대부분의 시간을 얼음판에서 보내기 시작했다. 다리가 길쭉하고 붙임성이 있는 어린 놈들로, 주인이 있는 개들이었는데 날씨 때문에 기분이 들떠 있었다. 그리하여 멀리 호수 건너편까지 엄청나게 빠른 속도로 미끄러져 나간 얼음 조각을 찾아서 물고 오며 놀았다. 저희의 힘과 속도를 자랑하며 씩씩하고 발랄하게 장난을 치면서 다리야 부러지건 말건 아예 신경도 쓰지 않았다. 루실과 나는 아예 스케이트를 가지고 학교에 갔다가 학교가 파하면 곧장 호수로 가서 해가 질 때까지 거기에 있었다. 으레 말끔하게 쓸어 놓은 얼음판의 가장자리를 따라 스케이트를 타고 가장 먼 끄트머리까지 가서는 눈 위에 앉아 핑거본을 뒤돌아보곤 하였다.

그해 겨울, 호수는 과거와 현재와 미래의 모든 핑거본 주민들을 다 합친 무게도 너끈히 떠받칠 수 있을 정도로 꽝꽝 얼어붙었다. 그런데도 호숫가에서 멀리 떨어져 나오면 아찔한 현기증이 느껴졌는데, 그 와중에 우리와 얼음 청소부들만이 그렇게 멀리까지 갔고 그나마 우리만 거기에 머물렀다.

그렇게 멀리 떨어져서 보면 마을이 아무것도 아닌 것처럼 보였다. 호숫가의 소란스러움만 없었다면, 드럼통 위로 날름거리는 불꽃과 아른거리는 열기와, 경쾌하고 씩씩한 소리를 내지르고 단숨에 와락 미끄러지면서 스케이트를 지치는 사람들만 없었다면, 마을이 있다는 사실조차 전혀 의식하지 못할 것 같았다. 마을 뒤편의 산은 눈에 덮인 채 희끄무레한 하늘에 가려졌고 호수 또한 얼음 속에 완전히 숨겨져 있었지만, 그렇다고 마을이 눈에 확 띄게 더 드러난 것도 아니었다. 실제로 우리가 있던 곳에서 유리처럼 에워싸고 있는 광활한 고요 속에 우리 뒤쪽과 양 옆쪽으로 아주 멀리까지 호수가 펼쳐진 것이 느껴졌다.

그해 겨울, 루실과 나는 스케이트를 타고 뒤로 가는 법과 한 발로 도는 법을 부지런히 연습했다. 그러다 보니 스케이트 타기와 적막함과 사람을 마비시키는 기분 좋은 공기에 완전히 취한 나머지 맨 마지막으로 호수를 떠나는 경우가 종종 있었다. 개들은 아직 사람들이 다 가버리지 않은 게 몹시 기쁜지 요란하게 날뛰면서 덤벼들었다. 그놈들이 우리 장갑을 물어뜯으면서 우리 주위를 빙빙 도는 통에 그곳을 떠나지 않을 수 없었다. 그리하여 핑거본을 향해 스케이트를 타고 얼음판을 건너오다가 문득 꿈결에 나타난 것처럼 어둠이 우리 곁에 바짝 다가와 있음을 깨닫곤 하였다. 그럴 때면 마을에서 따뜻하게 빛나고 있는, 몇 개 안 되는 노오란 불빛이 세상에 단 하나밖에 없는 위안처럼 느껴졌다. 만일 핑거본의 모든 집들이 캄캄하게 불이 꺼진 채 우리 눈앞에 나타난다면, 얼음판에서 놀던 기억이 서서히 잦아드는 깜부기불처럼 우리 오감을 부드럽게 어루만지다가 어느 순간 지독한 어둠이 불쑥 우리 옆으로 다가온 것처럼 느껴졌으리라.

신발을 찾으면서 스케이트를 벗고 있으면 우리가 서두르는 것을 보고 흥분한 개들이 우리 얼굴에 주둥이를 들이밀고 우리 입을 핥으면서 목도리를 물고 달아나 버렸다. "아, 난 저놈의 개들이 싫어." 루실이 투덜거리면서 개들에게 눈덩이를 던지면, 개들은 점점 더 미친 듯이 날뛰면서 눈덩이를 쫓아가 이빨로 산산조각을 내곤 하였다. 그놈들이 집까지 따라온 적도 있었다. 우리는 지나쳐 온 집 안의 식구들이 진작부터 환한 불빛과 나른한 온기에 젖어 있다는 사실에 화가 치밀 정도로 부러움을 느끼면서 호수에서 집까지 걸어갔다. 개들이 코트 자락을 물어뜯으면서 손 안에 저희 주둥이를 밀어넣는 등 온갖 오두방정을 떨며 우리 주변을 소란스럽게 뛰어다녔다.

마침내 과수원 옆으로, 뒤로 물러난 채 떨어져 있는 나지막한 우리 집에 이르러서 현관이 아직 그대로 서있고 지나쳐 온 다른 집이나 마찬가지로 주방의 불빛이 따듯하게 빛나는 것을 보고도 크게 놀라지 않았다. 우리는 현관에서 신발을 벗고 양말을 신은 채 얼얼한 손발과 얼굴을 느끼며 따듯한 냄새가 풍겨 나오는 주방 안으로 절뚝거리며 들어갔다. 거기에 두 양반이 닭고기를 끓이거나 사과를 구우면서 생긴 수증기로 얼굴이 벌게진 채 앉아 있었다.

두 사람은 우리에게 신경질적으로 미소를 지으면서 서로 힐끔거렸다. "어린 계집애가 돌아오는 시간으로는 너무 늦구나!" 릴리 할머니가 노너 할머니를 향해 미소를 지으면서 감히 야단을 치고 나섰다. 그런 다음 어떤 반응이 나올지 기다리며 겁을 먹고 긴장한 표정으로 우리들을 쳐다보았다.

"시간이 쏜살같이 갔어요. 정말 죄송해요." 루실의 대답이었다.

"너희도 알다시피 우리가 너희를 찾으러 나갈 수는 없지 않니?"

"우리가 너희를 무슨 수로 찾겠니?"

"길을 잃든지 길바닥에 넘어지든지 할 텐데……."

"여기는 바람도 아주 지독한 데다 가로등도 없고…… 길거리에 모래도 뿌려 놓지 않았어."

"개도 묶어 놓지 않았고."

"게다가 추위도 너무 끔찍해."

"이러다가는 우리가 얼어 죽을 수도 있겠더구나. 집 안에서도 느껴지는걸."

"다시는 어두워진 다음에 돌아오지 않을게요." 이번에는 내가
말했다.

하지만 릴리와 노너 할머니가 정말로 화난 것이 아니었기 때문
에 정말로 누그러지고 말 것도 없었다. 두 사람은 그저 놀랐을 뿐
이었다. 빨갛게 달아오른 뺨에 눈을 반짝반짝 빛내면서 이미 열
이 올랐거나 오한이 든 채 우리가 돌아왔던 것이다. 하지만 어쩌
면 그날 밤은 지하실에 파묻힌 꿈을 꾸게끔 예정된 밤이었는지
도 몰랐다. 이웃 사람들이 우리 위에 쌓인 폐허 속에서 불쏘시개
를 찾고 있을 동안, 엄청난 눈과 판자와 지붕널 밑에 깔린 채 바
닥에 누워 있는 꿈 말이다. 이번 겨울과 그 이후의 겨울들까지 무
사히 살아남는다고 하더라도 사춘기와 결혼과 출산 등등, 그 자
체로 만만치 않은 온갖 위험이 여전히 우리를 기다리고 있었다.
게다가 우리의 기구한 운명으로 인해 일이 얼마나 더 복잡해질
것인가?

릴리와 노너 할머니는 우리 앞날에 대해 온갖 궁리를 다 하다가
결국 포기하고 말았다. 그 바람에 식욕도 잃고 잠도 제대로 자지
못했다. 바로 그날 저녁 우리가 저녁을 먹을 동안, 엄청나게 사나
운 눈보라가 몰아치기 시작하더니 나흘 동안이나 그렇게 계속되
었다. 릴리 할머니가 닭고기 스튜를 국자로 퍼서 비스킷 위에 얹

어 주고 있을 때, 과수원의 사과나무 가지가 부러지면서 집 모퉁이로 떨어져 내렸다. 그로부터 10분도 지나지 않아 어디선가 전깃줄이 끊어졌거나 전신주가 넘어졌는지 핑거본 전체가 캄캄한 암흑 속에 파묻혀 버렸다. 드문 일은 아니었다. 모든 집의 식료품 저장실에는 그런 사태에 대비해 집에서 만든 비누 색깔의 굵은 양초가 한 통씩 있었다. 하지만 두 사람은 별안간 조용해지면서 서로를 바라보았다. 그날 밤 우리가 잠자리에 들었을 때(목 둘레에 플란넬 천 조각을 핀으로 꽂고 그 위에 가습기를 올려놓은 채) 그들은 난롯가에 앉아서 하트윅 호텔에서는 단 하룻밤도 어린아이를 손님으로 받지 않았다는 이야기를 몇 번씩이나 하고 또 했다.

"쟤들을 우리 집으로 데려가면 참 좋을 텐데."

"애들도 더 안전할 거야."

"더 따듯하고."

그러다가 혀를 끌끌 찼다.

"우리 모두 좀 더 편해질 텐데."

"병원도 아주 가깝고."

"확실히 아주 얌전한 아이들이야."

"아주 얌전한 애들이고말고."

"여자 애들은 다 그래."

"올케의 딸들도 그랬어."

"그래, 그랬지."

잠시 후에 누군가가 난로의 불을 쑤셨다.

"도움을 받을 수 있을 거야."

"하다못해 약간의 충고라도."

"그 로티 도나휴가 도와줄 수 있을 것 같아. 그 딸들이 전부 다 괜찮거든."

"그 집 아들은 한 번 본 적 있어."

"그래, 그랬다고 했지."

"애가 쉬지 않고 눈을 깜박이는 게 이상해 보였어. 손톱도 아주 빨리 물어뜯어 버리데."

"아, 나도 기억나. 무슨 일인가로 재판을 기다리고 있었지."

"무슨 일인지는 정확히 기억나지 않네."

"그 애 어미가 한 번도 말한 적이 없거든."

누군가가 찻주전자에 물을 채웠다.

"애들은 참 어려워."

"누구한테나 다 그렇지."

"하트윅 호텔은 애들은 절대 받지 않았지."

"나는 이해가 돼."

"나도 그 사람들을 뭐라고 하지 않아."

"그래."

"맞아."

두 사람이 침묵에 잠긴 채 차를 저었다.

"만일 우리가 헬렌 나이였더라면……."

"……아니면 실비 나이든지."

"그래, 실비 나이든지."

다시 한 번 두 사람이 침묵에 잠겼다.

"젊은 사람들이 쟤들을 좀 더 잘 이해하겠지."

"쟤들은 별로 걱정하는 것 같지 않아."

"아직 어려서 그래."

"그 말이 맞아. 쟤들은 이 꼴 저 꼴 많이 안 봐서 우리처럼 걱정을 안 하는 거야."

"그것도 괜찮은 일이야."

"더 낫지."

"그게 더 나은 것 같네."

"쟤들은 어린 시절을 즐기고 있는 것 같아."

"애들한테는 그게 더 나아."

"당장은 그렇지."

"우리가 너무 멀리 생각하는 것 같네."

"그러게, 오늘 밤에라도 집이 무너져 버릴 수 있는데 말이야."

또다시 조용해졌다.

"실비한테 무슨 연락이 있으면 좋겠어."

"아니면 적어도 그 애에 관한 소식이라도 듣거나."

"몇 년 동안 그 애를 본 사람이 아무도 없대."

"핑거본에서는 그랬다지."

"많이 변했을 거야."

"당연히 그렇겠지."

"좋아졌을 거야."

"그럴 수도 있어. 사람들이 대개 그러니까."

"그럴 수도 있지."

"그래."

"그 애 식구들이 조금만 관심을 가졌더라도……."

"식구들은 도울 수 있는데……."

"책임감도 도움이 될 수 있다고."

찻잔 속에서 자꾸 숟가락을 돌리는 소리만 들리다가 마침내 누군가가 입을 열었다. "……가정에 대한 의식 말이지."

"그게 그 애한테는 가정이 될 거야."

"그래, 그럴 거야."

"그럴 거야."

그랬기에 실비 이모에게서 편지가 왔을 때, 이런 대화는 꼭 선견지명처럼 여겨졌다. 편지는 흐늘흐늘한 편지지 한 장에 크고 우아한 글씨로 씌어 있었고, 편지지 한쪽과 아래쪽이 깔끔하게 찢겨 나갔는데, 아마도 편지지와 글 사이의 불균형을 조정하기 위해 그런 것 같았다. 내용은 간단했다.

어머니께, 몬태나 주 빌링스의 로스트 힐스 호텔 주소로 편지 보
내시면 제가 받아볼 수 있을 거예요. 빨리 답장해 주세요. 잘 지내시
기를 빌어요. S.

릴리와 노너 할머니는 실비아 피셔와 연락이 닿는 곳을 아는 사
람은 누구든지 이 편지를 전해 달라고 부탁하는 취지의 편지를
썼다. 우리 할머니네 집 주소와 함께. 편지의 다른 내용은 전부
할머니의 죽음을 알리는 것이었다. 두 사람은 실비 이모가 그런
문제를 신문의 부고란에서 알게 되는 것을 용납할 수 없었다. 두
사람은 신문을 싫어했으며 자신이나 가족에 관한 일은 그것이 무
엇이든지 간에 신문에 나는 것을 매우 유감스럽게 생각했다. 실
제로 부고 기사가 매우 감동적으로 잘 씌어진 것이었는데도 그것
이 두 양반의 심기를 불편하게 했음에 틀림없었다. 진작 그 신문
을 크리스마스 장식품을 보관하는 데 완충제로 집어넣거나 둘둘
말아서 주방의 불을 피우는 데 사용해 버렸던 것이다.
할머니가 돌아가시자 사람들은 할머니를 과부로 만든 재난을
새삼스레 떠올렸다. 그 자체로 어떤 의의나 중요성을 갖기에는
너무나 기괴한 사고였음에도, 열차의 탈선은 마을 역사상 가장
인상적인 사건이었고 그렇게 평가받았다. 또 어떤 식으로든 그
사건에 연루된 사람들은 어느 정도 존경을 받았다. 할머니의 죽
음은 「더 디스패치」에 검은색 테두리를 친 기사로 나가게 되었다.

부고 기사에 덧붙여서 그날 찍은 열차 사진과, 상장(喪章)을 달고 화환을 든 채 다리에 매달려 있는 노동자들 사진과, 신사들이 늘어선 줄 가운데 우리 할아버지로 확인된 남자가 나온 사진이 크게 실렸다. 사진 속 남자들은 하나같이 하이 컬러 복장에 머리카락을 이마에 납작하게 빗어 붙이고 있었다. 할아버지는 입술을 조금 벌린 채 약간 비스듬하게 사진기를 쳐다보고 계셨는데 깜짝 놀란 듯한 표정이었다. 신문에 할머니의 사진은 실리지 않았다. 더구나 장례식 시간도 언급되지 않았다. 노너와 릴리 할머니는 설령 변덕스러운 바람이 검정 테두리가 쳐진 이 신문을 실비 이모 눈앞으로 날려 보낸다 해도, 이모는 시답잖은 마을 신문의 첫머리에 실린 기사가 자기 어머니의 죽음을 다룬 것이라는 사실조차 모르리라고 생각했다. 신문 자체가 마치 무덤이라도 열린 것처럼 불길하게 보일 텐데도 말이다.

할머니에 관한 기본적인 정보조차 실리지 않았는데도 ("사람들이 헬렌에 대해 말하고 싶지 않았을 거야." 릴리 할머니가 그 이유를 추측하며 혼자 중얼거린 말이었다.) 릴리 할머니는 그것을 할머니에 대한 감동적인 찬사로 여겼으며, 우리에게는 자부심의 원천이 될 것이라고 기대했다. 나는 단지 깜짝 놀랐을 뿐이었다. 내게는 천지개벽이 일어난 것과 다름없었다. 실제로 나는 호수의 얼음판을 건너가는 꿈을 꾸었다. 봄이 되면 으레 그렇듯이 이리저리 움직이고 떨어져 나가면서 녹고 부서지는 얼음이었다. 그런데 꿈속에서 내가 밟고 있는 얼음 표면은 손과 팔과 뒤집힌 얼굴들로 짜 맞추어진 것이었는데, 발을 디딜 때마다 재빨리 이동했다가 다시 원위치로 돌아오곤 하였다. 내 무게 때문에 잠시 동안만 밑으로 가라앉았다가 도로 올라오는 것이었다. 꿈과 부고 기사가 합쳐지면서 내 마음속에 할머니가 무언가 다른 성분으로 돌아가셨다는 확신이 생겼다. 그 성분 위로, 우리의 생명이 물에 비친 그림자처럼 중력도 없고 만질 수도 없으며 섞여지지도, 나누어지지도 않는 존재로 떠돌아다니고 있다는 생각이 들었다. 그렇게 할머니는 아무것도 구별되지 않는 과거라는 깊은 심연 속으로 돌아가셨고, 할머니의 빗 또한 트로이의 헬레네의 것처럼 주인의 따뜻한 온기를 더 이상 지니지 못했다.

실비 이모의 편지가 도착하기 전부터 릴리와 노너 할머니는 이모에게 할머니의 죽음을 알리고 할머니의 재산을 정리하고 관리하기 위해 집으로 오라는 편지를 쓰기 시작했었다. 유언장에는 실비 이모에 대한 언급이 전혀 없었다. 우리를 위한 대비책에도 이모는 어떤 식으로도 포함되지 않았다. 이 점이 릴리와 노너 할머니에게 의아하게 여겨졌다. 비합리적인 것은 아닐지 몰라도 분명 매정한 처사였다. 부모란 아무리 못된 자식일망정 으레 다 용서해야 하며, 그 점은 부모가 죽은 다음에도 마찬가지라는 것이 두 사람의 일치된 의견이었다. 그리하여 루실과 나는 두 양반의 가슴을 부풀게 한 꺼림칙한 희망을 품고 우리 엄마의 동생이 나타나기를 고대하기 시작했다.

　이모는 엄마 나이쯤 될 것이고, 엄마랑 너무 닮아서 우리를 놀라게 할지도 몰랐다. 이모는 바로 이 집에서 할머니의 보살핌을 받으며 우리 엄마와 함께 자랐다. 당연히 우리와 똑같은 볶음밥을 먹고 우리와 똑같은 노래를 들었으며, 잘못을 저지르고 난 뒤 우리와 똑같은 식으로 야단을 맞았을 것이다. 우리는 무심결일망정 곧 실질적인 복권이 이루어지리라는 희망을 품기 시작했다. 밤이면 릴리와 노너 할머니가 주방에서 자신들의 꿈을 펼쳐 나가는 소리가 귓전으로 들렸다. 두 사람은 실비 이모가 이곳에서 행복하리라고 생각했다. 이모는 마을도 잘 알고 있고(위험한 장소와 멋대가리 없는 사람들을) 자신들이 할 수 없는 일, 즉 우리를 감시하고 훈계하는 일도 잘할 수 있을 것이라 기대했다. 그들은 할머니가 실비 이모 대신 자기들을 선택한 것은 잘못된 판단이라고 하면서, 다 할머니의 나이 때문이었노라고 마지못해 변명해 주었다. 우리도 두 사람의 생각이 옳다고 느꼈다.

　실비 이모에게 불리한 점이라면 할머니가 사실상 모든 대화 및 유언에서 이모의 이름을 빠트렸다는 것이 다라면 다였다. 이것이 손해가 되든 말든 우리도, 두 양반들도 특별히 그것을 두려워하지 않았다. 이모의 떠돌이 생활은 단지 추방당한 것 때문인지도 몰랐다. 공정하게 생각하건대 이모의 떠돌이 생활은 독신 생활을 더 좋아하는 데서 비롯된 것일 수도 있었다. 이모의 경우에는 돈이 없어서 좀 골치가 아프기는 했지만 말이다. 노너와 릴리 할머니는 어머니가 사망할 때까지 함께 살다가, 오빠가 사는 서부로 이사해서 어머니의 농장을 판 돈으로 오랫동안 자기들끼리 독립적인 생활을 해왔었다. 만일 두 사람이 쫓겨난 채 상속권도 박탈당했다면.(그들은 혀를 찼다.) "우리 역시 화물차를 타고 돌아다니고 있을 거야." 두 사람이 매우 만족스럽다는 듯이 크게 웃어 젖히자 의자가 흔들렸다. "그 애 어머니가 결혼을 안 하려는 사람을 좀처럼 용납하지 못했던 건 사실이야." 누군가 말했다.

"올케가 그런 말을 했었지."

"바로 우리 면전에서."

"그것도 여러 번이나."

"하나님의 가호가 있기를."

우리도 실비 이모가 결혼하지 않은 양 행세한다는 것을 잘 알고 있었다. 성이 바뀐 사실에 법적으로 결혼을 했다는 점이 분명하게 드러나 있는데도 말이다. 이 피셔라는 사람이 누구이고 무얼 하는 사람이었나에 대해서는 한마디도 언급되지 않았다. 릴리와 노너 할머니도 그 사람에 대해서는 굳이 신경 쓰지 않았다. 점차 두 양반은 실비 이모를 노처녀로 보기 시작했으며, 아무것도 물려받지 못한 채 쫓겨났다는 이유만으로 이모를 자신들과는 다르게 생각했다. 실비 이모가 어디 있는지 알아낼 수만 있었다면 이모를 불러들였을 것이다. "그러면 우리 판단대로 할 텐데……"

실비 이모의 편지가 도착하자, 두 사람은 진작부터 쓰고 있던 편지의 최종적인 마무리 작업에 들어갔다. 실비 이모가 원한다면 이 집에서 할머니의 자리를 차지할 수도 있다고 조심스럽게 암시는 하되 약속은 하지 않는 내용이었다. 일단 편지를 부치고 난 다음에는 우리 모두 기대에 차서 하루하루를 보냈다. 루실과 나는 이모의 머리 색깔이 갈색이냐 검은색이냐를 놓고 입씨름을 벌였다. 루실이 "엄마처럼 갈색일 게 분명해."라고 말하면, 나는 "엄마 머리는 갈색이 아니야. 붉은색이었어."라고 응수하곤 했다.

릴리와 노너 할머니는 한참을 의논한 끝에 자기네가 떠나고 실비가 와야 한다고 결론을 내렸다.(두 사람은 자신의 건강도 돌봐야 했고, 붉은 벽돌로 굳건하게 세워진 하트윅 호텔의 지하 방으로 돌아가고도 싶었다. 거기에는 빳빳하게 풀을 먹인 침대 커버와 반짝이는 집기들이 있었고, 관절염을 앓는 사환과 두 명의 늙은 여종업원이 그들의 나이와 그들의 외로움과 그들의 가난을 향해 상냥하게 경의를 표하고 있었다.)

3

두 양반이 실비 이모에게 편지를 보낸 때가 늦겨울이었건만 봄도 되기 전에 이모가 왔다. 그들은 실비 이모에게 결정을 내리기 전에 심사숙고할 것을 권유했고 무척 상냥하면서도 장황한 투로 자기들의 요청에 긴급한 것은 하나도 없으며, 필요하다면 이모가 여기로 오기 전에 충분한 시간을 두고 주변을 정리해도 된다는 사실을 납득시켰다.(편지를 쓰는 데 며칠이나 걸렸다.) 그러던 어느 날, 저녁을 먹으려고 주방에 앉아 있는데, 두 사람이 실비 이모가 답장을 하지 않는다고 걱정을 주고받았다. 이모가 너무 몽상적이고 자기 생각에만 빠져 있는 까닭에 평범한 배려조차 하지 못한다는 사실을 떠올리면서 아프지나 말았으면 좋겠다고 하는 순간 문을 두드리는 소리가 났다.

노너 할머니가 자신의 옷자락으로 온 바닥을 쓸면서 문으로 내려갔다. (주방에서 현관문에 이르는 복도는 중간에 계단을 하나 놓아 각도를 어느 정도 완만하게 만들기는 했지만 그래도 꽤 경사가 있었다.) 노너 할머니가 중얼거리는 소리가 들렸다. "어머나! 몹시 추웠겠구먼! 걸어왔니? 어서 주방으로 들어가자." 이어 바닥에 옷자락을 스치면서 무거운 신발을 끌고 복도로 돌아오는 소리가 나더니 더 이상 아무 소리도 들리지 않았다.

노너 할머니 뒤를 따라 실비 이모가 우아함과 비밀스러움과 조심스러운 기색이 뒤섞인 것 같은 조용한 태도로 주방으로 들어왔다. 이모는 서른다섯 살쯤 되어 보였으며 키가 크고 호리호리했다. 물결치는 듯한 갈색 머리를 귀 뒤에다 핀으로 고정시켜 놓았는데, 단정하게 보이느라고 그 자리에 선 채 삐져나온 머리를 뒤로 쓰다듬었다. 머리는 젖었고, 손은 추위로 빨갛게 곱았으며, 맨발에 로퍼를 신고 있었다. 레인코트가 심하게 구겨지고 헐렁하게 큰 것으로 보아 벤치에서 주웠음이 분명했다. 릴리와 노너 할머니가 눈썹을 치켜올린 채 서로 힐끗 쳐다보았다. 잠시 침묵이 흐른 뒤, 이모가 머뭇머뭇 내 머리에 손을 올려놓으며 말했다. "네가 루스로구나, 너는 루실이고. 루실은 아주 멋진 빨간 머리카락을 가졌네."

릴리 할머니가 일어서서 실비 이모의 두 손을 잡자, 이모가 몸을 굽혀 입맞춤을 했다. "여기 난로 옆에 앉으렴." 노너 할머니가 의자를 밀면서 말했다. 이모가 의자에 앉았다.

"난로 옆은 정말 따뜻하지." 노너 할머니의 말이었다. "코트 벗으려무나. 그럼 더 빨리 따뜻해질 거야. 달걀 하나 삶아다 주마."

"수란(달걀을 깨서 그대로 끓는 물에 넣어 흐트러지지 않게 흰자만 삶은 것—옮긴이) 좋아하니? 그냥 삶아 줄 수도 있는데." 릴리 할머니가 물었다.

"아무 거나 괜찮아요. 아, 수란이 좋을 것 같네요." 이모가 대답하면서 코트 단추를 풀고 소매에서 팔을 뺐다. "굉장히 멋진 드레스로구나!" 릴리 할머니가 탄성을 내질렀다. 이모가 길쭉한 손으로 치맛자락을 매만졌다. 광택이 흐르는 짙은 초록색 드레스였다. 짧은 소매에, 작은 은방울꽃 모양의 브로치가 꽂힌 크고 둥근 칼라가 달려 있었다. 이모가 우리 모두를 바라보고 다시 드레스를 내려다보는데, 그 옷이 깊은 인상을 준 것을 알고 기뻐하는 게 확실했다. "그래, 아주 근사해 보이는구나, 얘야. 아주 좋구나." 노너 할머니가 조금 큰 소리로 말했다. 릴리 할머니의 칭찬이 자신을 의식하고 한 것과 마찬가지로, 그녀의 이 말 또한 사실상 자기 동생을 의식하고 한 소리였다. 그들은 상대방이 잘 알아들을 수 있도록 소리를 질렀는데, 둘 다 자기 목소리가 얼마나 큰지 가늠할 수 없을 뿐 아니라, 서로 상대방이 자기보다 더 귀가 나쁘다고 생각했기 때문에 저마다 필요 이상으로 크게 말했던 것이다. 아울러 줄곧 함께 살아왔기 때문에 둘만이 알아듣는 특별한 언어가 있다고 느꼈다. 따라서 릴리 할머니가 노너 할머니를 흘끗 바라보면서 "굉장히 멋진 드레스로구나!"라고 한 것은 마치 "이 애가 어느 정도는 제정신인 것 같구나! 웬만큼 정상인 것 같아!"라는 말과 같았다. 또 노너 할머니가 "아주 근사해 보이는구나."라고 말한 것은 "아마 이 애가 그렇게 할 것 같아! 이 애가 여기 있고 우리는 갈 수 있을 것 같아!"라고 말한 것으로 볼 수 있었다.

실비 이모는 무릎에 올려놓은 손을 내려다보면서 주방 등불 아래 앉아 있었다. 그동안 릴리와 노너 할머니는 늙고 뻣뻣한 다리로 성큼성큼 걸어 다니면서 달걀을 삶고 말린 자두조림을 접시에 담아내느라고 바빴는데, 둘만의 비밀스러운 의사소통으로 얼굴이 상기된 채 의기양양한 빛이었다.

"시먼스 씨가 죽은 거 알았니?" 릴리 할머니가 물었다.

"분명 나이가 꽤 많으셨지요." 이모의 대답이었다.

"그런데 대니 래파포트라는 사람 기억하니?"

이모가 고개를 저었다.

"걔가 학교 다닐 때 너보다 한 학년 아래였는데."

"기억날 것도 같아요."

"음, 걔가 죽었단다. 어떻게 죽었는지는 모르고."

이번에는 노너 할머니가 입을 열었다.

"신문에 장례식 기사는 났는데 어떻게 죽었는지는 안 실렸더구나. 참 이상하다고 생각했지. 사진만 나왔거든."

"최근 사진도 아니었고." 릴리 할머니가 투덜거렸다. "열아홉 살처럼 보이더구나. 얼굴에 주름 하나 없었어."

"엄마 장례식은 괜찮았나요?" 이모가 물었다.

"근사했단다."

"음, 그럼 아주 훌륭했지."

늙은 자매가 서로 쳐다보았다.

"물론 아주 약소하기는 했지." 노너 할머니가 덧붙였다.

"그래, 어머니가 그러길 원하셨거든. 그래도 네가 그 꽃을 봤어야 하는 건데! 집 안이 온통 꽃으로 가득했거든. 그 절반은 교회로 넘겨줬단다."

"어머니는 꽃을 바라지 않으셨어. 낭비라고 말씀하셨을 거야." 노너 할머니가 말했다.

"어머니는 예배도 원치 않으셨단다."

"네에."

방 안에 침묵이 흘렀다. 노너 할머니가 토스트에 버터를 바르고 젤리처럼 굳은 달걀을 얇게 썰어 그 위에 올린 다음, 마치 어린애에게 줄 것인 양 포크로 잘게 부쉈다. 이모가 식탁에 앉아 손으로 턱을 고인 채 토스트를 먹었다. 노너 할머니가 위층으로 올라갔다가 몇 분 후에 보온병을 들고 다시 내려왔다. "복도 끝 침실에 네 자리를 봐두었다. 거기가 좀 답답하기는 해도 그래도 통풍구보다는 낫단다. 침대에 무거운 담요 두 개랑 가벼운 것 하나 놓아두었다. 의자에다 이불도 하나 갖다 놓았고." 그러면서 주전자의 물을 보온병에 채운 뒤 행주로 병을 감쌌다. 루실과 내가 저마다 여행용 가방을 하나씩 들고 이모를 따라 2층으로 올라갔다.

육중한 난간이 딸린 계단은 널따랗고 윤이 났는데, 할아버지가 목수 일에 점점 더 자신이 붙으면서 영구적으로 쓸 수 있으리라고 생각한 것들을 훌륭한 목재를 써서 만들던 시기의 산물이었다. 그런데 특이하게도 지붕에 달린 뚜껑 혹은 들창문에서 계단이 끝나 버렸는데, 계단 꼭대기에 닿으면 지붕을 받치는 데 꼭 필요한 벽과 만나는 바람에(지붕은 늘 가운데 부분이 어느 정도 주저앉아 있었다.) 그 안에 다른 문을 더 만들 수 없기 때문이었다. 그 대신 할아버지는 도르래와 창문 무게를 이용해 들창문(2층이 사다리로 올라가야 하는 고미다락으로 쓰이기 시작한 때부터 그대로 남아 있었다.)을 살짝 밀면 올라갔다가 '탁' 하는 작은 소리와 함께 저절로 떨어지면서 닫히는 장치를 만들어 냈다.(이 장치 덕분에 외풍이 반질반질한 계단을 빗발치듯 휩쓸고 내려와 거실을 가득 채운 뒤 주방으로 소용돌이치면서 불어 닥치는 것을 막을 수 있었다.)

실비 이모의 침실은 커튼으로 복도를 막아 놓은 것으로, 정말 비좁은 기숙사 방 같았다. 그 안에 베개와 담요로 불룩해진 간이침대와 노녀 할머니가 선반 위에 켜둔 작은 등잔이 하나 있었다. 작고 둥근 창문 하나가 허공에 높이 뜬 보름달처럼 높다랗게 달렸고, 옷장과 의자는 커튼 밖의 복도 양쪽에 따로따로 놓여 있었다. 이모가 어두컴컴한 복도에서 돌아서더니 우리에게 입을 맞췄다. "내일 선물 줄게." 이모가 작은 목소리로 말했다. 그러더니 다시 한 번 우리에게 입을 맞추고는 커튼 뒤 좁은 방으로 사라져 버렸다.

종종 나는 실비 이모가 자신이 떠난 이래 바뀌기도 하고 그냥 제자리를 지키기도 하면서 변해 버렸을 그 집으로 다시 돌아온 기분이 어떤지 무척 궁금했다. 양쪽에 눈을 쌓아 놓은 통에 좁아진 길 한가운데를 걸어 내려가면서 아무것도 끼지 않은 맨손을 꼭 쥐고 있던 이모를 그려 본다. 그 길로 말하면 양쪽에 쌓인 눈더미 아래쪽에 생긴 질척질척한 웅덩이 때문에 더욱 좁아진 형편이었다. 이모는 생각에 잠긴 듯한 멍한 표정으로 마치 누군가가 이모에게 나지막한 목소리로 이야기라도 하는 양 항상 고개를 한쪽으로 기울인 채 걸었다. 그러다가 문득 음산한 구름 색깔의 눈과, 녹아내리는 눈과 같은 색깔의 하늘과, 눈이 녹으면서 드러난 반질반질하고 시커먼 널빤지와 막대기와 나뭇조각 따위를 바라보곤 하였다.

할머니 장례식 때 사용한 꽃은 노너 할머니가 내다 버리기 전부터 역한 냄새가 나기 시작했다. 그 흔적이 아직도 남아 있는(내게는 그렇게 느껴졌다.) 비좁은 복도로 들어가던 이모의 기분은 과연 어땠을까. 이모의 손발이 따뜻한 온기로 인해 얼얼해졌던 것이 틀림없다. 초록색 드레스 위에 놓인 이모의 손이 얼마나 빨갛고 얼마나 비틀려 보였는지, 이모가 옆구리에 팔을 얼마나 꽉 붙이고 있었는지, 모든 장면이 선하게 떠오른다. 이모가 하얀 주방의 나무 의자에 앉아 빌린 것처럼 보이는 드레스를 매만지고 로퍼에서 발을 빼내면서, 임신한 처녀처럼 조용하고 다소곳한 태도로 우리의 눈길을 받아 내고 있을 때, 이모의 행복은 손에 잡힐 것만 같았다.

이모가 도착한 다음 날 아침, 루실과 나는 일찍 일어났다. 중요한 날이면 새벽에 일찍 일어나 집 안 동정을 살피는 것이 우리 버릇이었다. 보통 때 같으면 한 시간 남짓 집 안이 온통 우리 차지였는데 그날 아침은 달랐다. 이모가 코트를 입은 채 주방 난롯가에 앉아 작은 셀로판 봉지에 든 굴 크래커를 꺼내 먹고 있었던 것이다. 이모가 우리를 보고 깜짝 놀라면서 미소를 지었다. "불을 끄고 있었더니 아주 좋은데." 이모의 말에 루실과 내가 서둘러 전등 줄을 잡아당기려다 부딪치고 말았다. 이모가 코트를 입은 것을 보고 이모가 떠나려나 보다,라고 생각했다. 그래서 이모를 붙잡기 위해 고분고분한 태도로 무엇이든지 다 할 준비를 하고 있었다. "더 근사하지 않니?" 사실을 말하자면, 바람이 창문에 차가운 빗줄기를 퍼부으면서 집을 못살게 굴고 있었다.

우리는 이모 발치에 놓인 깔개에 앉아서 이모를 바라보았다. 이모가 우리에게 굴 크래커를 하나씩 건네주었다. "내가 여기 있다는 게 믿어지지 않는구나." 이윽고 이모가 입을 열었다. "열한 시간이나 기차를 탔단다. 산에 눈이 아주 많이 왔거든. 그 바람에 몇 시간씩이나 하염없이 살금살금 기어 오다시피 했지." 이모의 목소리로 보아 즐거운 여행이었음에 틀림없었다. "너희 기차 타본 적 있니?" 아직 없었다. "식당 칸에는 희고 큰 식탁보가 깔리고 창틀에 은으로 만든 작은 꽃병이 붙어 있는데, 뜨거운 시럽이 담긴 작은 은제 주전자를 자기 맘대로 사용할 수 있단다. 나는 기차를 타고 여행하는 게 좋더라." 이모의 말이었다. "특히 객차 안에 있을 때. 언젠가 너희도 데려가 줄게."

"저희를 어디로 데려가실 건데요?" 루실이 물었다.

이모가 어깨를 으쓱했다. "어디든지. 아무 데나. 어디로 가고 싶니?"

나는 우리 셋이 문을 전부 활짝 열어 놓은 기다란 화물차에 앉아 있는 모습을 그려 보았다. 활동 사진에 나오는 장면처럼 움직였다 멈췄다 하면서 명멸하는 영상을 보여 주는, 수도 없이 많고 빠르고 똑같이 생긴 화물차들 말이다. 기차가 지나가면서 내는 후끈하고 위험한 바람이 야생당근을 갈가리 찢어놓았다. 온갖 소음과 덜커덕거리는 소리와 엄청난 속도를 내면서 기차가 연달아 울부짖을 동안, 우리는 거기 과수원 끄트머리에서 흔들거렸다. "스포캔이요." 내가 말했다.

"아, 그보다 더 좋은 곳. 더 먼 곳으로. 시애틀이라든가." 주방에 침묵이 흘렀다. "거긴 네가 살던 곳이잖아."

"우리 엄마랑 함께였지요." 루실이 말했다.

"그랬지." 이모가 빈 셀로판 봉지를 사등분으로 접더니 엄지손가락과 다른 손가락 사이에 넣고 주름을 잡았다.

"엄마에 대해서 좀 말씀해 주실래요?" 루실이 부탁했다. 달래는 듯한 어조로 느닷없이 질문을 던진 것은 어른들이 우리 앞에서 엄마에 대해 통 말하려 들지 않았기 때문이다. 할머니는 딸들에 관해 입도 뻥긋하지 않으셨으며, 누군가가 할머니 앞에서 딸들 이야기라도 꺼낼라치면 노여워하면서 움찔하셨다. 우리도 여기에는 익숙해 있었지만, 릴리 할머니나 노너 할머니나 할머니의 모든 친구들까지 엄마 이름만 나오면 몹시 곤혹스러워하는 것이 아무래도 미심쩍었다. 그런 이유로 이모에게 물어볼 작정이었는데, 이모는 코트를 입고 있는 데다 금방 떠날 것처럼 보였다. 그 바람에 루실은 우리가 합의한 대로 이모를 좀 더 잘 알게 될 때까지 기다릴 수 없었던 것이다.

"아, 아주 다정했지. 무척 예뻤단다." 이모의 말이었다.

"그리고 또 어땠어요?"

"학교에서는 아주 착실한 학생이었단다."

루실이 한숨을 쉬었다.

"아주 잘 아는 사람을 설명하기란 어려운 일이야. 엄마는 아주 조용했단다. 피아노를 쳤고 우표를 수집했어." 이모가 과거를 회상하는 것 같았다. "고양이를 그렇게 좋아하는 사람을 본 적이 없단다. 항상 고양이를 집으로 데려왔지."

루실이 다리 위치를 바꾼 다음 다리를 감싼 두꺼운 잠옷 자락을 매만졌다.

"언니가 결혼한 후로는 거의 만나지 못했단다." 이모의 설명이었다.

"그럼 엄마 결혼식에 대해 말씀해 주세요." 루실이 말했다.

"응, 아주 약소했어. 엄마는 레이스가 달린 여름 드레스를 입고 밀짚모자를 쓰고, 데이지로 만든 꽃다발을 들고 있었지. 그냥 할머니 비위를 맞추기 위한 결혼식이었거든. 이미 네바다 어디선가 판사 앞에서 결혼식을 올렸으니까."

"왜 네바다였어요?"

"음, 네 아버지가 네바다 출신이었으니까."

"그분은 어땠어요?"

이모가 어깨를 으쓱하며 말했다. "키가 컸지. 못생기지는 않았어. 무척 조용하기는 했어도. 내 생각에는 수줍어했던 것 같아."

"무슨 일을 하셨는데요?"

"떠돌아다니셨단다. 무슨 농기구 같은 것을 팔지 않았나 싶은데. 농사 도구 같은 거. 결혼식 날 하루 빼고는 형부를 본 적이 없거든. 아빠가 지금 어디 계신지 아니?"

"아뇨." 내가 대답했다. 그러면서 루실과 나는 어느 날 버니스가 엄마에게 두툼한 편지 한 통을 가져다주었던 일을 떠올리고 있었다. "레지널드 스톤." 버니스가 옅은 자주색 손톱으로 반송 주소를 톡톡 치면서 말했다. 엄마는 버니스에게 커피를 갖다준 뒤 식탁에 앉아 우표의 떨어진 모서리 부분을 느릿느릿 뜯어냈다. 그 옆에서 버니스는 잘 아는 칵테일 바의 여급을 포함해 결혼 생활이 파경에 이르렀거나 다시 화해한 사람들에 관한 지저분한 소문들을 나지막한 소리로 늘어놓았다. 마침내 자기가 있을 동안에는 편지를 뜯지 않을 것이라는 사실이 확실해지자 버니스가 자리를 떴고, 그녀가 돌아가자 엄마는 봉투를 네 쪽으로 찢어서 쓰레기통에 떨어뜨렸다. 그러고는 우리가 거기 있었다는 사실을 문득 깨달았다는 듯이 우리 얼굴을 들여다보면서 우리가 하려는 질문에 선수를 쳤다. "이게 최선이란다." 그것이 우리가 아버지에 관해 알고 있는 전부였다.

나는 우리가 보고 있었다는 사실을 불현듯 깨닫고 화들짝 놀라던 엄마의 얼굴을 그 당시 그대로 떠올릴 수 있었다. 그때 나는 그저 호기심만 느꼈다고 생각되지만, 사실은 엄마가 내 표정에서 호기심 이상의 기색을 읽었기에 아직도 그 일별(一瞥)을 기억하는 것 같다. 사실 이제 와서 그 순간을 떠올릴 때마다 복잡한 감정에 사로잡히곤 한다. 우선 엄마가 편지를 찢어 버리면서 어떤 회의나 흥분도, 어떤 망설임이나 서두름도 보이지 않았던 점이 참으로 놀랍다. 아울러 그것이 처음이자 마지막인 유일한 편지였으며, 그 남자로부터 무엇이 오거나 그에 대해 무슨 소식을 들었던 적이 한 번도 없었다는 점이 무척 실망스럽다. 또한 아마도 그가 우리 아버지일 것 같은데, 그렇다면 우리가 어떻게 되었는지 알고 싶어 하거나 하다못해 간섭이라도 해야 하는 게 아닐까 하는 생각을 하면 분노가 치밀어 오른다.

점점 나이가 들수록 엄마가 기대했을 표정을 좀 더 그럴 듯하게 보여 줄 수 있을 것 같다는 생각이 이따금 들곤 한다. 물론 엄마는 내가 기억하지 못하는 얼굴을 들여다보고 있었다. 실비 이모 얼굴이 이모 얼굴과 비슷하지 않은 것과 마찬가지로, 내 얼굴과 비슷하지 않은 내 얼굴을. 이모의 얼굴을 쳐다보고 있노라면 점점 더 엄마가 떠오르는 걸로 보아 내가 더 안 닮은 것 같다. 실제로 엄마와 이모는 뺨과 턱의 생김새라든가 머릿결 따위가 아주 비슷했다. 그리하여 이모가 엄마의 기억을 희미하게 만들면서 그 자리를 대신하기 시작했다. 얼마 지나지 않아 이모는 자신에게 없는 기억을 내가 지니고 있다는 사실 때문에 깜짝 놀라서 나를 올려다보곤 하였다. 내가 점점 더 나의 의식적인 상처를 드러내 보이는 사람도 기억 속의 이 실비 이모였다. 이모가 그 편지에 대해 아무것도 알지 못한다는 것을 알고 그렇게 하는 것이었다.

이모가 우리 엄마를 생각할 때면 어떤 모습을 떠올렸을까? 등불 밑의 깔개 위에 배를 납작하게 깔고 엎드려서, 발꿈치는 허공으로 들어 올리고 턱은 두 손으로 받친 채 키플링의 책을 즐겨 읽던, 머리를 땋고 팔에는 주근깨가 잔뜩 나있는 계집아이일까? 엄마도 거짓말을 했을까? 비밀은 지킬 수 있었을까? 엄마도 간지럼을 태우고 때리고 꼬집고 얼굴을 찡그렸을까? 만일 누군가 나에게 루실에 대해 물어본다면, 나는 부드럽고 아름답고 뒤엉킨 머리 타래를 지닌 그 애를 떠올릴 것이다. 감싸 주지 않으면 점점 더 지독하게 차가워지는 약간 오목하게 파인 귀를 그 머리가 가리고 있었다. 또 영구치가 하나 나고 한참 뒤에야 다음 것이 난 그 애의 톱니처럼 울퉁불퉁한 앞니와, 그 애가 몹시 까다롭게 손을 씻었던 사실도 떠올릴 것이다. 지루하면 입술을 물어뜯고 수줍어할 때는 무릎을 할퀴던 모습과, 햇볕을 받아 따뜻해진 고양이나 분필처럼 동생에게서 상큼한 냄새가 희미하게 풍겨 나오던 일도 기억해 낼 것이다.

내 생각에는 이모가 그냥 단순히 과묵했던 것 같지는 않다. 이모도 말했듯이 누군가를 묘사한다는 것은 참 어려운 일이다. 마치 밤에 불이 켜진 유리창 너머로 무언가를 보는 것처럼 기억이란 본래 분해되고 고립되고 제멋대로 변하는 것이기 때문이다. 가끔 루실과 나는 어두운 저녁에 기차가 지나가는 것을 바라보곤 했다. 기차는 모든 유리창에 환하게 불을 밝힌 채 푸르스름한 눈 사이로 느릿느릿 기어갔는데, 안은 무언가를 먹거나 논쟁을 벌이거나 신문을 읽는 사람들로 가득 차있었다. 물론 그 사람들은 우리가 보는 것을 보지 못했다. 겨울날의 오후 5시 30분은 바깥 풍경이 모조리 어둠 속으로 사라져 버리는 시간이었다. 그러므로 만일 기차 안의 사람들이 무언가를 보고 있었다면 새까만 유리창에 비친 자기 자신의 모습이었을 것이다. 어두컴컴한 나무나 거무튀튀한 집들, 가느다랗게 보이는 시커먼 다리나 어렴풋이 푸른 빛을 발하는 광활한 호수는 보이지 않을 시간이었다. 그들 중 어떤 이들은 열차가 무엇을 향해 그렇게 조심스럽게 다가가는지 몰랐을 것이다.

언젠가 루실과 내가 기차 옆을 따라 호숫가까지 걸어간 적이 있었다. 몹시 차가운 비가 눈 위에 얼어붙으면서 눈을 유리처럼 미끄럽게 만들어 놓았다. 해가 지고 났을 때, 우리는 얼어붙은 표면이 그 위로 걸어갈 수 있을 만큼 두껍다는 것을 알았다. 우리는 기차와 6미터가량 떨어진 채 간간이 넘어지기도 하면서 기차를 따라갔다. 표면이 얼어붙은 눈이 모래언덕에서 솟아 나오다가 움푹 꺼지다가 했을 뿐만 아니라, 예상치도 못한 곳 여기저기에서 덤불 꼭대기나 울타리의 말뚝이 튀어나왔기 때문이다. 하지만 네 발로 기고 미끄러지면서도 헛간과 토끼 우리 지붕을 침착하게 붙잡은 끝에 간신히 기차와 나란히 설 수 있었다.

창문 너머로 조그마한 머리에 작은 모자를 쓰고, 얼굴에 화사하게 화장을 한 젊은 여자가 앉아 있는 모습이 보였다. 그녀는 거의 팔꿈치까지 닿는 반짝이는 회색 장갑에 테를 두른 팔찌를 끼고 있었는데, 흐트러진 머릿단을 모자 아래로 넣기 위해 팔을 들어 올리자 팔찌가 팔 아래로 떨어졌다. 여자는 자신이 보고 있는 것에 완전히 정신이 팔려서 연신 창문을 바라보았다. 그것이 루실과 내가 아니라고는 말할 수 없을 것 같았다. 숨이 너무 차서 헐떡거리느라고 소리도 지르지 못한 채, 그 여자 옆에 있으려고 죽자 사자 기어오르는 중이었다.

호숫가에 이르자 땅이 끝나고 다리가 시작되었다. 우리는 그 자리에 멈춰 선 채 그 여자가 앉은 창문이 추상적인 형태를 이루고 있는 다리의 호(弧)를 따라 서서히 멀어지는 것을 바라보았다. "걸어서 호수를 건널 수 있을 것 같은데." 내가 말해 놓고 생각해 봐도 끔찍한 발상이었다. "너무 추워." 루실의 대답이었다. 그렇게 그 여자는 가버렸다. 그런데도 나는 내가 훨씬 더 잘 알던 다른 사람에 비해 그녀를 잘 기억하지 못한다든지, 실제와 다르게 기억한다든지 하는 일은 없다. 그리고 실제로 그 여자의 꿈도 꾸는데, 꿈의 내용도 그 사건과 거의 비슷했다. 다만 꿈속에서는 다리 말뚝이 기차의 하중을 받고 그렇게 위험하게 흔들리지는 않았다.

"아침으로 무얼 먹으면 좋을까?" 이모가 물었다.

"콘플레이크요."

이모가 코코아를 만들어 주었고 우리는 아침을 먹으면서 날이 밝아 오는 것을 지켜보았다. 간밤에 몹시 추웠던 탓에 진창길이 얼어붙고 쓰레기 더미는 단단히 굳었으며 길 양쪽에 쌓아 놓은 눈은 물기가 빠져 있었다.

"동네나 한 바퀴 산책하러 가야겠다." 이모가 말했다. "길바닥이 온통 다시 진창길이 되기 전에. 금방 돌아올게." 이모가 단추를 잠그면서 현관으로 나갔다. 칸막이 문이 쾅 하고 닫히는 소리가 들렸다. "이모가 스카프도 빌렸어야 하는 건데."라고 내가 말하자, "이모는 돌아오지 않을 거야."라는 루실의 대꾸가 돌아왔다. 우리는 2층으로 뛰어가서 잠옷 자락을 그대로 쑤셔 넣은 채 얼른 그 위에 청바지를 입었다. 침실 실내화 위에 부츠를 그냥 신고 코트를 움켜쥔 채 밖으로 달려 나갔다. 하지만 이모는 이미 가고 없었다. 만일 이모가 떠나지 않는다면 호수로 가지 않는 한은 어쨌거나 마을로 갔을 터였다. 머리에 아무것도 쓰지 않았고 장갑도, 부츠도 없었던 탓에 호숫가는 끔찍하게 추워서 견디기 힘들 터였다. 우리는 마을 중심가를 향해 얼어붙은 진창길과 바퀴 자국과 얼음 조각 위를 최대한 빨리 걸어갔다. "릴리 할머니하고 노너 할머니가 이모한테 떠나라고 했을 거야." 내 말에 루실이 고개를 흔들었다. 얼굴이 빨갛게 상기된 채 뺨이 젖어 있었다. "괜찮을 거야." 내가 다시 말했다. 동생이 소매로 얼굴을 대충 닦았다.

"나도 괜찮을 건 알고 있어. 그래도 열은 받아."

길모퉁이를 돌자, 앞쪽 도로에서 네댓 마리 개를 향해 얼음 덩어리를 던지는 이모가 보였다. 개들이 이모 뒤를 따라 빙글빙글 맴을 돌며 요란하게 짖어 댈 동안, 이모는 뒷걸음질을 치면서 얼음 조각을 주워 이 손에서 저 손으로 옮겼다. 그러고는 웅크리고 있던 똥개의 갈비뼈에 얼음 조각을 던지자 개들이 모두 흩어졌다. 이어 손가락을 빨면서 손을 오그린 채 입김을 호호 불다가 개들이 다시 돌아와 요란하게 짖어 대면서 이모 뒤를 맴돌기 시작하자마자 다시 얼음을 집어 들었다. 무심한 태도 같은데도 겨냥은 아주 능숙했다. 이모는 우리가 멀찍이서 바라본다는 사실을 모르고 있었다.

우리는 마지막 개가 돌아서서 자기 집 현관으로 종종걸음을 치며 달려갈 때까지 그대로 서 있다가 어느 정도 거리를 둔 채 이모를 따라 핑거본 중심가까지 두 블록을 갔다. 이모는 약국과 볼링장과 옷가게 앞을 천천히 지나가면서 진열장 안을 일일이 들여다보기 위해 가게마다 멈춰 서곤 했다. 그러더니 곧장 역으로 걸어가서 안으로 들어갔다. 루실과 나도 역으로 따라 내려갔다. 이모가 난롯가에 서서 팔짱을 낀 채 분필로 적어 놓은 출발 시각과 도착 시간표를 읽고 있는 것이 보였다. 루실이 입을 열었다. "이모한테 가서 잊어버리고 가방을 안 가져갔다고 말씀드려야겠어." 나는 미처 그것까지는 생각하지 못했다. 우리가 다가오는 것을 보고 이모가 깜짝 놀라면서 미소를 지었다. "이모 물건을 우리 집에 두고 오셨어요." 루실이 말했다. "아, 그냥 몸을 좀 따듯하게 녹이려고 여기 들어온 거란다. 다른 데는 하나도 열지 않았더구나. 알다시피 시간이 너무 이르잖아. 그나저나 요즘에 해가 언제 뜨는지 잊어버렸지 뭐니?" 이모가 난로의 온기 속에 대고 두 손을 비볐다. "아직도 겨울같이 느껴지지 않니?"

"왜 장갑을 끼지 않으세요?" 루실이 물었다.

"기차에다 놓고 내렸어."

"부츠는 왜 신지 않으세요?"

이모가 미소를 지으면서 대답했다. "신어야 할 것 같구나."

"모자도 필요해요. 핸드 로션도 바르셔야 하고요."

이모가 주머니에 손을 넣으면서 말했다. "당분간 여기 있어야 할 것 같구나. 고모님들이 너무 늙으셨어. 어쨌든 지금으로서는 그게 최선인 것 같아."

루실이 고개를 끄덕였다.

"카페가 열리면 파이 좀 먹자꾸나. 그리고 나서 스카프랑 장갑 사는 것 좀 도와줄래?" 이모가 주머니를 뒤져서 지폐와 동전이 담긴 작은 꾸러미를 꺼냈다. 그러더니 미심쩍다는 듯이 돈을 쳐다보면서 세어 보지도 않았다. "두고 보면 알겠지, 뭐."

"집에 핸드 로션 있는데요." 루실이 대답했다.

9시가 되자 우리는 실비 이모를 따라서 싸구려 잡화점으로 갔고 거기에서 격자무늬 스카프와 회색 장갑을 샀다. 이모는 물건을 고르느라 시간이 좀 걸린 데다 계산대에 있는 여자에게 자기가 누구인지 설명하느라고도 시간을 좀 보냈다. 이모는 그녀가 낯익어 보인다고 생각했지만, 사실 그 여자는 마을에 새로 들어온 사람으로, 우리 가족에 대해서는 아무것도 모르고 있었다. 거리로 다시 나와 보니 태양이 따스하게 빛났고 도랑으로 맑은 물이 흐르고 있었다. 포장된 인도가 끝나는 곳에 이르자 이모는 이런저런 물에 한 번씩 신발을 적시며 걸을 수밖에 없었다. 그런데 이모는 그럴 때마다 신경을 쓰기는 했어도 그다지 심란해하는 것 같지는 않았다.

"저 여자를 보니 누군가 떠오르기는 하는데 누구인지 생각이 안 나는구나." 이모가 말했다.

"아직도 여기 친구가 있으세요?" 루실이 물었다.

이모가 웃었다. "음, 사실 여기에 친구가 많았다고는 절대로 말할 수 없지. 우리끼리만 지냈거든. 누가 누구인지는 다 알았지만, 그게 다야. 게다가 나는 16년이나 나가 있었고."

"그래도 어쩌다가 돌아오셨을 것 아니에요." 루실의 말이었다.

"아니."

"어디서 결혼하셨는데요?" 루실이 물었다.

"여기서."

"그럼 그거 한 번이시네요."

"한 번이었지." 이모의 대답이었다.

루실이 부츠로 진흙 덩어리를 으깨자 내 다리에 진흙이 튀는 바람에 내가 동생을 손바닥으로 쳤다.

우리는 샛길로 해서 현관으로 올라갔다. 릴리와 노너 할머니가 흥분과 불안으로 얼굴이 벌게진 채 주방에 앉아 있었다.

"드디어 왔네!" 릴리 할머니가 소리를 질렀다.

"얼마나 산책하기 좋은 날인지!"

이모가 흠뻑 젖은 로퍼를 현관에 벗어 놓았고, 우리도 코트와 부츠를 벗었다. 릴리와 노너 할머니는 우리가 청바지를 입고 슬리퍼를 신은 데다가 머리도 빗지 않은 채 잠옷을 그대로 입고 있는 것을 보고 혀를 끌끌 차며 말했다. "아니! 이게 도대체 뭐냐?"

루실이 얼른 둘러댔다. "언니하고 제가 오늘 아침 일찍 일어났는데, 해가 뜨는 걸 보러 밖으로 나가기로 했어요. 그래서 줄곧 중심가까지 갔거든요. 이모가 걱정이 돼서 우리를 찾으러 나오셨대요."

"이런, 너희 때문에 많이 놀랐단다." 노너 할머니가 말했다.

"그렇게 철딱서니 없는 짓이나 하고 돌아다니다니……."

"실비가 충분히 야단쳤겠지."

"불쌍한 실비 같으니라고!"

"만일 우리만 있었더라면 걱정하다 죽었을 거야."

"그랬을 거야."

"도로가 얼마나 위험한데. 그러니 우리가 무얼 했겠니?"

두 사람은 이모에게 커피와 함께 발을 닦으라고 뜨거운 물도 한 대야 갖다 주었다. 혀를 차고 딱하다는 표정을 지으면서 이모의 손과 머리를 어루만졌다.

"애들을 잘 다루려면 역시 젊어야 돼."

"맞는 말이야."

"보안관이랑 통화했어야 하는데……."

"그럼 쟤들한테 본때를 보여 줄 수 있는 건데……."

그런 다음 두 사람은 짐을 마저 싸기 위해 서둘러 나갔다. 루실이 신문의 낱말 맞추기 코너를 펼친 다음 서랍에서 연필을 꺼내 들고 이모 맞은편에 앉았다.

"에프이(Fe)라는 기호로 표시되는 원소." 루실이 말했다.

"철." 이모가 대답했다.

"에프로 시작하는 단어 아닐까요?"

"철이야." 이모의 대답이었다. "너를 속이려는 함정이란다."

그날 저녁 우리 할머니 친구가 릴리와 노너 할머니를 스포캔으로 도로 데려다주었고, 이제 우리 둘과 집은 온전히 이모 차지가 되어 버렸다.

4

이모가 도착하고 난 다음 주에, 핑거본은 사흘 동안은 찬란하게 태양이 빛났고 나흘 동안은 부드럽게 비가 내렸다. 첫날, 고드름이 어찌나 빨리 녹아 떨어지는지 처마 아래 자갈길이 덜커덕거리면서 튀어 올랐다. 알갱이 상태로 남아 있던 응달의 눈이 햇볕을 받자 부드럽게 녹아내리면서 덮고 있던 아무것에나 축축하게 들러붙었다. 둘째 날, 고드름이 바닥으로 부서져 내렸고 눈이 무거운 덩어리로 처마 위에 낮게 내려앉았다. 루실과 내가 막대기로 눈 덩어리를 찔러서 떨어뜨렸다. 사흘째 되던 날은 눈이 꽤 빽빽하면서도 잘 펴지기에 눈사람을 만들어서 거기에 조각을 하며 놀았다. 눈을 굴려서 커다란 덩어리를 만든 후 그 위에 또 다른 덩어리를 올려놓고 주방에서 가져온 숟가락으로 긴 드레스를 입고 팔짱을 낀 여자의 모습을 깎아 내려갔다. 그 여자가 옆을 보게 만들자고 한 것은 루실의 생각이었다. 내가 무릎을 꿇고서 치맛자락에 주름을 잡을 동안 루실은 주방 보조 의자 위에 올라서 턱과 코와 머리카락을 만들어 나갔다. 어쩌다 보니 치마가 엉덩이에서 약간 뒤로 쏠리고 가슴 위로 높이 팔짱을 낀 모습이 되었다. 그것은 순전히 우연이었다.(눈이 이쪽은 단단했다가 저쪽은 부드러웠다가 하는가 하면, 어떤 부분에서는 위에다 깨끗한 눈을 가볍게 두드려서 붙여 놓아야 했다. 눈 덩어리에 오래된 거뭇거뭇한 나뭇잎들이 함께 말려 들어갔기 때문이다.) 어쨌거나 여자의 모습이 포즈를 잡은 것처럼 되고 말았다. 어찌 보면 다소 투박하고 균형이 잡히지 않은 것처럼 보이기도 했지만, 전체적으로 차가운 바람 속에 서있는 여자의 모습을 연상시켰다. 마치 어떤 영혼을 불러낸 것 같았다. 우리는 코트와 모자를 벗어서 말없이 그녀에게 둘러 주었다.

햇빛이 찬란하던 사흘째 날이었다. 검푸른 하늘 아래에는 바람 한 점 없었고, 사방에서 눈이 녹아내린 물이 새면서 똑똑 떨어지는 소리가 들렸다. 우리는 그 눈사람이 얼어붙을 정도로 오래 버티리라고 예상했지만, 사실을 말하자면 우리가 눈사람 주변의 회색 눈을 짓밟아서 판판하게 다지고 있을 동안 머리가 앞으로 기울더니 바닥으로 떨어지면서 박살나고 말았다. 이 사고로 여자의 팔뚝과 가슴이 날아가 버렸다. 우리는 머리용으로 새로운 눈 덩어리를 만들었지만, 오히려 목을 짓뭉갰을 뿐 아니라 그 무게를 못 이겨 어깨까지 떨어져 나가고 말았다. 점심을 먹으러 안으로 들어갔다가 다시 나와 보니 누렁이 같은 색깔의 아랫부분만 남아 있었고, 우리 둘 다 더 이상은 그 눈사람에 흥미를 느끼지 못했다.

바로 뒤를 이어 비가 쏟아졌던 날들은 재앙에 다름 아니었다. 비가 오는 바람에 눈은 더 빨리 녹았으나 땅바닥은 그렇지 못했다. 사흘째 날이 저물 무렵, 핑거본의 집과 헛간과 외양간과 창고는 물에 빠진 채 물이 흘러넘치는 무수한 방주(方舟)와도 같았다. 닭들이 전신주 위에 자리를 틀고 앉는가 하면, 개들은 옆 도로에서 헤엄을 치고 있었다.

할머니는 아무리 홍수가 나도 우리 집은 절대로 덮치지 않는다고 늘 자랑하셨는데, 그해 봄에는 물이 문지방을 넘어 들어와 바닥에 12센티미터나 고이는 통에 음식을 만들거나 설거지를 할 때 장화를 신지 않을 수 없었다. 또 여러 날을 2층에서 지내야 했다. 이모는 경대에서 혼자 솔리테어(혼자 하는 카드놀이-옮긴이)를 했고, 루실과 나는 침대에서 주사위 놀이를 했다. 다행히도 장작 대부분이 현관에 높다랗게 쌓여 있었던 덕에, 연기가 다소 자욱하게 나기는 했지만 그래도 땔 수 있을 정도로 마른 상태를 유지하고 있었다. 장작더미 속에는 거미와 생쥐들이 우글거렸고, 식료품 저장실의 커튼 봉은 커튼을 적신 물의 무게를 이기지 못하고 완전히 휘어져 버렸다. 문을 여닫을 때마다 물살이 집 안을 휩쓸고 지나가는 바람에 의자가 기우뚱거렸고, 주방 찬장 바닥에서 주전자와 병이 쨍그랑, 덜그럭거리며 요란을 떨었다.

나흘 동안 비가 내리고 난 뒤 하얀 하늘에 불타는 듯이 아찔하게 눈부신 태양이 나타나자, 고지대를 찾아 집을 떠났던 사람들이 거룻배를 타고 돌아왔다. 우리 방 창문으로 사람들이 자기 집 지붕을 가볍게 두드려 보고 다락방 창문으로 안을 들여다보고 하는 모습이 죄다 보였다. "이런 일은 한 번도 본 적이 없는데." 이모가 말했다. 물이 하늘보다 더 눈부시게 빛났다. 우리가 보는 가운데 커다란 느릅나무가 도로를 가로지르며 천천히 쓰러졌다. 꼭대기부터 뿌리까지 다 넘어지면서 절반은 찬란하게 반짝이는 물속으로 사라져 버렸다.

핑거본은 결코 인상에 남는 마을이 아니었다. 구성없이 거창하기만 한 풍경에, 날씨도 영 형편없는 마을이었다. 게다가 인간의 역사 전체가 여기가 아닌 다른 곳에서 발생했다는 깨달음도 별 볼일 없는 마을이라는 생각에 한몫을 더했다. 그런데 그 범람으로 말미암아 수십 개의 묘석이 쓰러지고 말았다. 더욱 난감했던 점은 물이 빠져나가면서 무덤이 내려앉는 바람에 그것이 움푹 꺼진 옆구리나 속이 비어 쑥 들어간 배처럼 보인다는 것이었다. 도서관은 서가의 세 번째 단까지 물이 차는 바람에 엄청나게 많은 책이 물에 젖어 못 쓰게 되었다. 갈고리 무늬 깔개나 코바늘로 뜬 발판 따위가 못 쓰게 된 것은 아예 계산에 넣지도 않았다. 웨딩드레스나 앨범 사이사이에 버섯과 곰팡이가 생기는 바람에 앨범 표지를 여는 순간 가죽이 손 안에서 부서져 내렸다. 그런데 그 순간 풍겨 나오는 강렬한 냄새가 두꺼운 널빤지나 바위 밑에서 나는 냄새와 같이 사람의 마음을 교묘하게 끌어당겼다. 아무튼 핑거본 사람들이 간수했던 것들의 상당수가 완전히 훼손되거나 파괴되었지만, 우선 간수한 것 자체가 그리 많지 않았기 때문에 손실도 그리 대단하지는 않았다.

이튿날은 아주 화창했다. 물결도 무척 잔잔해서 물 위에 절반쯤 남은 나무줄기와 가지가 물에 비치면서 물속에 쓰러진 채 잠겼던 나머지 절반의 모습을 되찾게 되었다. 하루 종일 고양이 두 마리가 나뭇가지 사이를 어슬렁거리며 작은 소용돌이나 흐르는 물을 향해 사납게 덤벼들었다. 물이 빠져 내려가기 시작했다. 아직 녹지 않은 호수가 제 무게에 짓눌려 신음하는 소리가 들렸다. 얼음은 아직 두껍지만 그 아래로 커다란 거품이 파라핀 색깔을 띤 채 하얗게 일고 있을 터였다. 정상적인 날씨인 경우, 얕은 지점에서는 얼음 위로 보통 2.5센티미터 정도의 물이 고여 있었던 것 같다. 흘러넘치는 물의 중압에 눌려 얼음이 내려앉았고, 부드럽고 무르기보다는 딱딱한 편이었던 얼음이 단단한 뼈다귀가 부서지지 않으려고 저항하듯이 비틀리면서 떨어져 나갔다. 그날 오후, 호수가 무지막지한 고통에 시달리면서 요란한 신음소리를 내지르는 가운데 태양은 여전히 찬란하게 빛났다. 드넓은 호수가 구름 한 점 없는 하늘을 티끌 하나 없는 거울처럼 온전하게 비추는 가운데 넘칠 듯 불어난 물은 잔잔하기 그지없었다.

루실과 나는 장화를 꺼내 신고 아래층으로 내려갔다. 거실에 햇살이 가득 차있었다. 계단에서 문까지 걸어가는 동안 복잡하게 얽히고설키면서 물살이 일더니 마루청에 부딪치면서 흘러다녔다. 물결무늬와 주름 모양을 한 빛의 상형문자가 벽과 천장 위로 날아다녔다. 소파와 안락의자가 기이하게 어두워 보였다. 등받이에 채워 넣은 솜은 다 빠져 나갔고, 쿠션 한가운데에 야트막한 분화구가 만들어져 있었다. 그것을 만지자 물이 스며 나왔다. 요 며칠 사이에 방으로 흘러 들어온 물이 삼(麻)과 말총과 너덜너덜한 종이를 우려낸 차(茶)와 같이 되어 버렸다. 그 후로도 방에서는 그 이상야릇한 냄새가 끈질기게 풍겨 나왔는데, 다시는 비슷한 냄새조차 맡아 본 적이 없는데도 지금 이 순간에도 정확하게 기억해 낼 수 있는 냄새였다.

이모가 할머니의 장화를 신고 복도로 내려오더니 문 앞에서 우리를 들여다보았다. "저녁 준비 시작해야겠지?" 이모가 물었다.

루실이 손가락으로 소파 쿠션을 쿡쿡 찌르며 말했다. "이것 좀 보세요." 루실이 손을 떼자 썩은 물은 사라졌지만 움푹 팬 자리는 그대로 남았다.

"지독하구나." 이모가 말했다. 뒤틀리고 부딪치고 쾅쾅거리고 뒤집어지는 무시무시한 소리가 호수 쪽에서 끊임없이 들려왔다.

남쪽으로 흘러가는 물이 거대한 얼음 조각을 다리 북쪽에다 쌓으면서 내는 소리였다. 이모가 발 옆쪽으로 물을 밀어냈다. 가늘게 골이 진 둥근 파문이 사방 벽을 향해 퍼져 나갔다가 곡선을 그리며 되돌아오는 물결 속으로 서로 스며들었고, 질서 정연한 빛의 행렬이 방 안을 휩쓸면서 날아다녔다. 양동이에 나르는 물처럼 물이 벽에 부딪쳐 철벅철벅 튀길 때까지 루실이 쿵쿵거리며 물을 짓밟고 다녔다. 주방에서 희미하게 떨리는 소리가 나더니, 팽팽하게 당겨진 얇은 레이스 커튼이 물에 젖은 제 무게를 이기지 못하고 움직이면서 뒤집어졌다. 이모가 내 손을 잡더니 화려한 왈츠 걸음으로 이모 뒤로 끌어당겼다. 집 안이 온통 물바다였다. 루실이 앞문을 당겨서 열자, 현관에 있던 장작더미가 흔들리면서 한쪽 끝이 무너져 내리더니 의자를 뒤엎고 빨랫집게 봉지를 흐트러뜨렸다. 루실이 문가에 서서 밖을 내다보며 말했다.

"다리가 부서지는 것 같은 소리가 나요."

"아마 그냥 얼음 소리일 거야." 이모의 말이었다.

루실이 다시 입을 열었다. "시먼스네 집이 원래 있던 자리에 있는 것 같지 않아요."

이모가 문으로 가서 길 아래쪽 어두워진 지붕을 자세히 바라다보았다. "잘 분간이 안 되는구나."

"저 덤불이 원래는 반대쪽에 있었어요."

"아마 덤불이 옮겨 갔나 보다."

이모와 내가 연기가 자욱한 불을 피운 뒤 차와 수프를 만들기 위해 물을 끓이는 동안, 루실은 넘어진 장작을 도로 쌓아올리고 식료품 저장실 커튼 뒤로 획획 돌아다니는 빨래집게를 빗자루로 쓸어 담았다.(우리가 장작을 꺼내 쓰기 전에 장작더미를 철썩 내리쳤던 바로 그 빗자루로. 거미와 생쥐들이 이미 경고를 받고 달아났을 터인지라 그것들이 우리 손가락을 물거나, 우리 소매 속으로 떨어지거나, 난로의 불꽃 속으로 사라지는 일은 없었다.) 릴리와 노너 할머니는 집을 나서서 가게로 가는 것이 불안하기도 하고 눈에 갇히거나 몸져누울까 두려운 나머지, 식료품 저장실에 통조림으로 된 식량을 엄청나게 쟁여놓았다. 홍수가 열두 번이 난다 하더라도 아무런 불편 없이 지낼 수 있을 정도였다. 그래도 두 양반의 두려움을 선견지명으로 여기자니 어쩐지 찜찜한 기분이 들었다.

우리는 2층으로 저녁을 가져간 다음 침대에 걸터앉아 마을을 건너다보았다. 정말로 시먼스네 집이 원래 터에서 떠내려간 것처럼 보였다. 꼼짝없이 갇혀 버린 개와 길 잃은 수탉의 울부짖음 사이로 태양이 질 때, 산들바람이 수면을 부드럽게 어루만졌다. 호수에서 들려오는 무시무시한 신음 소리는 조금도 누그러지지 않은 채 밤새도록 계속되었다. 그런가 하면 한밤중에 산에서 부는 바람 소리가 길게 들이마신 한숨 소리처럼 들리기도 했다. 아래층에서는 흘러 들어온 물이 마치 낯선 집에 들어온 장님처럼 여기저기 부딪치면서 더듬더듬 헤매고 다녔다. 하지만 집 바깥에서는 고막에 와 닿는 수압처럼, 혹은 기절하기 직전에 들리는 소리처럼 물이 쉿쉿 소리를 내며 똑똑 떨어져 내렸다.

이모가 촛불을 켜면서 말했다. "우리 카드놀이나 하자꾸나."

"진짜로 하고 싶지 않은데요." 루실이 대답했다.

"그럼 뭐 하고 싶니?"

"다른 사람을 찾아보고 싶어요."

"지금?"

"아니, 내일요. 좀 더 높은 지대를 돌아다녀 보면 누구라도 찾을 수 있을 거예요. 언덕에 가면 분명 사람들이 많이 야영하고 있을걸요."

"하지만 여기가 좋잖아." 이모가 말했다. "우리 음식을 해먹고, 우리 침대에서 잘 수 있으니 말이야. 더 이상 바랄 게 뭐가 있겠니?" 이모가 카드를 뒤섞더니 솔리테어를 하기 위해 펼쳐 놓았다.

"그런 것에는 아주 질려 버렸어요." 루실의 대답이었다.

이모가 에이스를 집고 나서 그 아래 있던 카드를 뒤집었다. "그게 바로 외로움이란다." 이모가 말했다. "많은 사람들이 외로움 때문에 괴로워하지. 언젠가 너무 외로운 나머지 절름발이 노인과 결혼해서 5년 동안 아이를 넷이나 낳은 여자를 알고 지낸 적이 있는데, 결국 아무것도 도움이 되지 않았다는구나. 그래서 여자는 어머니가 보고 싶다는 생각이 들었고, 마침내 약간의 돈을 긁어 모아서 애들을 데리고 미주리까지 차를 타고 갔단다. 그 여자 말이, 어머니가 너무 많이 변해 버린 바람에 길거리에서 알아보지 못했다는구나. 그런데 할머니가 손자들 얼굴을 보더니 아이들 얼굴에 한가족이라는 표시가 나지 않는다고 말했다는 거야. 그러면서 덧붙였단다. '너는 너 혼자서 슬픔을 쌓아 놓았구나, 마리.' 그래서 여자는 그 길로 돌아서서 집으로 왔단다. 그런데 그 여자가 어머니를 보러 갔다는 사실을 남편이 전혀 믿으려 하지 않았다는 거야. 남편은 여자가 애들을 데리고 무작정 집을 나갔다가 무언가에 겁을 먹고 다시 돌아왔다고 생각한 거지. 그 후로 남편은 그들 누구에게도 사랑을 듬뿍 주지 않았다더구나. 그나저나 오래 살지도 않았고⋯⋯."

"애들은 어떻게 됐나요?" 루실이 물었다.

이모가 어깨를 으쓱하며 대답했다. "그냥 그렇게 됐겠지, 뭐. 정말로 애들이 있었다면 말이야."

"네 명 있다고 말씀하셨잖아요."

"음, 그 여자가 정말 그런지는 나도 잘 모른단다. 그냥 버스 안에서 만난 여자였거든. 그 여자가 세상의 온갖 별의별 이야기를 다 해주기에, 내가 '만일 빌링스에서 내리시면 제가 햄버거 하나 대접할게요.'라고 말했단다. 그랬더니 '빌링스에서 안 내리는데요.'라고 대답해 놓고 거기서 내리더구나. 내가 역 벤치에서 주워 온 잡지를 보다가 눈을 드니까, 그 여자가 3미터도 떨어지지 않은 곳에서 나를 보고 있더라. 내가 고개를 들자 그 여자가 돌아서서 거리로 달려갔는데, 그게 그 여자를 마지막으로 본 거였지. 어쩌면 미친 여자였는지도 몰라. 그때 '저 여자도 나처럼 아이가 없구나.' 하는 생각이 들었어."

"무엇 때문에 그 여자한테 아이가 없다고 생각하신 건데요?"

"그러니까 만일, 그 여자에게 아이가 있었다면 나는 그들을 딱하게 여길 거야. 한때 그 여자와 비슷한 다른 여자를 하나 알고 있었단다. 어린 딸이 하나 있었는데, 아주 슬프기 짝이 없는 일이었지. 그 여자는 딸한테서 눈을 뗄 수가 없었대. 딸아이를 밖으로 내보내지도, 다른 애들이랑 놀게도 하지 않았고……. 어린 딸이 잠이 들면 여자는 딸의 손톱에 매니큐어를 칠하고 고수머리로 머리를 말아 준 다음, 자기랑 놀아 달라고 아이를 깨우곤 했다는구나. 그러다가 아이가 울면 여자도 같이 울었지. 만일 버스에서 만났던 여자가 자기 말대로 정말로 외로웠다면 아이들을 데리고 왔을 거야. 아이가 하나도 없거나 법원이 아이를 빼앗아 가지 않았다면 말이지. 그런 일이 내가 말한 다른 여자의 어린 딸한테 일어났었거든."

"무슨 법원인데요?" 루실이 물었다.

"보호 관찰 법원. 판사 말이야."

"그럼, 만일 판사가 아이들을 데려가면, 걔네들을 어떻게 한대요?"

"으응, 아이들을 어떤 곳으로 보낸다더구나. 농장이나 뭐, 그런 곳이겠지."

　우리는 그때 처음으로 국가가 아동 복지에 관심을 가지고 있다는 사실을 알고 무척 놀랐다. 우리 그림자만큼이나 거대한 사법적 배려라는 시커먼 형체가 우리 모두 위에 떡 버티고 있다는 사실을 조금도 깨닫지 못한 채, 이모가 경대 위의 촛불 곁에서 카드를 뒤집어 종류대로 나누었다. 루실과 나는 그때까지도 이모가 우리 곁에 머무르지 않을 것이라 생각했다. 이모는 엄마를 닮았을 뿐만 아니라 코트를 벗은 적도 거의 없었고, 하는 이야기마다 기차나 버스 정류장에 관한 것이었기 때문이다. 하지만 그때까지만 해도 사람들이 우리를 이모에게서 빼앗아 가리라는 생각은 꿈에도 하지 않았다. 나는 이모가 내 머리카락을 한 올 한 올 조심스럽게 베개 위에 내려놓으며 짧은 갈색 머리를 빗어 기다란 금발 고수머리로 바꾸는 동안 자는 척하는 상상을 했다. 또 이모가 내 손을 꼭 잡고 자기 뒤로 끌어당기면서 격렬한 왈츠 스텝으로 복도와 주방을 지나 과수원을 통과하는 상상도 했다. 달도 뜨지 않은 밤으로, 나는 잠옷을 입은 채 거의 잠이 들어 있었다. 과수원 안의 물이 우리 주위로 거칠게 흐르면서 나무줄기에 부딪쳐 튀어 오르거나 발목 부근에서 철벅거리기 시작하던 바로 그 순간, 검은 법복을 입은 노인이 나무 뒤에서 걸어 나와 내 손을 붙잡았다. 이모는 너무 충격을 받은 나머지 울지도 못했고, 나 역시 너무 놀란 나머지 저항할 생각도 하지 못했다. 그러한 이별이라면, 정말로 어떤 사람을 버스 정류장에서 눈에 확 띄게 할 만큼 지독한 외로움 속으로 밀어 넣을 수도 있겠다는 생각이 들었다. 그러면서 혼자만 외로워했다면 남의 시선을 끌었겠지만 다행히 버스 정류장에 자기와 비슷한 사람이 많았기 때문에 그냥 파묻혀 버렸으리라는 생각이 문득 머릿속을 스쳤다. 자기와 비슷한 수많은 다른 이들이 함께 있었기 때문에 그냥 묻혀 버렸을 뿐이리라. 그래서 이모 역시 버스 정류장에서 거의 눈에 띄지 않았을 것이다.

"왜 아이를 낳지 않으셨어요?" 루실이 물었다.

이모가 어깨를 쳐들며 대답했다. "그냥 그렇게 예정되어 있지 않았으니까."

"아이를 바라셨나요?"

"늘 아이들을 좋아했지."

"제 말은 아이를 낳기를 원하셨느냐고요."

"예의에 어긋나는 질문이 있다는 것을 알아야겠구나, 루실. 외할머니께서 너한테 분명 그런 말씀을 하셨을 텐데……."

"애가 죄송해요." 내가 나섰고, 루실이 입술을 깨물었다.

"괜찮아. 카드놀이나 하자꾸나. 내가 카드를 다 준비해 놓았다." 이모의 대답이었다.

의자가 더 필요했고, 무릎 위에 올려놓고 발밑에 깔기 위해 난로에 데운 벽돌을 가져와야 했으며, 차갑게 식은 벽돌을 난로에 도로 가져다 놓아야 했다. 이모가 벽돌을 마대 자루에 넣어 가지고 갔고, 루실과 내가 제각기 촛불을 들고 따라갔다. 복도로 나서자 촛불이 꺼지고 말았다. 들창문이 열려 있었던 까닭에 아래로부터 들어온 거센 바람이 촛불을 그냥 놓아두지 않았던 것이다. 성냥불을 켰지만 심지에 불을 붙이기도 전에 꺼져 버렸다. "좋아."라고 말하더니 이모가 앞장서서 주방으로 걸어갔다. 사방이 온통 칠흑같이 캄캄했다. 우리는 벽을 짚으면서 더듬더듬 앞으로 나아갔다. 주방에 이르러 보니 불길이 매가리 없이 잦아드는 소리와, 식료품 저장실 바닥을 한가롭게 헤집고 돌아다니는 물소리를 빼고는 아주 고요하기 짝이 없었다.

"이모?"

"여기 있다." 이모의 목소리가 현관에서 들려왔다. "장작 좀 챙기고 있단다. 이렇게 캄캄한 밤은 처음이구나."

"어서, 안으로 들어오세요!"

이모가 걸을 때마다 철벅, 철벅, 철벅, 하는 물소리가 났다.

"정말로 보다 보다 처음이구나. 꼭 말세가 온 것 같아!"

"자, 얼른 2층으로 돌아가요."

그런데 이모가 도로 침묵에 빠져 들었다. 이모가 무슨 소리인가를 듣고 있는 게 틀림없다고 짐작하고 우리 역시 조용히 있었다.

호수는 여전히 울부짖으면서 신음했고, 흘러넘치는 물 역시 여전히 넘칠 듯 남실거리면서 부글부글 끓었다. 꼼짝도 하지 않은 채 입을 다물고 서있으니, 우리가 마치 거기 없는 것 같았다. 바람과 물을 타고 아주 가까이에서 들려오는 소리가 있었다. 시야(視野)와 시계(視界)를 완전히 잃어버리고 나니 내게는 오로지 직관밖에 남지 않았고, 동생도 이모도 그보다 더 하찮은 것이 되어 있었다. 나는 아무것도 손에 닿지 않을까 봐 손을 내밀기가 두려웠는데, 다른 말로 하자면 아무도 대답하지 않을까 봐 두려웠다는 뜻이다. 세 사람 다 한동안 그렇게 말없이 서있었다.

루실이 아주 커다란 목소리로 침묵을 깼다. "이거 정말 지겨워 죽겠네."

이모가 내 어깨를 두드리며 말했다. "괜찮아, 루실."

"저는 루실이 아닌데요." 내가 말했다.

철벅, 철벅, 철벅, 이모가 난롯가로 갔다. 이모가 물기 빼는 널빤지 위에 장작을 내려놓은 채 차갑게 식은 벽돌은 수채에 쌓고, 뜨거운 벽돌은 마대에 집어넣는 소리가 들렸다. 이모가 난로 손잡이를 잡고 뚜껑을 들어 올리자, 흐릿하고 따뜻한 불빛이 이모의 얼굴과 손을 비추면서 천장을 가로질러 퍼졌다. 이모가 장작개비를 안으로 떨어뜨렸다. 타다 남은 불길이 타다닥 피어오르면서 사방으로 흩어지는 가운데 불빛이 좀 더 노래지고 거세졌다. 불꽃이 다시 확 살아날 때까지 이모가 한 번에 하나씩 장작을 계속해서 집어넣었다. 창문에 조그맣게 반사된 불길이 보였다. 난로 위에 입혀 놓은 니켈이 새빨갛게 작열했고, 그 빨간 불빛이 바닥에 흘러넘친 물 위로 너울거렸다. 이모가 뚜껑을 도로 덮자, 방 안은 금방 칠흑 같은 어둠에 휩싸였다. "의자 잊지 마라." 이모가 당부했다. 난로 위에다 차가운 벽돌을 가지런히 올려놓는 소리가 들렸다.

우리는 각자 한 손으로는 벽을 더듬고, 나머지 손으로는 의자를 하나씩 끌고 더듬더듬 계단으로 갔다. 이어 들창문을 통해 의자를 들어 올린 다음, 그대로 열어 놓은 채 우리 방을 찾아 들어가서 문을 닫고 촛불을 켰다. 그러고 나서도 몇 분 동안 아래층에서는 예의 그 물소리만 들려올 뿐이었다.

"이모가 다시 산책 나가신 것 같아." 루실이 말했다. 하지만 우리 둘 다 이모가 어둠 속에서 다시 침묵에 빠졌다는 사실을 알고 있었다.

"이모를 부르자." 내가 제안했다.

"좀 기다려 봐." 루실이 경대 옆에 앉아서 한 사람 앞에 카드를 일곱 장씩 나누어 주었다. 우리가 느릿느릿 카드를 치는데도 이모는 나타나지 않았다.

"내가 이모를 부를게." 그렇게 말하고 나서 방문을 열자 촛불이 꺼져 버렸다. 계단 꼭대기에 서서 소리를 질렀다. "실비 이모! 이모! 이모!" 물이 약간 어지러워지면서 발을 질질 끄는 소리가 들리는 것 같았다. 나는 도로 계단을 내려가서 주방으로 들어갔다. 난로 위에 놓인 벽돌을 한쪽으로 치우고 뚜껑을 열어서 불빛이 새어 나오도록 한 다음 주방 안을 둘러보니 사방이 텅 비어 있었다. 팔을 활짝 벌린 채 거실로 들어가 방 안을 왔다 갔다 했다. 아무도 없었다. "실비 이모!" 큰 소리로 외쳤지만 아무 대답도 들리지 않았다. 다시 주방을 통해서 현관으로 나갔다가 떠다니는 장작개비에 걸려 비틀거리면서 앞으로 고꾸라졌다. 장화를 한 짝씩 교대로 벗어 물을 쏟아내야 했다. 거기에도 역시 아무도 없었다. 식료품 저장실에도 아무도 없었다. 이제 할머니 방만 남았는데 거기는 주방보다 세 계단이나 낮아서 들어가기가 무서웠다. "이모? 왜 2층으로 안 올라오세요?" 내가 물었다.

침묵 끝에 대답 소리가 들렸다. "갈게."

"지금 올라가세요. 춥잖아요."

이모는 아무 대답도 하지 않았다. 내가 계단을 내려가기 시작했다. 두 칸을 내려간 다음부터 다시 물에 잠기는 바람에 장화를 벗어야 했다. 나는 팔을 뻗은 채 이모의 목소리가 들려왔던 쪽으로 걸어갔고, 마침내 이모가 입은 두툼한 코트 자락에 손이 스쳤다. 이모는 창문에 기대 서있었다. 이모의 윤곽이 간신히 보일락말락했다. 유리창의 냉기가 느껴졌다. "이모?" 이모는 돌부처처럼 가만히 서있었다. 내가 이모 코트 주머니에 손을 넣어 이모의 차가운 손을 꺼냈다. 그런 다음 이모 손을 내 두 손 사이에 끼위 넣고 벌렸다 오므렸다 하면서 문질렀지만 이모는 말 한마디 없이 꼼짝도 하지 않은 채 그대로 서있을 뿐이었다. 손을 올려서 이모의 눈을 덮었지만 이모는 여전히 꼼짝도 하지 않았다. 팔을 도로 내려서 이모의 허리를 쳤다. 그런데 탁 하는 둔탁한 소리와 함께 내 주먹이 이모의 코트 주름 사이로 떨어지고 말았다.

이모가 웃으면서 입을 열었다. "왜 그런 짓을 했어?"

"음, 이모는 왜 아무 말씀도 안 하려고 하세요?"

이모의 코트 자락을 끌고 문 쪽으로 가기 시작했다. 이모는 지나오다가 찬장 위에 놓아두었던 벽돌 자루를 들려고 잠시 멈춘 것 외에는 아무 저항 없이 순순히 따라왔지만, 나는 이모를 놓지 않았다. 계단을 다 올라와서 방문을 통과할 때까지 내내 이모를 끌고 왔다. 루실이 손으로 불꽃을 감싼 채 촛불 위로 몸을 숙였다. 그래 봤자 촛불은 결국 꺼지고 말았다. "그게 마지막 성냥이었는데……." 루실의 말이었다.

"이번에는 네가 아래층으로 내려갈 차례야. 불을 붙이게 난로에서 석탄 하나 가져와." 루실이 나가더니 한참 동안 계단에 서있었다.

"내가 갈게, 루실." 이모가 나섰다.

루실이 거의 달리다시피 계단을 뛰어 내려갔다. 요란하게 복도를 지나 주방으로 가더니 난로에서 석탄을 꺼내는 소리가 들렸다. 이윽고 도자기 컵에다 석탄을 담아서 2층으로 올라왔다. 내가 석탄에 심지를 갖다 대고 불자 방 안이 다시 환해졌다. 이모가 경대 쪽으로 걸어갔다. 세 번째 사람이 카드를 칠 차례였다. "나 없이 시작했구나." 이모가 말했다. 우리는 벽돌을 바닥에 놓고 발을 올린 뒤 이불을 뒤집어쓴 채 진러미(카드놀이의 일종—옮긴이)를 했다.

그 기간 동안 핑거본은 이상하게 변해 버렸다. 만일 누군가가 은제 접시에 담은 이상야릇한 파편들을 보여 주면서, '이건 예수님이 못박혀 돌아가신 십자가에서 떨어져 나온 조각이고, 이건 바라바에게서 떨어진 손톱 부스러기이고, 또 이건 빌라도의 아내가 자다가 꿈을 꾸었던 바로 그 침대에서 가져온 린트 천 조각이라오.'라고 말하면 평범하기 짝이 없던 물건들이 졸지에 호감어린 대상으로 뒤바뀌는 법이다. 하지만 세상 사람 모두 만져서 알 수 있는 것은 만져 보고, 변하기 쉬운 것은 훼손시키다가 결국에는 보기만 하고 사지는 않는다. 그렇게 신발은 닳고 무릎 깔개는 사람들을 앉히기만 하다가 결국 모든 것은 원래 있던 자리에 그대로 남은 채 사람들만 계속 지나간다. 마치 과수원에 부는 바람이 누런 나뭇잎을 빼고 나면 세상에 즐거움을 주는 것은 아무것도 없다는 듯이, 사과나무의 지저분하고 누런 이파리로 스스로를 꾸미고 가꾸고 살을 찌우겠다는 듯이, 기껏 땅바닥에서 누런 이파리를 들어 올렸다가는 집 모퉁이의 쓰레기 더미 위에 떨어뜨리고 계속 제 갈 길을 가는 것처럼 말이다. 따라서 핑거본, 혹은 거울처럼 비추는 물 위로 보이는 핑거본의 그와 같은 잔해들은 미심쩍은 관심을 붙잡아 두는 일상의 파편처럼 여겨지는 한편, 어쨌거나 그것 자체의 중요성의 증거로 제시된 셈이었다. 그런데 그때 갑자기 호수와 강이 깨지고 열리면서 물이 땅에서 흘러 내려가 버리자, 핑거본은 홀랑 벗겨지고 거무튀튀해지고 뒤틀린 모습으로 진흙에 뒤덮인 채 남게 되었다.

마을 복구 작업은 훌륭한 공동체의 노력으로, 우리와는 아무 상관 없이 진행되었다. 할머니는 당신보다 젊은 사람에게 별로 관심이 없었기 때문에 다소 고립된 채로 살아오셨다. 육십 이하의 사람으로, 할머니가 시종일관 예의를 갖추고 상대한 사람이라면 우리와 신문팔이 소년 정도에 불과했다. 물론 릴리와 노너 할머니도 지역 사회 사람들과 거의 접촉이 없었고, 실비 이모의 주장 또한 핑거본에 아는 사람이 하나도 없다는 것이었다. 이모는 가끔씩 거리에서 본 어떤 사람이 아무개를 닮기는 했지만, 꼭 그만한 키에, 꼭 그만 한 나이였을 뿐이라고 말하면서 단지 그 닮은 정도에 놀라는 것으로 만족했다. 게다가 무슨 이유에서인지 우리 가족은 하나도 빠짐없이 쌀쌀맞았다. 이것이야말로 우리가 지닌 최고의 장점을 가장 공정하게 묘사한 것이자, 최악의 단점을 가장 친절하게 표현한 것이었다.

우리가 자급자족할 수 있다는 사실은 우리 집이 늘 상기시켜 주었다. 비록 창문도 제멋대로고 모서리도 삐딱하긴 해도, 할아버지는 목수 일을 하나도 모르는 상태에서 그 집을 손수 지으셨다. 더구나 언덕 위에 집을 지을 만큼 훌륭한 판단력을 지니셨으니, 다른 사람들이 물에 빠진 매트리스를 2층 창문에서 밖으로 밀어내는 동안 우리는 거실의 깔개를 둘둘 말아서 현관 층계에 걸쳐놓기만 하면 되었다. (소파와 의자는 하도 무거워서 밑에 깔개를 깔아 둔 채 일주일쯤 물이 떨어지도록 놓아두었다.)

집안 어른들 말씀에 의하면 지성(知性)이 우리 집안의 특징이라고 했다. 우리 친척이나 조상을 보면 비록 세속적인 의미에서 성공한 사람은 아무도 없을망정, 모두 하나같이 상당히 혹은 놀랄 만큼 지적인 사람들이었다. "너무들 책을 좋아해."라고 할머니는 짜릿한 자부심을 드러내며 말씀하셨다. 루실과 나는 실패를 예감하면서도 비판의 기선을 제압하기 위해 끊임없이 책을 읽었다. 설사 우리 가족이 그런 척 폼을 잡는 것만큼 지적이지 않았다 하더라도 그것은 남에게 피해를 주지 않는 속임수라고 할 수 있었다. 우리가 지적이냐 아니냐 하는 것이 다른 사람에게는 하등 관심의 대상도 되지 못했기 때문이다. 사람들은 항상 우리 집안 사람들의 다소 의례적인 태도와 조용한 성향을 조금 거리를 둔 채 지내고 싶다는 뜻으로 해석했다. 이것 또한 무관심하다는 뜻이었지만, 그래도 우리는 우리 나름대로 호의를 표시했다.

이웃 사람들은 이제 우리가 살아 있다는 것에 흐뭇해하면서 옥

수수와 콩 요리 통조림을 감사 인사와 함께 받았다. 우리 집이 비교적 안락하고 질서 정연한 것을 보고 은근히 부러워하다가 터벅터벅 집으로 돌아가곤 했다.("좀 앉으시라고 말씀드리고 싶지만 소파에 물이 그득해서요."라는 것이 이모가 늘 둘러대는 변명이었다.) 연세가 지긋한 신사 한 분이 자기네 필로덴드론(천남성과에 속하는 관엽식물–옮긴이)이 물에 빠졌다고 하면서 가지를 하나 얻으려고 우리 집에 왔다. 그 밖에도 많은 여자들이 우리 집에 피신해 있을 것이라고 생각한 고양이와 개를 찾기 위해 왔다. 물이 빠지고 나서 두 주가 지나자, 사람들은 우리 집이 이번 홍수의 마수에 조금도 할퀴지 않았다고 믿기 시작했다.

5

진흙을 다 퍼내고 난 뒤 학교가 다시 문을 열었다. 핑거본에는 붉은 벽돌로 높다랗게 지은 중학교가 하나 있었으니, 윌리엄 헨리 해리슨이라는 이름의 학교였다. 콘크리트가 울퉁불퉁하게 깔린 널따란 지대 위에 서있었고, 삼면에 허리케인을 막기 위한 울타리가 있었다. 아마도 바람에 날려오는 종이 봉지나 사탕 껍질을 막으려고 세운 것 같았다. 건물은 사각형의 대칭 구조로 이루어졌는데, 기다란 막대기로 열고 닫아야 하는 창문이 높이 달려 있었다. 거기에서 우리는 굵은 검정색 연필로, 낱장으로 뗄 수 있는 종이 위에다 곱셈과 나눗셈을 정성껏 풀었다.

루실이 나보다 한 학년 아래였기에 우리는 자습실 혹은 점심시간에만 함께 있었다. 헤어질 때면 떨어져서 몸을 웅크린 채 어깨

너머로 뒤를 돌아다보았다. 우리가 조용했기 때문에 사람들은 우리를 온순한 아이로 여겼고, 또 성적이 특별히 좋지도 나쁘지도 않았기 때문에 우리를 그냥 가만히 내버려 두었다. 이따금 자잘한 창피를 당하느라고 지루한 시간을 좀 잡아먹기도 했는데, 예를 들면 손톱이 지저분하다고 지적당할 때와 같은 경우였다. 한번은 책상 옆에 서서 "내가 죽을 때 파리가 윙윙대는 소리를 들었습니다."라는 문장을 외웠던 적도 있다. 그러면서 학교에 대한 싸늘하고 본능적인 두려움을 무시하는 법을 배웠다. 하지만 절단된 팔다리에서 느껴지는 가려움처럼 결코 줄어들 것 같지 않은 불쾌함이었다.

할머니가 살아 계시던 마지막 해에 나는 1년 개근상을 받았다. 루실만 아니었더라면 내가 학교에 빠지는 일도 일어나지 않았을 것이다. 하지만 어느 날 오전, 루실이 역사 시험을 보는 도중에 누군가의 어깨너머로 커닝을 했다고 야단맞는 일이 벌어졌다. 이튿날은 토요일이었고, 다음 주 내내 동생은 아프다는 핑계로 집에 있었다. 하지만 열이 나거나 식욕을 잃지는 않았기 때문에 그 애의 증상에 대해 이모는 아무런 걱정도 하지 않았다. 그런데 사흘 이상 결석하면 학교에 의사 소견서를 제출해야 했다. 하지만 루실은 병원에 가려고 하지 않았고, 또 이모가 교장 선생님께 보낸 편지에서 설명한 것처럼 실제로 그럴 필요가 있을 정도로 아파 보이지도 않았다. "이것 좀 읽어 봐." 루실이 말했다. 루실이 이모의 편지를 가지고 함께 학교로 가던 중이었다. 꽃무늬 바탕의 편지지로, 두 번도 넘게 접혀 있었다. 거기에다 실비 이모는 동글동글하니 유려한 필체로 다음과 같이 적어 놓았다. '루실의 결석을 양해해 주시기 바랍니다. 이 학생은 팔목과 무릎에 통증이 있고 귓속이 윙윙 울리고 혀가 욱신거리고 어지럼증이 있고 복통에 시달리고 눈도 어른어른했습니다만, 열이 나거나 식욕을 잃지는 않았습니다. 오전 9시 30분이나 10시쯤 되면 늘 괜찮아 보였기에 병원에 데려가지 않았습니다.'

"이모한테 다른 걸로 한 장 더 써달라고 해야겠다." 내가 말했다.

"언니가 잃어버렸다고 해." 루실이 편지를 공처럼 구겨서 나무 뒤로 던졌다.

"학교에서 이모한테 전화하면 어떡하지?"

"이모는 절대 전화 안 받아."

"하지만 학교에서 이모한테 누구를 보낼 수도 있잖아."

"안 그럴 거야."

"만일에 그렇게 하면?"

생각해 보니 아주 곤란할 것 같았다. 이모는 역사 시험에 대해 아무것도 몰랐고, 우리는 이모에게 그것에 대해 설명할 기회가 없었다. 루실은 나쁜 짓을 하거나 부정행위를 저지를 만큼 학교에 관심이 있지도 않았다. 따라서 정답이 분명 산타안나 장군이었는데 그 애가 앞에 앉은 여자 애와 똑같이 시몬 볼리바르라고 답을 쓸 마음이 든 것은 순전히 운수가 사나웠던 탓이었다. 이것이 두 사람 모두 유일하게 틀린 문제였기에 두 답안지가 똑같았다. 루실은 선생님이 자기를 반 학생들 앞으로 불러내 똑같은 답안지에 대해 해명해 보라고 요구하면서 너무나 확고하면서도 아무렇지도 않게 자신이 잘못했다고 믿는 것을 보고 깜짝 놀랐다. 그러면서 자신의 익명성을 모독한 이와 같은 처사 때문에 몹시 괴로워했다. 학교 생각만 해도 귀가 빨갛게 달아올랐다. 그런데 이제 이모가 학교에 불려 가게 생겼고, 모든 사건이 다시 한 번 되풀이될 판이었다. 게다가 이번에는 부정행위뿐만 아니라 거짓말과 무단결석까지 싸잡아서 혼나게 될 터였다.

"학교 안 갈래." 루실이 말했다.

"이모한테 뭐라고 할 건데?"

"집에 안 갈 건데."

"그럼 어디로 갈 작정인데?"

"호수로 내려갈 거야."

"추울 텐데."

루실이 어깨를 으쓱했다.

"나도 같이 갈게."

그러자 루실이 대답했다. "그럼 우리 둘 다 곤란해질걸."

앞으로 벌어질 일을 생각해 보니 이상하게도 친근하고 편안하게 느껴졌다. 우리는 도로 철길로 걸어가서 호수로 가는 길을 따라 내려갔다. 토끼 우리나 나무나 빨랫줄에 널어놓은 이불 홑청 뒤에서 누군가 걸어 나와 우리에게 어디 가느냐고 물어볼 줄 알았는데, 아무도 그러지 않았다.

우리는 그 주일 내내 호숫가에서 시간을 보냈다. 처음에는 학교로 어떻게 돌아갈 것인가를 놓고 고민했는데, 이제 더 이상 루실만의 문제가 아니었다. 결국 우리 둘 다에 해당하는 핑곗거리를 찾는 데 실패하고 말았다. 그러다가 결석한 지 사흘이 지나고부터는 학교 규칙상 둘 다 의사 소견서가 필요했으니, 결국 우리는 붙잡힐 때까지 기다리는 수밖에 없다고 결론을 내렸다. 그러한 상황은 우리가 있고 싶지도 않은 곳에서 무자비하게 추방당한 뒤, 우리 의지대로 돌아가지도 못한 채 어쩔 수 없이 강제로 돌아가게 되기만 기다려야 하는 것처럼 보였다. 물론 이모가 무단결석에 대해 아무것도 모르고 있었으므로 이모와도 부딪쳐야 할 판이었다. 생각하기조차 두려운 이 모든 일들은 날이 갈수록 하나같이 점점 더 꼬이기만 했다. 마침내 우리는 그 속에서 마음이 무거우면서도 아찔한 기쁨을 느끼는 지경에 이르렀다. 추위와 따분함과 죄의식과 외로움과 두려움이 뒤섞이면서 우리의 감각은 놀라울 정도로 날카로워졌다.

하루하루가 이상할 정도로 길고 막막하기 짝이 없었다. 우리가 몹시 하찮고, 풍경에도 어울리지 않는다는 느낌이 들었다. 우리는 으레 한때 선착장이었던 숨겨진 작은 호숫가로 걸어 올라 갔는데, 대충 다섯 마리 정도의 갈매기가 앉아 있는 말뚝이 아직도 여섯 개나 남은 곳이었다. 이따금 제일 북쪽 말뚝에 앉아 있던 갈매기가 네 번을 울부짖으면서 자리를 뜨면, 나머지 네 마리가 일제히 날개를 퍼덕이며 북쪽으로 말뚝 하나씩 옮겨 갔다. 그러면 처음 갈매기가 다시 돌아와 제일 남쪽 말뚝에 내려앉았다. 어쩌다가 얼결에 잠시 혼란이 일어나는 경우를 빼고는 이런 장면이 몇 번이고 자꾸자꾸 되풀이되었다.

우리는 물과 조약돌이 나누어지는 곳 바로 위의 호숫가에 앉아 있었다.(핑거본 호수는 그 테두리나 가장자리의 폭이 기껏해야 1미터 남짓한 모래밖에 없었고, 호수 둘레에는 대부분 완두콩 반만 한 크기의 조약돌이 깔려 있었다.) 어떤 조약돌은 이끼가 낀 채 초록색이었고, 어떤 것은 옅은 갈색, 또 어떤 것은 이빨 조각처럼 하얗고, 어떤 것은 얼음사탕처럼 보이기도 했다. 호숫가를 따라 좀 더 올라가면 작년에 났던 잡초가 우거진 덤불이 나왔다. 뒤를 이어 잎이 다 떨어진 덩굴과 젖은 나뭇잎과 부러진 양치식물과 함께, 동면에 빠진 채 활기라곤 전혀 느낄 수 없는 어두컴컴한 숲이 사향 냄새를 풍기며 나타났다. 물결이 잔잔하게 넘실대는 호수에서 한기와 더불어 물고기 냄새가 났다.

그러다가 호수 기슭에서 이모를 본 것이 목요일이었다. 이모는 우리를 보지 못했다. 통나무 위에 앉아서 이런저런 이야기를 나누며 추운 시간이 지나가기만을 기다리다가, 이모가 코트 주머니에 손을 찌른 채 물에서 아주 가까운 호숫가로 내려가는 것을 보았다. "이모가 우리를 찾고 있어." 루실이 말했지만, 이모는 그저 호수 건너편을 바라보거나 갈매기가 울면 하늘을 올려다보거나 아니면 발에 와 닿는 물이나 모래를 내려다볼 뿐이었다. 우리는 아주 조용히 앉아 있었다. 그래도 이모는 우리를 보았어야 했다. 그 무렵쯤에는 우리도 이모가 다른 데 정신을 팔고 있다는 사실에 거의 이골이 나있었다. 그럼에도 너무 여러 날 동안 누군가가 우리를 찾아 주기를 애타게 기다렸던 터라, 이모가 우리를 알아보지 못하자 치가 떨릴 지경이었다. 이모가 크고 우중충한 갈색 코트 주머니에 손을 깊숙이 찌르고 머리를 한쪽으로 갸우뚱한 채 오랫동안 호수를 바라보고 서있다가 이윽고 고개를 들었다. 추위를 전혀 느끼지 못하는 것 같았다.

호수 건너편에서 기적 소리가 들리더니 기차가 숲에서 나와 다리 위로 서서히 이동하는 것이 보였다. 불룩하게 부풀어오른 기차의 하얀 깃털 장식이 바람을 맞아 약간 기울어져 있었다. 제법 거리가 떨어져 있어 아주 조그맣게 보였지만, 우리 둘 다 그것을 보고 있었다. 그러면서 짚 위의 풀쐐기처럼 한결같은 목표를 향해 질서 정연하게 이동하는 모습에 둘 다 감명을 받은 것 같았다.

기차가 다리를 다 건넌 뒤 막 우리 집 뒤를 지나가면서 마지막으로 기다란 기적 소리를 울리자, 이모가 다리를 향해 도로 걸어

가기 시작했다. 이모가 너무 천천히 걸어서 우리도 어느 정도 거리를 유지한 채 아주 천천히 이모 뒤를 따랐다. 다리 아래 쪼그리고 앉아 있던 지저분한 옷차림의 두 남자를 향해 이모가 고개를 끄덕하며 인사를 했고, 그들은 무슨 말인지 들리지는 않았지만 유쾌한 듯 서로 말을 주고받았다. 이모가 기슭으로 걸어 올라가더니 잠시 다리 건너편을 바라보며 서있다가 침목을 차례차례 밟으면서 조심스레 그 위로 나아가기 시작했다. 그렇게 물 위로 15미터가량 나갈 때까지 계속해서 천천히 걸었다. 루실과 나는 그 자리에 멈춰 서서, 주먹 쥔 손을 코트 주머니에 깊숙이 찌른 채 이따금 호수와 하늘을 번갈아 바라보는 이모를 지켜보았다. 바람이 거세게 불어오자 이모의 코트 자락이 옆구리와 다리에 들러붙고, 머리카락도 휘날렸다. 둘 중 좀 더 나이 든 부랑자가 다리 밑에서 걸어 나오더니 이모를 올려다보았다.

"우리하고는 상관없는 일이오." 젊은 쪽 사내가 말했다. 두 사람은 모자를 집어 들고 다른 쪽 길로 호숫가를 향해 어슬렁어슬렁 걸어 내려갔다.

이모가 그 자리에 가만히 선 채 코트 자락이 바람에 펄럭이도록 내버려 두었다. 잠시 후 이모는 좀 더 자신 있게 균형을 잡는 것 같았다. 이모가 말뚝에 물이 부딪치는 쪽의 다리를 유심히 살펴보았다. 얼마 후 기슭을 힐끗 올려다보다 우리가 보고 있는 것을 알아차렸다. 이모가 손을 흔들자, 루실이 "아." 하고 대답했다. 이모가 미소를 지으면서 조금 서둘러 기슭으로 돌아왔다. "이렇게 늦었는지 몰랐네!" 우리를 향해 걸어오면서 이모가 큰 소리로 말했다. "학교가 파하려면 아직 한 시간쯤 남은 줄 알았는데."

"학교는 아직 안 끝났어요." 루실이 말했다.

"그렇다면 어쨌든 내가 맞는 거네. 조금 전에 1시 35분 열차가 지나갔으니까 틀림없이 아직 시간이 꽤 남았을 거야." 다 같이 철길을 따라 집으로 걸어오는데 이모가 말을 꺼냈다. "그게 어떨지 늘 궁금했단다."

"그래, 어떻던가요?" 루실이 물었다. 목소리가 작고 쌀쌀맞았으며 팽팽하게 가라앉아 있었다.

이모가 어깨를 으쓱하며 웃었다. "춥고, 바람이 세더구나."

루실이 다시 물었다. "그냥 그게 어떤지 알아보려고 그러신 거예요?"

"그럼."

"그러다가 떨어지면 어쩌시려고요?"

"아, 굉장히 조심했지." 이모의 대답이었다.

"만일 떨어지셨다면 다들 일부러 그랬다고 생각할 거예요. 저희도 마찬가지고요." 루실이 쏘아붙였다.

이모가 잠시 생각해 본 뒤 말했다. "그 말이 맞는 것 같구나." 이어 루실의 얼굴을 내려다보며 변명했다. "네 속을 뒤집어 놓을 생각은 없었다."

"저도 알아요." 루실이 대답했다.

"너희가 학교에 있을 줄 알았는데."

"저희 이번 주에 학교 안 갔어요."

"그런데도 나는 전혀 몰랐구나. 너희가 여기 있으리라고는 꿈에도 생각하지 못했어." 이모가 부드러운 목소리로 말하면서 루실의 머리를 쓰다듬었다.

그런데도 주워섬기기도 어려운 수많은 이유 때문에 우리는 몹시 당황스러웠다. 확실히 이모는 정서적으로 안정된 사람이 아니었다. 하지만 우리는 이런 생각을 겉으로 드러내지는 않았다. 다만 우리도 모르게 이모의 시시콜콜한 일거수일거족에까지 주의를 기울이지 않을 수 없었다. 처음에는 무슨 소리가 났는지 전혀 감이 잡히지 않는 상태로 한밤중에 갑자기 잠이 깨는 식이었다. 때로는 우리 머릿속이나 숲 속에서 일어났는데, 이모가 노래하는 것으로밖에 여겨지지 않았다. 한 번인가 두 번쯤, 거의 확실하게 이모가 노래하는 소리를 들으면서 한밤중에 깬 적이 있었기 때문이다. 비록 다음 날 아침이면 그게 무슨 노래였는지 우리 둘의 의견이 엇갈리기는 했지만……. 이따금 이모가 집을 나가는 소리가 들리는 것 같아서 한번은 자리에서 일어나 확인해 보았더니, 이모가 주방에서 혼자 솔리테어를 하고 있었다. 그런가 하면 뒤쪽 현관 계단에 앉아 있기도 했고, 과수원에 서있었던 적도 있었다. 잠으로 인해 우리의 어려움이 배가되고 있었다. 슬그머니

문을 닫는 소리라면 바람 때문에 한 시간에 열두 번이라도 들을 수 있었다.

호수에서 흘러나오는 축축한 공기 때문에 어느 집이든 텅 빈 것처럼 느껴질 수 있었다. 그런 공기는 사람의 꿈을 자기 뒤로 끌어당기는 바람에, 항상 그 사람 자신의 두려움이 사물 자체에 내재되어 있는 두려움에 반사되곤 한다. 예를 들면, 이모는 다리 너머를 바라보았을 때 분명 교각(橋脚) 아래 물속에 비친 자신의 모습을 보았을 것이다. 그런데 이모가 노래를 하는 건지, 우는 건지, 집을 떠나는 건지 알기 위해 깨어있으려고 아등바등하다가 결국 우리는 매번 잠 속으로 떨어져 이모가 그러고 있는 꿈을 꾸었다.

그러다가 이모가 다리 위로 걸어 나가는 일이 벌어졌던 것이다. 만일 이모가 우리가 쳐다보는 것을 보지 못했다면 얼마나 더 멀리 나갔을까? 만일 바람이 몰아쳤다면 어찌 되었을까? 또 만일 이모가 아직 다리 위에 있는데 열차가 다가왔다면……? 다들 이모가 자살했다고 쑤군댔을 테고, 우리 역시 달리 아는 바가 없었으리라. 실제로도 우리가 달리 아는 바라고는 아무것도 없었다. 만일 우리가 이모를 지켜보면서, 이모가 그렇게 멀리 걸어 나가는 바람에 산이 솟아오르고, 호수 기슭이 줄어들고, 호수가 부풀어 오르고, 이모 발아래로 물이 찰싹찰싹 흐르면서 빛나고, 다리가 삐걱삐걱 흔들리고, 하늘이 저 멀리 흘러가서 지구 저편으로 미끄러져 내렸다고 상상했다 한들, 과연 이모가 한 발자국 더 내

디디는 일을 시도하지 않았을 수 있었을까? 그러고 나서 바로 그 이모가 호수 바닥에서 터벅터벅 걸어 나오는 모습을 상상해 보라. 코트와 소매는 물에 다 젖고, 입술은 차갑게 굳었으며, 차디 찬 손가락과 눈이 햇빛도 닿지 않는 깊은 곳의 어슴푸레 빛나는 물속에 잠겨 있는 모습을……. 이모는 이렇게 말하고도 남았으리라. "그곳이 어떨지 늘 궁금했단다."

금요일에도 호수 기슭에서 다리를 보며 시간을 보냈다. 토요일과 일요일에는 이모와 함께 집에서 지냈다. 이모는 바닥에 앉아 우리와 카드를 치면서 약간 알고 지내던 사람들의 얽히고설킨 우울한 이야기를 들려주었고, 우리는 팝콘을 만들었다. 우리가 관심을 보이자 이모는 깜짝 놀라는 한편 수줍게 기뻐하는 것 같았다. 이모는 루실이 500달러짜리 수표를 보드 밑에 숨기는 것과 공동기금 카드를 너무 완벽하게 뒤섞으려다가 카드 뒷면을 부러뜨리는 것을 보고 웃었다. 내가 여러 판을 감옥에서 지낸 데 반해 이모는 운 좋게도 계속 성공해서 재산을 불려 나가자, 우리에게 각각 호텔 세 개씩을 선물로 주었다.(모노폴리라는 카드놀이의 내용–옮긴이)

월요일에 루실과 나는 학교로 돌아갔다. 아무도 무엇 하나 물어보지 않았다. 우리 사정이 특별하다고 결론을 내린 것이 분명했으며 그 덕분에 우리가 살아난 셈이었다. 이모가 진작부터 자신에게 빠져들기 시작했다는 사실을 시사하는 일이기는 했지만……. 그날 우리는 집에 가기만 학수고대하면서 하루를 보냈는데, 집으로 돌아와 보니 이모가 주방에서 코트를 벗은 채 라디오를 듣고 있었다. 그런 식으로 하루하루가 지나고 몇 주일이 흘러가자 우리도 마침내 다른 일에 신경을 쓰기 시작했다.

이모가 머리에 스카프를 두른 채 빗자루를 들고 집 안 구석구석을 돌아다니던 모습이 떠오른다. 낙엽이 마당 모퉁이로 모여들기 시작하던 때의 일이었다. 겨울을 넘긴 이파리들로, 잎맥만 남은 것도 있고 종이 쪼가리가 섞인 것도 있었다. 소멸과 재생의 차가운 갈색 액체와 뒤섞인 탓에 파삭파삭해지고 뒤틀리기까지 했다. 종잇조각에서는 종종 글자가 보이기도 했다. '강대국들 만나다.'라고 쓰인 것이 있는가 하면, 편지봉투 덮개였던 또 다른 조각에는 이름 모를 누군가가 연필로 쓴 사연이 적혀 있었다. '당신을 생각해요.' 아마도 이모는 비질을 할 때 그것을 건드리지 않으려고 조심했을 것이다. 어쩌면 이렇게 낙엽과 종잇조각이 흩날리는 가운데 다른 곳이 아닌 이곳에서, 다른 식이 아닌 이런 식으로 우리에게 내려진 델포이의 신탁을 정확하게 감지했는지도 몰랐다.

이모는 분명 알아차렸으리라. 집 안 어디에서든지 문만 열면 사방 구석에서 낙엽이 위로 들렸다가 바닥으로 내려앉는 소리를 들을 수 있었기 때문이다. 나는 바람보다 먼저 오는 무언가에 의해 나뭇잎이 위로 들린다는 것을 깨달았다. 나뭇가지가 바람을 맞아 서걱거리는 소리를 내기 직전, 나뭇잎은 감지하기조차 어려운 공기의 움직임에 따라 아무렇게나 마구 흩날렸다. 이런 식으로 집은 과수원 및 그날 그날의 날씨와 아주 훌륭한 조화를 이루었는데, 이모가 살림을 맡기 시작할 무렵부터 이미 그랬다. 그렇게 이모는 장수말벌이나 박쥐나 제비가 되기 위해 시나브로 준비하기 시작했다. 이모는 살림에 관한 이야기를 무척 많이 했다. 행주를 모두 몇 주일씩 표백제와 물속에 담가 놓은 적도 있었다. 찬장 여러 개를 다 비우고 문을 열어 바람을 쐬게 한 적도 있고, 주방 천장 절반과 문 한 짝을 물로 씻어 낸 적도 있었다. 이모는 독한 솔벤트가 효과가 있는데 그 대부분이 공기 중에 있다고 믿었다. 이모가 문이나 창문을 열어 두는 것도 다 공기가 들어오게 하려는 이유 때문이었다. 문을 열어 놓은 채 그냥 잊어버리기 일쑤였지만……. 어느 화창하던 이른 봄날, 할머니의 진보라색 대형 소파를 낑낑거리며 앞마당으로 끌어냈다가 분홍색으로 탈색될 때까지 그냥 놓아두었던 것도 다 공기를 쐬게 하려다 그리된 결과였다.

이모는 어둠 속에서 저녁 먹기를 좋아했다. 이 말은 곧 여름이면 밤 10시나 11시 이전에는 자러 갈 수 없다는 뜻이기도 했는데, 우리로서는 끝내 적응할 수 없었던 자유였다. 우리는 정원에서 무릎을 꿇은 채 숟가락으로 인형을 위해 구멍을 파고 비밀 통로를 뚫고 놀면서 시간을 보냈다. 내 것은 성직을 박탈당한 대머리 새색시였고, 루실 것은 지저분하고 눈이 없는 로즈레드였다. 한

참 뒤에 인형을 가지고 놀기에 우리 나이가 너무 많다는 사실을 깨닫고 나서는, 함정에 빠졌다가 극적으로 탈출하는 복잡하고 긴박한 연극을 하면서 놀았다. 저녁이 되면 땅과 호수 위로 산 그림자가 길게 드리우는 바람에 오싹한 한기가 돌았다. 바람도 불어왔으니, 태양이 넘어가기도 전에 공기 중에 남아 있던 온기를 몰아내고 서리와 물과 짙은 땅거미 냄새를 풍기면서 팔뚝과 목덜미에 오소소 소름을 돋게 하는 바람이었다.

그러면 인형을 들고 안으로 들어와 텅 빈 허공에 걸린 채 거실로 휘어 들어오는 달빛을 받으며 의자와 소파로 둘러싸인 바닥에서 놀았다. 방 안에 어둠이 내려앉기 시작하면 눅눅한 의자의 팔걸이에 놓인 연푸른 장식 레이스가 두드러져 보였다. 창문이 완전히 푸르스름해지면 이모가 우리를 주방으로 불러들였다. 루실과 내가 마주 앉고, 이모는 식탁 끝에 앉았다. 이모 맞은편으로 수족관 유리처럼 차갑게 빛나면서 물결처럼 휘어 보이는 창문이 있었다. 우리는 저녁을 먹으면서 창문을 바라보고 귀뚜라미와 쏙독새가 우짖는 소리를 들었는데, 늘 어울리지 않게 큰 소리를 내지르고 있었다. 아마 우리 주변을 비추는 달빛을 받고 있어서 그런지도 몰랐다. 아니면 어떤 감각을 잃게 되면 대신 다른 감각이 더 발달하는 법인데, 그때는 아무것도 볼 수 없었기 때문에 더 크게 들렸는지도 모르는 일이다.

식탁에는 수박 절임과 통조림 고기, 사과, 젤리, 도넛, 가늘게 썬 감자튀김, 미리 썰어 놓은 치즈 덩어리, 우유 한 병, 케첩 한 병, 건포도 빵 한 무더기 등이 차려졌다. 이모는 차가운 음식과 기름에 절인 정어리, 종이 봉지에 든 조그만 과일 파이를 좋아했다. 이모가 손가락으로 그것을 집어먹으면서 나지막한 목소리로 아는 사람과 친구 이야기를 하는 동안, 우리는 다리를 까닥거리며 버터 바른 빵을 먹었다.

이모가 아는 사람 가운데 12월에 화물차를 타고 산을 넘어가다 죽은 이디스라는 이름의 한 늙은 여자가 있었다. 여자는 비옷 외에도 사냥용 재킷과 드레스 두 벌, 면직 셔츠 일곱 장을 껴입고 있었는데, 추위를 막기 위해서라기보다는 가진 게 좀 있는 사람이라는 티를 내기 위해 그랬다는 것이 이모의 설명이었다. 뷰트(평원에 있는 고립된 작은 언덕-옮긴이)에서 웨나치(워싱턴 주의 시골 마을-옮긴이)로 실려 간 이디스는 링컨만큼이나 위풍당당하게 발이 먼저 나왔고, 그곳에서 공공 비용으로 매장되었다. 이모 말로는 너무 추운 나머지 눈이 왕겨처럼 가볍게 느껴지던 그런 겨울날이었다고 한다. 바람이 불 때마다 언덕에 쌓인 눈이 연기처럼 아무 데로나 흩날리곤 했다. 그처럼 혹독한 날씨에 맞닥뜨리자 늙은 여자는 점점 더 예의를 차리면서 순종적으로 바뀌어 갔다. 그러다가 어느 날 아침, 아무런 말 한마디 남기지 않은 대신, 한 번도 손가락에서 빼지 않았던 진주 반지 하나를 달랑 남겨 놓은 채 어둠 속에서 화물차 조차장 쪽으로 기어갔다. 진주는 말의 이빨과 같은 갈색으로, 아주 작은 것이었다. 이모는 그녀의 머리핀과 함께 그 반지를 작은 상자 속에 보관했다.

역무원이 차가운 금속 부속을 끼워 넣고 맞추고 하느라 돌아다닐 동안, 이디스는 자신이 탈 화물차를 발견하고 그 안으로 들어가기로 마음먹었다. 그런 날씨에는 사람들이 화석 위를 디디고 다닌다. 눈이 너무 조금 내린 바람에, 완벽하게 잘 정돈된 지구의 갈비뼈와 옆구리와 텅 빈 해골과 눈구멍을 감출 수 없기 때문이다. 하지만 산에서는 지구가 다음번 부활에 대비해 작은 언덕 및 무덤 속의 모든 유골과 함께 아주 예의 바르게 묻혀 있었다. 뷰트에서 여자는 똑바로 누운 채 손가락을 깍지 낀 상태로 숨이 멎었다. 여자가 웨나치에 도착했을 때, 영혼은 이미 떠나 버렸고 귀신을 쫓는 의식도 거행되었다. 이모는 이디스와 함께 딸기를 딴 적도 있고 통조림 공장에서 같이 근무한 적도 있었다고 했다.

그해 겨울, 두 사람 모두의 친구가 되는 어떤 사람이 뷰트에 있는 사촌의 집을 쓰고 있었다. 이디스는 난롯가에 앉아 손가락을 빨면서(여름이면 늘 거기에 지워지지 않는 달콤한 얼룩이 묻어 있었다.) 견디기 힘들었던 과거의 어떤 시절에 대해 이야기했다. "어떤 사람을 언제 마지막으로 보게 될지는 아무도 모르는 법이란다." 이모의 말이었다. 이모는 이야기를 하다가 문득 듣고 있는 우리가 아직 어린 애라는 사실이 떠오르면, 종종 그 이야기를 교훈적인 것으로 만들려고 애를 쓰곤 했다.

어느 일요일, 이모는 오로피노 외곽의 목재 적재소에서 어떤 알마라는 사람과 함께 소나무 판자 더미 위에 앉아 있었다. 새들이 느닷없이 숲 속에서 날아오르고 개가 짖어 대는 통에 연신 깜짝깜짝 놀라면서 해가 뜨기를 기다리던 중이었다. 바람이라고, 알마가 말했다. 바람은 사냥개만큼이나 지독했으며 두 번 다시 똑같은 바람이 불어오는 경우도 없었다. 밤이면 짐승들이 먹이를 찾아 배회하거나 새끼를 낳는 산 속으로 물러났다가 날도 새기 전에 피 냄새를 풍기며 다시 내려왔다. "그것 때문에 새들이 흠칫흠칫 놀라는 거란다." 이모가 우리한테 자신만만하게 해준 설명이었다. 왜냐하면 이모는 새들이 먼저 날아오르면서 경고의 울음소리를 내기 전에는 해가 떠오르는 것을 본 적이 없었기 때문이다.

철길에서 90미터가량 떨어진 곳에 트럭 정류장이 있었다. 창문에 불이 켜져 있고 「아이린」이라는 노랫소리가 들려오는 곳이었다. 그 길에서 좀 더 내려가면 뚝 떨어진 들판 휴경지 한가운데 정부 기관이 있었고, 거기에 그 당시 이모와 알마가 다 같이 보고 싶어했던 한 친구가 근무했다. 여차하면 얼굴을 가리기 위해 긴 머리를 끌어내린 채 화가 나서 우는 것만 빼고는 다 보고 싶은 친구였다.

어쨌거나 햇빛이 비치기 시작하면서 숲이 더 이상 캄캄하거나 하늘이 더 이상 차갑지도, 높지도, 분홍빛도 아니게 된 다음이면, 널빤지가 향기를 뿜어 대는 가운데 앉은 채로 꾸벅꾸벅 조는 것이 아주 괜찮았다고 한다. 고양이 한 마리가 그들을 발견하고 이모의 무릎에 제법 오래 앉아 있을 동안, 알마가 카페에서 핫도그를 사 가지고 돌아왔다. 두 사람은 마치 혼잣말을 중얼거리듯이 몇 번이고 거듭해서 「아이린」을 불렀다. "여행하는 동안에는 일요일이 제일 좋단다." 이모가 항상 하는 말이었다.

이모가 아래층으로 옮겨 할머니 방에서 지내게 되었다. 주방에서 떨어진 채, 그쪽에 있는 1층의 나머지 방보다 세 계단 아래에 있는 방이었다. 방에는 포도나무 정자 쪽으로 열리는 이중 유리문이 달렸고, 집에 기대서 달개 지붕처럼 지어진 정자는 과수원과 연결되었다. 방이 환하지는 않았지만 여름이면 온통 풀과 흙과 활짝 핀 꽃들과 과일 냄새가 진동했고 꿀벌이 잉잉대는 소리도 빠지지 않았다.

방 안의 가구는 소박했다. 이중 문 옆에 장롱이 하나 있고 창문 아래로 뚜껑 달린 궤가 하나 놓였는데, 둘 다 할아버지 작품이었다. 바닥이 경사진 것을 감안해서 옷장의 앞 다리와 궤짝의 왼쪽 다리를 나머지 것보다 다소 길게 만들어 놓은 것으로 보아 알 수 있었다. 침대 다리 두 개는 쐐기 모양의 받침 위에 올려놓았다. 세 가지 모두 부드러운 하얀색으로 칠해져서 할아버지가 한때 그것들을 장식했다는 점만 빼고 나면 전혀 눈에 띄게 구별되지 않을 것들이었다. 장롱 문짝에는 사냥하는 모습이 그려져 있었는데, 산 중턱에 터번을 쓴 마부의 모습이 보였다. 침대 머리맡에는 암탉과 같은 몸통에 에메랄드색 꼬리를 지닌 공작을 한 마리 그려 넣으셨다. 궤짝 위는 망토 자락 휘날리며 창공을 나는 두 명의 통통한 어린 천사가 화관인지 화환인지를 손에 들고 있었다. 각각의 밑그림은 지금보다 훨씬 근사하다고 생각하면서 칠했을 것이나, 세월이 흐르면서 흰색 페인트에 다 흡수되어 흐릿한 윤곽만 남았다. 나는 늘 어떤 모습도 전혀 드러내지 않는 대리석이나 내 손목의 푸른 정맥이나 조가비의 진줏빛 내벽 같은 곳에서 어떤 그림이나 형상을 떠올리곤 했다.

할머니는 궤짝의 맨 아래쪽 서랍에다 중요한 신문 기사나 실을 감아 놓은 꾸리, 크리스마스 양초, 짝이 맞지 않는 양말 등등, 여러 가지 것들을 보관하셨다. 루실과 나는 이따금 이 서랍을 뒤져 보곤 했다. 내용물은 이것저것 마구잡이로 모아놓은 것인데 반해 아주 깔끔하게 정리돼 있었던 까닭에, 우리는 전체적으로 그 수집품 이면에 무언가 커다란 의미가 있나 보다고 생각했다. 예를 들어, 양말은 모조리 신어 보지도 않은 새것이었다. 또 놋쇠 단추가 두 개 들어 있는 양주잔도 있었는데 그것도 그럴싸해 보였다. 월계수 열매 냄새를 풍기는 밀랍으로 만든 색이 바랜 천사도 있었고, 샌프란시스코 보석상의 이름이 박힌 상자 속에 검정색 벨벳으로 된 하트 모양 바늘겨레도 들어 있었다. 옛날 사진이 가득 든 구두 상자도 있었는데, 모든 사진의 뒷면에 펠트 같은 검정색 종이가 네 조각씩 대어져 있었다. 이 사진들은 분명 특별히 중요했거나 혹은 특별히 중요하지 않았기 때문에 앨범에서 떼어내었음이 분명했다. 우리가 아는 사람이나 장소가 찍힌 것은 하나도 없었다. 대다수가 정장을 차려입은 신사들이 장미 덩굴 앞에서 포즈를 취하고 있는 사진이었다.

이 상자 속에서 대단히 중요해 보이는 팸플릿의 제2쪽이 나왔다. 『내셔널 지오그래픽』의 한 페이지처럼 반질반질하고 두툼한 지질로, 편지지처럼 삼등분으로 접혀 있었다. 페이지 맨 위쪽에 '허난성(河南省)에만 수천만'이라고 인쇄된 구절이 보였고, 그 아래로 일련의 사진들이 등장했다. 맨발의 소년 하나가 강렬한 햇빛을 받으며 사진기를 향해 눈을 가늘게 뜬 사진이 있었다. 또다른 사진에는 맨발의 사내가 벽에 기댄 채 웅크리고 있었는데 커다란 모자 그늘에 얼굴이 가려져 있었다. 젊은 여자가 아기에게 컵에 담긴 무언가를 먹이는 사진도 있었다. 네 번째 사진은 세 명의 노파가 한 줄로 늘어선 채 이마에 손을 얹어 그늘을 만든 모습이었다. 다섯 번째 사진에는 실눈을 한 여자아이와 야윈 새끼 돼지가 있었는데, 돼지는 사진기 쪽을 향하고 있지 않았다.

그 페이지 하단에 이탤릭체로 다음과 같이 인쇄되어 있었다. '내가 너희를 사람을 낚는 어부가 되게 하리라.' 대단히 만족스럽게도 이 자료가 몰리 이모의 출발을 설명하고 있었다. 큰이모가 어떤 작은 보트의 낮은 쪽에 기댄 채 거품이 일면서 소용돌이치는 허공 속으로 그물을 던지는 모습이 아직도 종종 떠오르곤 한다. 큰이모의 그물은 초원에 부는 바람처럼 아무도 알아차리지 못하는 가운데 변화하는 세상을 쓸었을 것이다. 큰이모가 그물을 끌어당기기 시작하자, 저 아래쪽 세상을 놀라게 했을 정장을 한 신사들과 비쩍 마른 돼지들과 늙은 여자들과 짝이 맞지 않는 양말들이 뒤범벅되어 올라왔을 것이다. 큰이모는 그물에 걸린 것들이 통째로 수면 바로 아래에 다다를 때까지 아주 손쉽게 거두어들였을 것이다. 마지막으로 한 번 더 엄청난 힘으로 끌어당겼다가 놓으면 큰이모가 잡은 것들이 보트 안에 쏟아지면서 흩어졌을 것이다. 깜짝 놀란 채 숨을 헐떡이고, 저무는 햇빛 아래 각양각색으로 반짝이면서…….

그와 같은 그물로 그와 같이 거두어들이는 일에 예외란 있을 수 없을 것이다. 만약 그물이 천국의 바닥을 모조리 훑어 낸다면, 결국 핑거본 호수의 캄캄한 바닥 역시 샅샅이 훑어 내야 한다. 호수에서 구석기시대와 신석기시대 이래 최근에 이르기까지 유구한 세월 동안 그곳의 단골손님이었던 사람들, 즉 딸기 채집하는 사람, 사냥꾼, 길 잃은 어린애들로 이루어진 엄청난 무리가 솟아오를 것이라고 상상해야 한다. 배를 저어 400미터를 나아간 뒤 막 해가 뜨는 시각에 걸어서 돌아오려 했던 치렁치렁한 하얀 예복을 입고 기도 요법을 행하던 여자와, 어느 해 봄, 말을 타고 호수를 건널 수 있을 만큼 아직 얼음이 단단하다는 데 5달러를 걸었던 농부에 이르기까지……. 거기에 수영하던 사람, 보트와 카누를 타던 사람까지 더하면 그렇게 북적이는 사람들 틈에서 우리 엄마는 거의 눈에 띄지 않을 것이다. 시간과 실수와 사고가 원상 복구되고 세상이 이해할 수 있는 완전한 모습이 될 때까지는, 이웃이나 친척의 떨어진 단추나 잘못 둔 안경을 되찾는 잡다한 일들이 벌어질 것이다.

실비 이모는 몰리 이모가 사실은 선교 병원의 장부 계원으로 일하러 갔다고 말했다. 내가 그러한 모험이 성공했을 것이라고 여기는 까닭은, 어쩌면 호수 전체를 뒤덮은 채 비를 머금고 있는 구름을 향해 갈매기가 섬광처럼 날아오르는 장면을 바라보던 데서 비롯된 것이었는지도 모른다. 아니면 각다귀가 풀밭에서 날아오르거나, 낙엽 한 장이 바람 꼭대기에서 반짝이는 것을 바라보고 있었기 때문인지도 몰랐다. 그런 순간에는 위로 올라가는 것이 자연의 법칙처럼 보였으니까. 만일 거기에 완성의 법칙(모든 것은 결국 이해할 수 있게 되어져야 한다.)까지 추가한다면, 큰이모가 수행했을 것 같은 종류의 전반적인 구제가 불가피할 것이다. 왜 우리 생각이 어떤 손짓이나 소매의 주름장식이나 아무런 특징도 없는 어느 특정한 날 오후의 어떤 방 귀퉁이로 돌아가는 것일까? 심지어 우리가 잠들어 있을 때나 너무 늙어서 다른 일에 대한 생각은 다 포기할 때까지도 말이다. 마침내 결합되기 위한 것이 아니라면 이 모든 조각들은 다 무엇을 위한 것이란 말인가?

나는 이모에게 만족하고 있었기에 루실이 일정한 목적에 따라 침착하고 수평적인 시선으로 다른 사람들을 주시하기 시작했다는 사실을 깨닫고 무척이나 놀랐다. 동생은 그렇게 서서히 침몰하던 배에서 그리 멀리 떨어지지 않은 기슭을 바라보고 있었던 것 같다. 루실은 이모가 온 뒤 두 번째로 맞이한 봄에, 학교에 신고 가라고 사준 파란색 벨벳 발레 슬리퍼의 앞부분에서 금제 원형 장식을 다 떼어 냈다. 도로에 아직도 몇 센티미터나 쌓여 있던 진흙이 타이어가 지나간 양쪽에서 바퀴 자국을 따라 젤리처럼 빛날 때도 나는 그 슬리퍼가 아주 좋았다. 햇빛이 환하게 빛나고 있음에도 아주 가벼운 산들바람에 팔뚝의 솜털이 오소소 일어나는 봄날, 슬리퍼의 갈라진 틈 사이로 따끔따끔 쑤시면서 새어 들어오는 물은 참으로 기분이 좋았다.

그런 날, 막대기로 땅을 쑤시고 들춰 보면 바늘처럼 가늘고 봄날의 물처럼 맑고 깨끗한 얼음 기둥이 빽빽히 모여 있는 것이 눈에 띄었다. 대체로 겨울이 다 끝날 때까지는 이 가냘픈 받침이 도로와 웅덩이를 피할 수 있을 만큼은 우리를 지탱해주었다. 하지만 날이 풀리면서 그와 같이 허술한 받침이 녹아버리고 나면, 이내 우리 발은 시도 때도 없이 물에 빠지곤 했다. 그 무렵쯤 되면 신발 바닥도 사실 다 떨어져 나가고 없었다. 이모는 절대로 고급 제품을 사지 않았다. 돈에 인색해서가 아니라(우리 돈이었기 때문에 이모가 벌벌 떨면서 때로는 몰래 쓰기도 했지만) 기발한 것을 좋아하는 이모의 취향에 싸구려 물건이 딱 들어맞았기 때문이다. 루실은 이모가 물건을 사러 나갈 때마다 이를 갈았다.

나도 그렇게 했다. 왜냐하면 루실이 변함에 따라 그 애의 비위를 맞추는 것이 유리하다는 것을 깨달았기 때문이다. 동생은 평범한 부류에 속하는 사람이었다. 아직 오지 않은 시간이 (본래 이례적인) 그 애에게 가혹하기 짝이 없는 현실을 품고 있었다. 동생에게 정통으로 불어 닥치는 모진 바람이었다. 만약 루실이 세상을 창조했다면, 모든 나무가 구부러지고 모든 돌이 풍화되었을 것이며, 모든 나뭇가지도 끊임없이 불어오는 역풍을 맞아 껍질이 죄다 벗겨졌을 것이다. 루실은 모든 것에서 비위에 거슬리게 변화할 가능성을 보고 있었다. 그 애는 모직으로 된 벙어리장갑과 갈색 옥스퍼드 셔츠와 빨간 고무장화가 필요했다. 소매 프릴은 다 이울고 금속 원형 장식은 떨어져 나가고 공단은 빨 수도 없었다.

이모가 우리를 위해 집으로 가져오는 우아한 소품 가운데 한 철이라도 제대로 버티는 것이 하나도 없었다. 이모 입장에서 보면 이모는 영원한 현재를 살고 있었다. 이모에게 물건이 망가지는 것이 늘 새로운 놀라움이었고, 오래 실망하고 말 것도 없는 일이었다. 공단 나비넥타이나 플라스틱 벨트, 향수, 분무기나 화장용품 세트, 조개 모양으로 장식된 나일론 장갑과 앙고라로 장식된 발목 양말 등을 단 하루나 일주일 만에 못 쓰게 망가뜨렸다 할지라도 이모는 늘 그 소중한 것들을 다시 사다 주곤 했다.

6

이어 다가온 여름은 정말로 여름다운 여름이었다. 봄부터 루실이 다른 세계에 마음을 쏟고 있다는 것이 느껴지기 시작했다. 그러더니 가을로 접어들면서 루실은 그쪽 세계를 따라가고자 팽팽한 작업에 열을 올렸다. 그 사이에 낀 몇 달이야말로 분명 내 생애 마지막이자 아마도 최초의 진정한 여름이었을 것이다.

무척이나 긴 여름이었다. 루실과 나는 무단결석을 할 수 있을 만큼 날씨가 누그러지자마자 3월 말부터 학교 가는 일을 그만두었다. 이모 말에 따르면, 우리는 아침마다 교복을 입고 학교 쪽으로 한 블록을 걸어갔다고 한다. 철로가 도로와 교차하는 지점에서 우리는 철로를 따라갔는데 호수와 다리로 이어지는 길이었다. 뜨내기 일꾼들이 바로 다리의 그림자가 지는 기슭에 무언가를 짓고 있었다. 할머니는 우리에게 경각심을 불러일으키기 위해 기차 옆으로 너무 가까이 가는 어린애는 갑자기 뿜어 나오는 수증기를 쐬고, 서있던 그 자리에서 화상을 입고 죽을 수도 있다고 말씀하셨다. 그러면서 일꾼들이 코트 아래로 아이들을 휙 낚아채다 유괴하는 훈련도 받았다고 덧붙였다. 그래서 우리는 일꾼을 그냥 쳐다보기만 했는데 그들은 우리를 거들떠보지도 않았다.

격자무늬 드레스와 나일론 스웨터를 입고 공단 구두를 신은 우리와, 흔적만 남은 칼라를 뒤집고 옷깃을 여민 채 양복 코트를 입은 그 사람들이야말로 어떤 잃어버린 쾌락 조합의 유배당한 생존자인지도 몰랐다. 우리와 그 사람들만이 번드르르한 기차의 탈선 사고부터, 나는 듯이 빠른 사업과 무역의 왕복 열차로부터 도망쳐 나온 사람들인지도 몰랐다.

루실과 나는 수많은 가족들 중 두 사람으로, 라프와이 보호 구역에 사는 할머니를 만나기 위해 떠나온 것인지도 몰랐다. 한편 그 사람들은 시찰 중인 의회 의원이거나 댄스 악단 멤버일 수도 있었다. 그렇다면 우리가 살을 에는 듯한 지독한 아침에 계절에 맞지도 않는 다 떨어진 옷을 입고 거기 앉아 말없이 물을 바라보고 있는 것도 충분히 이해할 수 있었을 것이다. 그런데 사실은 우리가 태어나기 한참 전에 호수 바닥으로 미끄러져 들어간 기차 속에 우리 할아버지가 아직도 누워 계시다는 말을 그들에게 하고 있다는 생각이 들었다. 어쩌면 모두가 부활을 기다렸을 것이다.

승무원 칸이 앞장선 가운데 기차가 물 밖으로 튀어나와서 마치 거꾸로 돌아가는 영화에서처럼 계속 다리를 건너기를 기대했을 것이다. 승객들은 떠날 때보다도 더 건강하고, 호수 밑바닥에도 익숙해진 상태로 도착해서 친지들의 놀라움을 가라앉힐 만큼 차분한 태도로 핑거본 역에 내려 침착하게 햇빛 속으로 걸어 나올 것이다.

이 부활은 우리 할머니와 우리 엄마가 포함될 만큼 대대적으로 이루어진 것이다. 엄마의 차디찬 손이 닿는 순간 목덜미에 솜털이 오소소 일어나고, 엄마는 지갑에서 딸기를 꺼내 우리에게 준다. 할머니가 수염 난 입술로 우리 이마에 서둘러 입을 맞추고 나자 모두들 집을 향해 도로를 걸어가는데, 아직 젊고 키가 후리후리한 할아버지는 기억력이 나쁜 사람이나 유령처럼 사람들의 대화에 끼어들지 못하신다. 루실과 나는 옛날이야기나 하라고 사람들을 그냥 남겨 놓은 채 숲 속으로 달려가거나 점심에 먹을 샌드위치를 만들거나 서로 스냅 사진을 보여 주거나 할 것이다.

우리가 몇 날, 몇 주일씩 학교에 가지 않았다는 결석 통지서가 이모 앞으로 날아오기 시작하자, 이모는 사춘기 소녀 특유의 정서 불안 때문이었다는 내용의 짤막한 편지를 썼다. 그런 다음 어떤 것은 학교로 부치고 어떤 것은 부치지 않았다. 대체로 볼 때 결코 교활한 사람이라고 할 수 없는 이모가 이 문제에 대해서만큼은 아주 천연덕스럽게 거짓말을 한다는 생각이 들었다. 어쩌면 이모가 우리에게는 깜박 잊어버리고 말하지 않은 사실을 학교에다 말했을 수도 있었다.

루실은 툭하면 성질을 부리고 몸이 쑤신다고 호소하고 자주 눈물을 흘렸다. 옷이 꽉 당기면서 조이기 시작하자 그 애는 질색팔색을 하면서 화를 펄펄 냈다. 어린애 것과 같은 젖꼭지가 달린 루실의 조그만 가슴이 그 애에게는 수치심을, 내게는 놀라움을 안겨 주었다. 언젠가 이모가 말하기를, 루실이 붉은 머리카락을 가진 아이이기 때문에 나보다 먼저 성숙할 것이라고 했는데, 그 말대로 된 것이다. 루실이 작은 여자로 성숙하는 동안 나는 키만 껑충한 어린애로 자라고 있었다. 내가 느꼈던 쑤시는 듯한 아픔과 통증, 임신하기 위해 남녀가 한몸이 되는 일, 피할 수 없는 신기한 주기(週期) 따위는 열심히 상상한 결과였을 뿐이다.

우리는 숲으로 들어갔다. 두 개의 언덕 사이 깊숙한 곳에 오래된 채석장이 있었는데, 우리는 그곳을 우리가 발견한 척했다. 여기저기에 걸상이나 기둥쯤 되는 높이의 육면체 혹은 팔면체 바위들이 수직으로 서 있었다. 각각의 바위들 한가운데 몇 개의 동심원과 희미한 적갈색 줄이 남아 있는 햇살 문양이 있었다. 우리는 이것을 고대 문명의 유적이라고 생각했다. 채석장 꼭대기까지 올라가면, 채석장으로 이어지는 길의 사 분의 일쯤을 비스듬하게 벌어진 틈을 따라 발끝으로 편안하게 내려올 수 있었다. 거기에 우리 둘이 들어가 앉으면 딱 맞을 깊이의 야트막한 동굴이 있었다. 둘 사이에는 늘 말라비틀어진 채 거칠기 짝이 없는 잡초 덤불이 있었는데, 우리는 마치 늙은 개의 가죽이나 되는 것처럼 그것을 어루만지고 잡아당겼다. 우리가 이 아래 떨어져 있으면 과연 누가 우리를 발견한단 말인가? 떠돌이 일꾼들은 우리를 찾아낼 것이다. 곰도 우리를 발견할 것이다. 하지만 다른 사람들은 아무도 우리를 찾아내지 못하겠지. 새빨간 울새가 우리에게 딸기 이파리를 가져다주고, 루실은 노래를 부르리라.

채석장 아래쪽에 금이나 은이 나왔던 오래된 광갱(鑛坑)이 하나 있었다. 그냥 둥글고 캄캄한 구멍으로, 입구가 작은 우물보다 크지 않았고 웃자란 잡초들로 둘러싸여 딱히 어디가 가장자리인지도 알 수가 없었다. 그런데 그 광갱(우리가 그저 바라보기만 하면서 무언가를 던져 넣었던)과 동굴이 아주 근사하면서도 매력적인 공포의 대상이었다.

나무가 방해가 되었다. 우리는 야생 딸기가 자라는 불에 탄 작은 개간지를 좋아했다. 그런 곳에서 보게 되는 축축한 노란 불빛의 실체가 바로 미나리아재비였다.(그런 산에는 미나리아재비가 희귀했는데, 짧은 꽃대에 우아하고 화려하게 반짝이는 커다란 꽃이 매달려 있었다. 사람들이 흙까지 통째로 파서 우승컵인 양 집으로 들고 오면 신문사에서는 가장 먼저 가져온 것에 상을 준다. 하지만 그것은 정원에서 죽어 버렸다.) 깊은 숲은 낡은 집 거실처럼 음산하고 뻣뻣한 나무 냄새로 온통 가득 차있었다. 우리는 장례식장에

온 어린애들처럼 머리 위에서 끊임없이 속삭이는 매혹적인 소리를 들으며 그 커다란 나무 사이를 돌아다녔다.

우리는(그해 여름을 회상하면서, 여름 내내 루실과 내가 거의 일심동체나 다름없었다고 말하는 데 조금도 거리낌이 없다. 비록 루실이 들뜨거나 뚱한 기분일 때가 잦기는 했지만 말이다.) 늘 저녁이 될 때까지 숲 속에 있었는데, 몹시 추운 날이 아니면 어두워질 때까지 기슭에 앉아 물속에 돌을 던지곤 했다. 이따금 부랑자들의 저녁 식사 냄새(생선 냄새 같기도 하고 고무 냄새 같기도 하고 녹 냄새 같기도 한)를 맡고 자리를 뜰 때도 있었다. 하지만 이모가 있는 집으로 돌아갈 마음이 든 것은 저녁 식탁에서 누리는 가정의 즐거움 때문이 아니었다. 나로 말하면 차라리 추위 때문에 할 수 없이 집으로 돌아왔다는 말이 더 맞을 것이고, 루실의 경우는 어둠 덕분에 남의 눈에 띄지 않은 채 추레하고 지저분한 핑거본 거리를 지나올 수 있었기 때문이라는 말이 맞을 것이다.

루실이 나와 함께 숲으로 간 이유는 남의 이목을 피하기 위해서라는 것이 정확했다. 내게는 세상의 눈이, 그 애는 볼록하게 쑤셔 넣고 나는 홀쭉하게 잡아 늘이는 왜곡된 거울처럼 여겨졌다. 또 지나치게 무례하게 물고 늘어지는 농담에 대해서는 도망쳐 나오는 게 상책이라고 여겼다. 나는 숲 자체가 좋아서 숲으로 간 데 반해, 루실은 점점 더 그곳에서 추방 생활을 견뎌 내는 것 같았다.

우리가 집에 돌아올 무렵이면 이모 또한 반드시 집에 있으면서 저녁 시간을 즐겼으니, 어둠 속에 앉아 있는 자신의 버릇을 이모는 그렇게 표현했다. 이모에게 저녁은 하루 중 특별한 시간이었다. 이모는 저녁을 '저어녁'이라고 말했는데, 정말로 나는 이모가 모든 것을 부드럽게 감싸 주고 누그러뜨리는 분위기 때문에 그 시간을 아주 좋아했다고 생각한다. 이모는 온 천지를 가득 채운 어둠에 저항하며 방 안 가득 환하게 불을 켜놓는 불균형을 싫어하는 듯했다. 집 안에 있는 이모는 어쩐지 배의 선실에 있는 인어와 비슷해 보였다. 이모는 몰아내고자 하는 바로 그 어둠 속으로 어둠이 가라앉는 것을 더 좋아했다. 우리 집은 식료품 저장실에는 귀뚜라미가, 처마 밑에는 다람쥐가, 다락방에는 참새가 있었다. 루실과 나는 현관문을 지나 순수한 밤으로부터 순수한 밤 속으로 걸어 들어갔다.

날씨가 추울 경우, 이모는 우리가 집에 올 때쯤 항상 주방 난로에 불을 피워 놓았다. 우리가 먹을 수프를 데우고 샌드위치를 만드는 동안 라디오를 켜놓은 채 조용히 콧노래를 불렀다. 이모가 집에 늦게 돌아왔다거나 교복을 입은 채 놀았다고, 혹은 코트도 안 입고 추운 바깥에 있었다고 야단치는 소리를 듣고 있노라면 기분이 좋아졌다.

그해 여름 어느 날 저녁, 주방으로 들어가 보니 이모가 우리를 기다리면서 달빛 아래 앉아 있었다. 식탁에는 이미 저녁이 차려졌고, 벌써 다 튀겨 놓은 베이컨 냄새도 났다. 이모가 풍로로 가더니 프라이팬 가장자리에 대고 달걀을 깨서 지글거리는 기름 속에 떨어뜨렸다. 나는 정적이 무엇을 의미하는지 알고 있었고, 루실 또한 마찬가지였다. 그것은 말할 수 없이 고요하고 무척이나 푸르스름하게 빛나는 저녁, 쨍그랑거리는 소리와 벌레들이 몸을 뒤척이는 소리, 또 늙고 뚱뚱한 개들이 이웃집 앞뜰에서 개 줄을 질질 끌며 방울을 울리는 소리로 가득 찬 저녁, 그렇게 무한하면서도 달빛이 환한 저녁에 우리가 한층 예민하고 섬세해진 감각으로 서로를 가깝게 느끼게 된다는 뜻이었다. 이를테면 두 사람이 어두운 방 안에 조용히 누워 있으면서 상대방이 언제 깨어나는지를 아는 것과 같은 식이었다.

우리는 이모가 토스트에 버터를 발라 쌓아 놓느라고 내는, 칼이 쓸리는 소리를 들으면서 의자에 앉아 있었다. 그러면서 부드럽고 느릿느릿한 박자에 맞춰 앉아 있던 의자 다리를 발뒤꿈치로 툭툭 치며, 뒤틀리고 부풀어 오른 창문을 통해 더욱 찬란해진 어둠을 내다보았다. 얼마 후 루실이 팔과 무릎을 심하게 긁어 대기 시작했다. 이어 "뭐가 들어간 게 분명해."라고 말하면서 자리에서 일어나더니 머리 위에 달린 전등 줄을 잡아당겼다. 창문이 캄캄해지면서 어수선하게 어질러진 주방이 어디선가 느닷없이 나타난 것처럼 드러났다. 현재의 세상이 태초의 어둠으로부터 멀리 떨어진 것만큼이나 조금 전에 사라진 장면과 동떨어진 모습이었다.

우리가 세제 상자에 들어 있던 접시와 젤리 모양의 유리잔을 사용해 저녁을 먹는 모습도 눈에 들어왔다.(이모는 할머니의 도자기 그릇을 상자에 담아서 난로 옆 구석에 쌓아 놓았는데, 이모 말에 따르면 필요할 경우에 대비해서라고 했다.)

    루실이 너무 순식간에 온 방 안을 환하게 만드는 바람에 우리 모두 깜짝 놀랐다. 냄비와 접시 더미, 떨어져 나간 채 도자기 상자에 기대어 있는 찬장 문짝 두 개가 고스란히 드러났다. 식탁과 의자와 찬장과 문짝에 온통 흰색 페인트가 듬뿍 칠해져 있었는데, 해를 거듭하면서 몇 겹이고 덧칠한 것으로, 이제 마지막으로 칠한 페인트도 크림색이 변해서 누런색이 되어 있었다. 여기저기 페인트 떨어져 나간 자국이 보기 싫었다. 큼지막한 검댕 자국이 벽과 난로 위의 천장을 가로질러 불쑥 드러났는가 하면, 난로 연통과 찬장 위에 먼지가 두껍게 쌓인 것도 눈에 들어왔다. 그중 가장 볼썽사나운 것은 루실이 앉은 식탁 쪽 커튼으로, 언젠가 그 옆에다 생일 케이크를 너무 가까이 놓는 바람에 절반이나 태워 먹은 것이었다. 이모가 『훌륭한 살림』이라는 책의 모서리로 불길을 잡긴 했지만 아직까지 커튼을 바꿔 달지는 않았다. 내 생일 때 일로, 케이크가 있으리라고는 꿈에도 생각지 못했기에 그만큼 더 기뻤던 기억이 난다. 이모도 이 일을 워낙 즐거워했던지라 아마 커튼을 보면서 그날 일을 떠올렸을 것이다.

    환한 불빛 아래에서 모두가 당혹스러워하고 불편해했다. 루실이 다시 줄을 잡아당겼는데, 너무 세게 당긴 나머지 줄 끄트머리에 달린 작은 종이 천장에 부딪쳤다. 이번에는 한꺼번에 쏟아져 내린 캄캄한 어둠 속에서 거북하게 앉아 있게 되었다. 루실이 다리를 흔들거리며 물었다. "이모 남편은 어디 계세요, 이모?"

조금 긴 침묵 끝에 이모가 대답했다. "그이는 내가 어디 있는지 모를걸."

"얼마나 오래 결혼 생활을 하셨는데요?"

이모가 이 물음에 약간 충격을 받은 것 같았다. "지금도 결혼한 상태란다, 루실."

"그럼 그분은 어디 계시는데요? 선원인가요? 감옥에 계세요?"

이모가 웃으면서 말했다. "너는 그이를 아주 이상한 사람처럼 말하는구나."

"그러니까 감옥에 계시지는 않군요."

"우리는 한동안 서로 연락을 하지 않고 지내 왔단다."

루실이 커다랗게 한숨을 내쉬며 다리를 흔들었다. "이모한테 정말로 남편이 있었던 것 같지 않은데요."

이모가 차분한 목소리로 대답했다. "마음대로 생각하렴, 루실."

그때쯤 식료품 저장실 귀뚜라미가 다시 울기 시작하면서 창문이 환하게 밝아졌고, 찌그러진 식탁과 그 위에 어지럽게 놓인 물건들이 온통 차가운 군청색으로 바뀌었다. 물에 잠긴 배의 갑판에서 흔히 볼 수 있는 그런 난장판이었다. 루실이 다시 한 번 한

숨을 내쉬며 그냥 어둠 속에 있는 데 동의하였다. 이모가 안도했고, 나 역시 마찬가지였다. "내 남편은," 이모가 화해의 표시로 입을 열었다. "내가 그이를 만났을 당시 군인이었단다. 태평양에서 싸웠대. 사실은 자동차나 뭐, 그런 것들을 수리했어. 사진 찾아 줄게……."

처음 루실은 이모부가 전쟁에 나가 죽었거나 행방불명되는 바람에 이모가 슬픔 때문에 미쳤다고 생각했다. 그리하여 한동안은 이모의 모든 것을 다 용서해 주었다. 사진을 보여 달라는 압력에 못 이겨 이모가 잡지에서 오려 낸 해군 사진을 내놓을 때까지는 말이다. 하지만 그 후로 루실은 이모의 어떤 것도 용서하지 않았다. 저녁 식사 시간에 불을 켜놓자고 우겼고, 또 도자기 그릇 세 벌을 발견하고 고기와 야채를 요구하기 시작했다. 이모가 루실에게 식료품비를 주었다. 이모 자신은 주머니에 짭짤한 크래커를 넣어 두었다가 저녁에 산책하면서 먹었다. 칠흑처럼 새까만 창문이 달린, 불이 환하게 켜진 주방에 루실과 나만 남겨 놓은 채…….

이모가 살림을 하는 데 있어 루실을 짜증나게 하는 것들이 또 있었다. 예를 들면 이모의 방은 할머니가 남겨 놓은 그대로였는데 어쩐 일인지 화장실과 장롱이 거의 텅텅 비어 있었다. 이모가 옷과 머리빗과 치약까지 침대 밑의 마분지 상자에 보관했기 때문이다. 이모는 이불 위에서 누비이불을 덮고 잤는데, 낮에는 그

것 역시 침대 밑으로 밀어 넣어 두었다. 그런 것들은(이모는 항상 옷을 입은 채 잤는데, 처음에는 신발도 신고 자다가 한두 달 지나고 나자 신발은 베개 아래 두고 잤다.) 말할 것도 없이 떠돌이 노동자의 습관이었다. 그런 점들이 루실의 예의범절 감각에 거슬렸다. 그 애는 학교에서 만나는 단정하고 세련된 여자 애들이 우리 이모가 발을 베개 위에 올려놓고 자는 것을 보면 어떻게 생각할까 하는 것을 상상하곤 했다.(이모는 불면증을 낫게 하려고 종종 머리를 아래로 두고 잤다.) 물론 이 아이들로 말하면 루실도 그저 이름만 알 뿐, 그들이 우리의 시시콜콜한 생활에 대해 알 가능성은 전혀 없었다.

루실에게는 로제트 브라운이라는 친구가 있었는데, 루실은 그 애를 두려워하는 한편 흠모하면서 끊임없이 그 애가 자기를 보고 있다는 강박관념에 빠졌다. 그 결과 상상 속의 비난 때문에 성질이 났고, 상처를 받았다. 한번은 날씨가 따뜻했던 까닭에 이모가 잔디밭에서 자려고 누비이불과 베개를 들고 밖으로 나간 적이 있었다. 루실이 얼굴이 빨개지다 못해 눈물까지 글썽거리면서 나한테 말했다. "로제트 브라운의 엄마는 발레 레슨을 받게 하려고 걔를 스포캔까지 데려다 주신대. 또 의상은 전부 다 손수 만들어 주신대. 지금은 지휘봉을 사주려고 나폴리로 데려가는 중이라고." 이모는 그렇게 비교당하는 것이 괴로웠지만 그것은 사실이었고, 어쨌거나 나는 이모가 잔디에서, 때로는 차 안에서 자고 있다는 사실에 안심이 되었다. 이모가 날짜와 상관 없이 온갖 신문에 흥미를 보인다는 점과, 이모가 만들어 주는 돼지고기와 콩을 넣은 샌드위치도 나를 안심시켰다. 만일 이모가 이곳에서 떠돌이처럼 살 수만 있다면 굳이 여기를 떠나지 않아도 될 것 같았기 때문이다.

루실은 일시적인 것과 관계 있는 것이라면 무엇이든 다 싫어했다. 언젠가 이모가 역에서 신문을 주워 들고 집으로 온 적이 있었다. 저녁을 먹으면서 이모는 어떤 숙녀와 아주 멋진 대화를 나누었다고 말했다. 교수형을 받게 된 사촌을 보기 위해 포틀랜드로 가는 도중, 사우스다코타에서 화물차에 무임승차한 여자였다.

루실이 포크를 내려놓으면서 쏘아붙였다. "왜 이모는 그런 쓰레기 같은 인간하고 상종하고 그러세요? 정말 황당해요!"

이모가 어깨를 으쓱하며 대답했다. "상종하지는 않았단다. 저녁 식사에 올 수도 없었는걸."

"그 여자를 초대했어요?"

"갈아타는 기차를 놓칠까 봐 걱정하더구나. 사람 목을 매다는 일은 언제나 잽싸게 이루어지는 법이거든." 루실이 팔 위에 고개를 올려놓은 채 아무 말도 하지 않았다. "그 여자가 그 사촌의 유일한 친척이었대." 이모가 설명을 계속했다. "자기 아버지를 제하고는 말이지. 게다가 교수형당하는 사람이 그 남자 혼자였다더구나……. 내 생각에는 그 여자가 가주는 게 인정머리 있는 처사인 것 같다." 방 안에 침묵이 흘렀다. "나 같으면 '쓰레기 같다'고는 말하지 않을 거야, 루실. 그 여자는 아무도 목 졸라 죽이지 않았거든."

루실은 아무 말도 하지 않았다. 이모는 상황 파악을 제대로 못하고 있었다. 로제트 브라운의 엄마가 바느질을 하다가(루실이 말하기를, 딸의 혼숫감으로 행주에 수를 놓고 있다고 했다.) 그 말에 깜짝 놀라 어쩔 줄 몰라 하면서 고개를 들리라는 것을 이모는 알지 못했다. 사리가 분명한 견실한 사람들이 그런 이야기에 어떤 반응을 보였을까? 이번에는 루실이 예의 바른 사람들이긴 하나 끈질기게 우리 생활을 비판하고 있는 절대적인 재판관과 이모 사이에서 중재자 노릇을 하며 다음과 같이 말했을지도 모른다. "실비 이모는 사람들이 교수형을 보려고 땅바닥에서 30센티미터 위에 누운 채 천 마일을 달려가는 사람과 사귀지 않는다는 것을 이해하지 못하세요." 로제트 브라운의 엄마는 이렇게 말했을 것이다. "법을 모르는 게 핑곗거리가 될 수는 없지." 로제트 브라운은 이렇게 말하리라. "법을 모르는 건 범죄 행위예요, 엄마!" 이따금 루실이 중재자로서 재판관에게 접근하려고 했던 건 아니었나 하는 생각이 들기도 한다. "실비 이모는 아무런 해도 끼치지 않아요."라든가, "실비 이모는 우리 엄마를 닮았어요."라든가, "실비 이모도 머리를 빗으면 아주 예뻐요."라든가, 아니면 "실비 이모는 저희의 유일한 친척이에요. 이모가 와주시다니, 참 친절하다고 생각했어요."라고 말하면서…… 하지만 루실이 말은 그렇게 하면서도 사실은 저 자신도 그런 주장이 아무 쓸모 없다는 것을 잘 알고 있었음에 틀림이 없다. 이모를 동정어린 눈빛으로 바라보면서도 자비나 아량 따위는 조금도 베풀지 않았으니 말이다.

언젠가 루실과 함께 우체국에 가다가 전사자를 기념하는 작은 공원 벤치에 누운 이모를 본 적이 있다. 발목을 엇갈리게 놓고 팔짱을 낀 채 신문지로 얼굴을 덮고 있었다. 루실이 라일락나무 사이로 들어가면서 말했다. "어떻게 해야 되는 거야?" 동생의 얼굴이 분노로 하얗게 질렸다.

"이모를 깨워야 할 것 같은데."

"언니가 깨워, 빨리!" 루실이 그 자리를 떠나 집 쪽으로 달려갔다. 벤치로 다가가서 신문지를 들어 올렸더니 이모가 미소를 지으면서 말했다. "생각지도 못한 반가운 일이네. 그런데 놀랄 일이 하나 있단다." 이모가 일어나 앉으면서 트렌치코트 주머니를 뒤지더니 막대 사탕을 하나 꺼냈다.

"아직도 이거 좋아하니? 그나저나 이것 좀 보렴." 이모가 신문을 무릎에 펼쳐 놓았다. "오클라호마에 사는 어떤 여자에 관한 기사인데, 비행기 공장에서 팔 하나를 잃고도 피아노 레슨을 해서 여전히 아이 여섯을 키우고 있다는구나." 불현듯 이모가 이 여자에게 너그러운 관심을 보이고 있다는 생각이 뇌리를 스쳤다. "루실은 어디 있니?"

"집에요."

"그래? 그것 참 잘됐다." 이모의 말이었다. "너랑 이야기할 기회가 생겨서 기쁘구나. 너는 너무 말이 없어서 도대체 무슨 생각을 하는지 종잡을 수가 없거든." 이모가 자리에서 일어났고, 함께 집을 향해 걷기 시작했다.

"저도 제가 무슨 생각을 하는지 잘 몰라요." 이 고백이 나를 당혹스럽게 했다. 내가 종종 보이지 않는 것 같다는 사실이, 실제로는 불완전하면서도 아주 미미하게 존재한다는 사실이, 공포와 위안을 동시에 안겨 주고 있었다. 내가 세상에 아무런 영향도 미칠 수 없는 대신, 그 대가로 남의 눈에 띄지 않은 채 세상을 바라볼 수 있는 특권을 부여받은 것 같았다. 그런데 이렇게 유령이 된 것 같은 느낌이 든다는 내 말이 기묘하게 들리면서, 그 순간 내가 육체를 가진 것이 무슨 죄라도 되는 양 온몸에 진땀이 흐르기 시작했다.

"음, 아마 변할 거야." 이모의 말이었다. 둘 다 아무 말도 하지 않은 채 한참을 걸었다. "그러지 않을지도 몰라요." 한 걸음 뒤로 처져서 이모의 얼굴을 바라보았다. 이모는 늘 삶의 지혜를 가르치는 어른의 말투로 이야기했다. 이모에게 자신이 무슨 생각을 하고 있는지 아느냐고 묻고 싶었다. 만일 그렇다면, 그런 것을 아는 경험이 어떤 것이냐고 묻고 싶었다. 또 만일 아니라면 이모도 분명 그럴 것이라는 내 짐작대로, 이모 역시 유령 같다는 느낌이 드는지 물어보고 싶었다. 그러면서 이모가 "너는 나랑 참 비숫하구나."라고 말하기를 기다렸다. 이모가 이렇게 말할지도 모른다고 생각했다. "너는 네 엄마랑 참 비슷하구나." 나는 이모와 내가 같은 부류의 사람이 아닌가 하는 생각에 두려움을 느끼면서 이모가 그렇다고 선언하기를 기다렸지만 이모는 그러지 않았다. "학교를 너무 많이 빠지는구나." 이모가 말했다. "어린 시절이 영원히 계속되는 건 아니란다. 언젠가는 후회할 거야. 너도 금방 나만큼 키가 자랄걸."

주로 1번가를 따라 집으로 돌아왔는데, 그네가 있는 현관이나 그늘진 잔디밭이 딸린 오두막과 방갈로가 줄줄이 늘어선 도로였다. 1번가의 보도는 강풍 속의 현수교마냥 부풀어 오르고 휘어져 있었다. 또 라일락과 능금나무와 소나무가 그늘을 드리우고 있었는데, 나무들이 인도에 너무 바싹 붙어서 자라는 바람에 그 아래로 통과하려면 몸을 숙여야 하는 경우도 있었다. 나는 이모의 생각이 다른 문제로 넘어간 것 같아 안도하면서 이모에게서 멀찌감치 떨어진 채 걸었다. 이모는 내게 충고를 해놓고는 내가 아직 그 생각을 끝내기도 전에 벌써 딴 생각을 하기 일쑤였다.

시커모어가로 꺾어지자, 거기부터는 인도가 따로 없었다. 이모가 차도로 걸었고, 나도 그 뒤를 따랐다. 여기서부터는 우리의 홈그라운드였다. 집들이 도로에서 안쪽으로 들어간 채 널따란 공간을 차지했다. 우리가 지나가자 개들이 으르렁거리면서 종종걸음으로 뛰어나와 발목에 코를 대고 킁킁거렸다. 집 지키는 개들에 대해 떠돌이 특유의 혐오감을 가지고 있던 이모가 막대기를 집어 던졌다. 또 기다란 열차가 지나가는 것을 보려고 도로에 가만히 서있거나 버들가지 껍질을 벗겼고, 도로 근처에 만발한 민들레와 당근의 꽃모가지를 부러뜨리기도 했다. 이윽고 집에 도착해 보니 루실이 아직 저녁도 되지 않았는데 불을 켜놓은 채 주방에서 청소를 한답시고 난리법석을 부리고 있었다. "이모가 벤치에서 자는 걸 우리가 봤다고요!" 이모가 잔 게 아니라고 다짐하는데도 루실이 바락바락 소리를 지르면서 누그러질 기미를 보이지 않았다. "아무도 못 봤을 거야." 내가 거들었다.

"시내 한복판에서? 그것도 백주 대낮에?"

"내 말은 이모를 알아보지 못했을 거라는 뜻이야."

"하지만 다른 누가, 언니, 다른 누가 그런 짓을……." 루실이 들고 있던 행주를 찬장에 집어 던졌다. 이모가 앞문을 여는 소리가 들렸다.

"이모가 떠나." 내가 말했다.

"이모는 항상 그러잖아. 그냥 나가서 어슬렁거리는 거라고." 루실이 행주를 집어서 앞문에다 던졌다.

"그러다가 이모가 정말로 떠나 버리면 어쩔래?"

"더 나빠질 것도 없어." 그날 오후 로제트 브라운의 엄마가 루실의 속을 긁어 놓은 게 틀림없었다. 그런 경우에는 옹호해주는 사람도 비난받는 사람과 한통속으로 취급받게 될 터였다.

"도대체 이모가 무엇 때문에 여기 붙어 있는지 모르겠어. 정말 기차에 뛰어오르는 게 차라리 더 나을 것 같아."

도대체 어디 가서 이모를 찾아야 할지 막막했기에 루실이 불을 끄자 우리는 식탁에 앉아 처음에는 나라 이름을, 이어 각국의 수도 이름을 알파벳순으로 주워대느라고 애를 쓰면서 시간을 죽였다. 이윽고 조용한 발소리에 이어 이모가 망설이듯이 주방 문을 여는 소리가 들렸다. "너희가 자러 갔을까 봐 걱정했단다. 아까 이걸 벤치에 두고 왔지 뭐니. 버리기에는 너무 아까운 거라서." 이모가 신문지 꾸러미를 열자 월귤 냄새가 확 풍겼다. "이게 역 근처에 지천으로 깔렸더구나. 팬케이크를 만들 생각이 났지." 이모가 팬케이크 반죽을 만들어서 그 안에 월귤을 넣고 저을 동안 우리는 끙끙거리면서 전 세계의 나라 이름을 댔다. "너희 엄마랑 이걸 자주 만들었단다. 우리가 아직 어린 계집아이였을 때 그곳에 자주 가곤 했었지. 라이베리아. 그때는 우리도 아주 친했거든. 지금의 너희 둘처럼."

"우리는 항상 라트비아를 잊어버린다니까." 루실이 투덜거렸다.

이모가 말을 받았다. "우리는 항상 리히텐슈타인을 잊어버렸단다. 혹은 안도라. 아니면 산마리노든지."

7

그해 여름까지는 루실도 아직 우리에게 충실했다. 비록 이모와 내가 동생의 가장 큰 골칫거리이기는 했어도 유일한 도피처인 것 또한 사실이었다. 루실과 나는 언제 어디서나 함께 있었다. 동생은 어떨 때는 그냥 가만히 있다가 또 어떨 때는 내게 걸을 때 땅바닥을 내려다보지 말라고 충고하곤 하였다.(내 자세는 점점 더 껑충하게 커가는 키를 감추려 하기보다는 인정하고 변명하는 쪽을 택했다.)

이따금 엄마를 기억해 내려고 애를 쓰기도 했는데, 엄마가 어땠는지에 대한 의견이 점점 더 엇갈리기 시작하다가 심지어 싸우는 일까지 벌어졌다. 루실이 생각하는 엄마는 정리 정돈을 잘하고 활기차고 분별 있으며 사고로 죽은 미망인(내가 알지도, 그 애가 증명할 수도 없었던 사실이다.)이었다. 한편 내가 기억하는 엄마는 대단한

152

관심을 기울이고 말 것도 없이 매우 단순하고 제한된 삶을 영위한 사람이었다. 차라리 혼자인 것을 더 좋아하지 않았나 싶을 정도로 엄마는 부드러운 무관심으로 우리를 키웠다. 엄마는 버림받은 사람이 아니라, 스스로 버린 사람이었다. 엄마가 호수 속으로 날아 들어간 문제에 대해서도 루실은 차가 움직이지 않자 엄마가 액셀을 너무 세게 밟는 바람에 통제 불가능한 상태가 되었던 것이라고 주장했다. 그렇다면 엄마는 왜 모든 소지품과 함께 우리를 할머니 집에 남겨 두었을까? 왜 도로 밖으로 차를 몰아 풀밭 한가운데로 들어갔을까? 자기를 도와준 머슴애들에게 그냥 돈만 주지 않고 왜 지갑을 통째로 주었을까? 한번은 루실이 내가 엄마를 깔아뭉개서 이모를 옹호하려 한다고 비난하기도 했다. 그런 다음 두 사람을 비교했던 것을 후회하면서 한동안 둘 다 침묵을 지켰다. 그때쯤에는 비록 확실하게 안심할 정도는 아니었지만 그래도 이모가 우리 것이라는 사실을 알았기 때문이다.

엄마는 집 안을 쓸고 닦고 양말을 뽀얗게 빨아 주었으며 우리에게 비타민을 먹였다. 엄마가 우리를 여기로 데려오기 전까지만 해도 우리는 핑거본에 대해 전혀 들어 본 적이 없었고, 할머니를 기다리고 있으라고 현관에 남겨질 때까지만 해도 할머니에 대해 아무것도 모르고 있었다. 우리가 잠이 들었으려니 하는 시각에 루실과 나는 엄마가 소파에서 다리를 하나 깔고 앉아 담배를 피우며 「새터데이 이브닝 포스트」를 읽는 모습을 바라보곤 했다.

엄마는 신문을 보다가도 항상 마지막에는 읽고 있던 지면에서 눈을 들고 방 한가운데를 응시했다. 때로는 너무 뚫어지게 쳐다보는 바람에 둘 중 하나가 물 마시러 가는 척 일어나서 방 안에 우리 말고는 아무도 없다는 것을 확인하기도 했다. 마침내 우리는 올바른 버릇 들이기와 균형 잡힌 식사에 대한 온갖 권위 있는 의견들이 가득 찬 잡지처럼 엄마 무릎에서 슬그머니 미끄러져 내려왔다.

우리는 실제로 이모를 보고도 전혀 놀라지 않았다. 대신 이제 우리도 이모와 함께 이모의 꿈속을 헤매고 있다는 사실을 종종 깨닫곤 했다. 무단결석을 하던 시기에 갔던 곳 중에서 이모가 우리보다 먼저 가보지 않은 곳은 한 군데도 없었던 것 같다. 따라서 이모에게는 설명하기 곤란한 것을 굳이 설명할 필요가 없었다.

예를 들면 언젠가 숲 속에서 밤을 지새운 적이 있었다. 토요일이라 우리는 올이 굵은 무명 작업복 바지를 입고, 잭나이프와 미끼와 과자와 샌드위치가 담긴 바구니와 낚싯대를 들고 갔다. 하지만 거기서 밤을 보낼 계획이 아니었기에 담요는 하나도 가져가지 않았다. 우리는 물이 얕고 잔잔한 작은 어귀가 나올 때까지 몇 킬로미터나 기슭을 따라 걸어 올라갔다. 물고기를 잡겠다는 일념으로 온통 작고 불룩한 장대들을 어지럽게 늘어놓던 곳이었다. 오직 어린애들만이 그런 물고기를 잡으면서 놀았고, 아이들 중에서도 우리만이 게걸스럽게 미끼를 무는 물고기를 잡으러 공공 도서관에서 30미터 정도 떨어진 곳까지 걸어가곤 했다.

새벽에 집을 나갔다가 털이 없는 검은 배에, 눈가에 하얀 테두리가 진 늙고 뚱뚱한 암캐를 도로에서 우연히 만나 함께 그리로 향했다. 녀석의 이름은 '절름발이'였는데, 강아지일 때는 다리 하나가 불편하더니 늙은 뒤로는 세 개나 불구였기 때문이다. 그놈은 좀 더 잘 보이는 쪽 눈을 친근하게 반짝이면서 경쾌하게 기우뚱거리며 우리 뒤를 따라왔다. 그러다가 마을에서 1.6킬로미터가량 떨어진 곳에 이르자 무슨 냄새를 따라가는 양 숲 속으로 사라져 버리더니 다시는 나타나지 않았다. 특별히 중요할 것도 없는 개였기에 아무도 슬퍼하지 않는 가운데 세상을 떠난 것이다. 루실과 내가 이 소풍을 우울하게 기억하는 이유는 마지막으로 보았던 그놈의 살찐 엉덩이와 마비된 채 꼿꼿하게 서있던 꼬리와 어느 정도 상관이 있었다. 그 녀석이 바위로 올라갔다가 캄캄한 숲 속으로 사라질 때 본 뒷모습이었다.

날이 더워졌다. 우리는 청바지를 아무렇게나 걷어 올리고 블라우스 단추를 풀어서 허리 위쪽에다 묶었다. 이따금 좁다란 모래밭 가장자리를 걷기도 했지만 대개는 능금만 한 크기의 회색 조약돌이 깔린 호숫가를 절뚝거리며 건너갔다. 납작한 돌을 발견하면 물수제비를 떴다. 달걀 모양의 돌이 보이면 팔을 뒤로 홱 젖혔다가 저만큼 높이 내던졌다. 돌이 단번에 물속에 들어가면 우리가 악마의 목을 잘랐다고 떠들어 댔다. 어떤 곳에서는 풀과 덤불이 바로 물가에서까지 자랐는데, 그런 곳을 만나면 물에 빠진 머리카락처럼 흐릿하게 떠다니는, 거친 침적토로 덮인 미끌미끌한 바위 위를 힘겹게 걸어서 건너기도 했다. 내가 물고기 바구니를 든 채 물속으로 넘어지는 바람에 샌드위치가 물에 다 젖자 우리는 그것을 먹어치웠다. 정오도 되지 않았지만 우리는 초록색 나뭇가지 위에다 농어를 굽고 월귤을 찾을 계획을 세웠다.

호수 기슭은 떠내려 온 나무들로 어지러웠다. 뿌리가 무지막지하게 얽힌 줄기가 있는가 하면, 나무껍질이 죄다 벗겨진 채 굵은 밧줄처럼 팽팽하게 가늘어진 통나무도 있었다. 코끼리 무덤에 쌓인 상아와 뼈다귀들처럼 여기저기 나무들의 거대한 잔해 위에 또 다른 무더기가 쌓여 있었다. 가다가 잔가지를 발견하자 걸어가는 동안 모기향 대용으로 쓰기 위해 손가락 길이만큼 부러뜨려서 주머니에 넣었다.

우리는 호수를 오른쪽에 끼고 북쪽으로 걸어갔다. 가면서 바라보니 호수가 세상의 절반도 넘게 펼쳐진 것처럼 보였다. 멀리 떨어져 있는 통에 회색으로 밋밋해 보이는 산들은 마치 무너진 댐의 잔해 같기도 하고, 부글부글 끓어오르면서 끊임없이 햇빛 속으로 물을 증발시키는 깨진 쇠주전자의 주둥이처럼 보이기도 했다.

하지만 우리 발치의 호수는 속이 훤하게 들여다보일 만큼 맑고 투명한 물로, 바닥에는 매끄러운 돌이나 진흙이 깔려 있었다. 그것은 여느 연못이나 마찬가지로 작은 생명을 잉태하고 있었고, 일상적인 변화에서도 여느 웅덩이와 다름없이 적당히 수수한 모습을 하고 있었다. 까맣고 하얗고 연한 갈색의 작은 돌멩이들 사이로 조용하고 끈질기게 찰싹, 찰싹, 찰싹, 흘러 들어왔다 흘러 나가는 물만이 호수가 얼마나 광활한지, 또 그것이 달과 어떻게 연루되어 있는지를 떠올리게 했다. (희미하게 가물거리는 그 차디찬 삶을 달리 설명할 수 있는 것은 이 지상에 없었다.)

하늘은 저만큼 높은 곳에서 한결같이 빛나는 엷은 안개 때문에 하얗게 보였고, 나무는 마치 해 질 녘처럼 어둑어둑하게 보였다. 기슭은 길고 완만한 곡선을 이루다가 곶을 향해 바깥쪽으로 뻗어 나갔고, 그 너머로 깎아지른 듯한 세 개의 섬이 있었는데, 호수 밑바닥을 향해 생략 부호처럼 계속해서 야금야금 땅을 쓸어 넣는 바람에 크기가 점점 줄어들고 있었다. 곶은 높고 돌이 많았으며 꼭대기에 전나무가 자라고 있었다. 그 아래쪽으로 갈색 모래로 이루어진 가장자리가 다시 한 번 호수를 향해 곡선을 그리며 펼쳐지면서, 울퉁불퉁한 형상을 우아한 서예와 같은 단순한 곡선으로 바꾸어 놓았다.

우리는 아래쪽으로 해서 곶을 넘어간 다음, 좀 더 먼 쪽으로 내려가서 농어가 몰리는 작은 만의 기슭에 이르렀다. 그러자 400미터쯤 너머 수평선 위로 커다란 반도가 바리케이드처럼 불쑥 튀어나온 것이 보였다. 이 두 지점을 넘어야만 마침내 탁 트인 호수가 희미하게 반짝이는 것을 볼 수 있었다. 그것들 사이에 둘러싸인 물은 번들번들하면서 어둑어둑했고 고약한 냄새가 났다. 호수 가장자리에는 부들개지가, 얕은 곳에서는 올챙이와 피라미와 더불어 수선화가 자랐고, 더 멀리 나가면 이따금 날벌레를 쫓아 뛰어오르는 물고기도 보였다. 흐르는 물살과 조류, 탁 트인 호수가 반짝이는 모습을 빼고 나면 만의 수면은 거의 얇은 막이 덮인 듯 끈적끈적해 보였다. 또 거미줄이나 처마 끝이나 청소를 하지 않은 구석처럼 이것저것이 한 덩어리로 모인 채 쌓여 있었다. 어찌 보면 어질러진 집 안과 비슷한 분위기로, 따듯하고 고요하고 충만한 느낌이었다.

루실과 나는 잠시 그대로 주저앉아서 잠자리를 향해 조약돌을 던졌다. 그런 다음 잠자리를 주둥이부터 꼬리까지 잡아 엄지손톱으로 내장을 뺀 후, 너구리를 위해 호숫가로 내던졌다. 곧이어 야트막하게 불을 피우고, 초록색 나뭇가지로 농어 몇 마리의 주둥이를 꿴 다음, 두 갈래로 나누어진 막대기 사이에 쇠꼬챙이처럼 세워 놓았다. 우리는 늘 이런 방법을 썼고 최악의 경우에 꼬챙이가 넘어지면서 물고기가 불 속으로 떨어지기도 했는데, 가장 잘 풀린 경우라 해도 별로 더 나을 것도 없었다. 그놈들의 눈에서 미처 의식이 사라지기도 전에 꼬리지느러미가 불에 그슬리면서 연기를 냈으니 원……

우리는 농어를 꽤 여러 마리 구워 먹었다. 또 기슭 뒤편 바위

틈에서 자라는 덤불 속에서 다 익은 월귤을 찾아 따 먹었다. 이렇게 약탈 행위를 저지르며 오후 늦게까지 정신없이 놀다가 문득 너무 오랫동안 거기 있었다는 사실을 깨달았다. 그때 서둘렀더라면 완전히 어두워지기 전에 집에 도착할 수 있었을지도 모른다. 하지만 하늘이 점점 더 흐려지면서 도대체 몇 시인지 종잡을 수가 없었다. 우리 둘 다 오른쪽으로는 머리 위로 온통 어두컴컴한 숲이고, 왼쪽으로는 호수밖에 없는 기슭을 따라 험난한 길을 몇 킬로미터씩이나 걸어서 집으로 돌아가야 한다는 생각에 두려움을 느꼈다. 만일 구름이 바람과 파도를 몰고 온다면 숲 속으로 들어가야 할 텐데, 한밤중의 숲이 우리를 두려움에 떨게 했다.

"여기 그냥 있자." 루실이 제안했다. 우리는 부목을 반쯤 끌어내서 곳 위에 놓았다. 커다란 바위 옆면을 한쪽 벽으로 이용했고, 부목으로 뒤쪽과 나머지 옆쪽 벽을 만들었다. 나머지 한 면은 호수를 향해 그냥 남겨 두었다. 전나무 가지를 끌어내려서 지붕과 바닥도 만들었다. 되는 대로 만든 낮고 초라한 구조물로, 어디를 보더라도 아무렇게나 마구잡이로 만든 티가 역력했다. 두 번이나 지붕이 무너졌다. 벽이 무너져 내리는 걸 막기 위해 무릎에 턱을 올린 채 앉아 있어야 했다. 우리는 팔다리를 조심스럽게 조정하는 한편, 최대한 주의를 기울이며 발목과 어깨뼈를 긁으면서 한동안 나란히 앉아 있었다. 루실이 밖으로 기어 나가더니 문 앞에 있는 모래 위 돌에다 자기 이름을 쓰기 시작했다.

저녁이 되자 세상이 평형 상태를 이룬 것 같았다. 하늘과 호수가 온통 회색으로 빛나고 있었다. 숲도 완전히 캄캄했다. 만을 에워싼 채 양쪽으로 뻗어 나온 땅덩어리가 부유하는 어둠 덩어리 같았다. 흘러넘치던 어둠이 산에서부터 호수 속으로 쏟아져 내리다가 그대로 멈춰 선 채 찬란한 창공 속에서 돌로 변해 버린……

다시 오두막으로 기어 들어와 불편한 가운데 잠이 들었다. 발꿈치를 궁둥이에 대고 있어야 한다는 점을 잊지 않으면서, 줄곧 모래 속에 있던 날벌레와 진드기를 의식해야 했다. 그러다가 완전한 암흑 속에서 잠이 깼다. 옆구리에 와 닿는 나뭇가지와 축축한 등허리가 느껴졌고, 루실이 내게 기댄 채 잠이 든 것을 알았지만 아무것도 보이지는 않았다. 루실이 내 뒤를 따라 기어 들어와서 나와 문 사이에 웅크렸던 것이 떠올라, 벽을 타고 올라간 다음 지붕을 통해서 오두막 안과 하나도 다를 바 없는 절대 암흑 속으로 나왔다. 달도 뜨지 않았다. 사실은 하늘도 보이지 않았다. 한결같이 희미하게 가물거리는 호수와 숲에서 나는 풀잎 스치는 소리를 제외하면, 오로지 호수의 물소리만이 저 혼자 외로이 울려 퍼질 뿐이었다. 꿈속에서 아련히 들려오는 소리처럼 어디에서 나는지도 모르고, 형체도 없는 소리가 내 귓전 아주 가까이에서 들려왔다. 혀가 잘 돌아가지 않는 듯한 소리와 킥킥거리는 웃음소리, 또 살금살금 다가오는 소리가 들렸다. 방해하려는 의도를 품고 있으면서도 무슨 이유에선지 그것을 행동으로 옮기는 것을 늦추는 듯한 느낌이었다. "루실." 내가 입을 열었다. 루실이 지붕을 뚫고 일어서는 소리가 들렸다. "몇 시인 것 같니?" 둘 다 도무지 감을 잡을 수가 없었다. 코요테가 울부짖었고 올빼미도 매도 물새도 울었다.

몹시 캄캄했던 까닭에 짐승들이 우리로부터 몇 미터 떨어지지 않은 물가까지 내려와 있었다. 어떤 짐승인지는 보이지 않았다. 루실이 그것들을 향해 돌을 던지기 시작했다. "저놈들이 우리 냄새를 맡을 거야." 루실이 중얼거렸다. 잠시 동안 그 애가 「앵무새 언덕」 노래를 부르다가 무너져 버린 요새 안으로 들어와 내 옆에 앉았다. 그러면서 우리 사이에 존재하던 모든 인간적인 경계가 다 허물어졌다는 사실을 결코 인정하지 않은 채 잠시도 가만히 있지 않았다.

루실은 이 사건을 다르게 이야기하리라. 그 애는 내가 잠이 들었다고 말할 테지만 사실은 그렇지 않다. 나는 저 허공 중의 어둠과 내 두개골과 내장과 뼈 속에 존재하는 어둠이 하나가 되도록 그냥 내버려 두었을 뿐이다. 눈에 보이는 것은 전부 다 허깨비일 뿐이니, 세상의 참모습 위에 떨어져 내린 얇은 막이었다. 신경과 뇌가 속임수에 넘어간 까닭에 사람들은 이 허깨비가 우리 손을 놓고 멀어져 간다는 환상에 빠진다. 아울러 구부정한 등과 흩날리는 외투 자락이 너무 친근한 나머지, 그것이 이 세상에 영원히 존재하는, 없어서는 안 될 것이라는 착각에 빠지게 된다. 그런데 알고 보면 이 세상에 그것만큼 쉽게 소멸하는 것도 없다.

엄마는 남자만큼이나 키가 컸는데, 내 손으로 머리 위의 서늘한 나뭇잎을 툭툭 칠 수 있도록 이따금 나를 어깨 위에 올려놓았다. 또 할머니가 침대에 앉아 나지막한 소리로 노래를 부르시는 동안, 우리는 할머니의 큼지막한 검정 구두 끈을 매어 드렸다. 그런데 그런 사소한 일들은 그저 우연히 일어난 것일 뿐이다. 그러니 우리 말고 누가 그것을 알 수 있을까? 그들의 생각이 우리 영혼이 아닌 다른 이들의 영혼에, 우리가 본 것이 아닌 다른 어둠에 더 기울어져 있는데 왜 우리가 남겨져야 하는 걸까? 난파선에서 떨어진 화물과 눈에 띄지도 않는 하찮은 난장판 속에서 소매치기를 하는 생존자로 말이다. 그것들로 말하면, 그들이 사라지고 났을 때 남아 있는 전부이자, 비극적 파국이 닥쳤을 때나 눈에 띄는 것일 뿐인데……. 그러니 어둠만이 유일한 해결책이다. 비록 루실이 신경질적으로 왔다 갔다 하면서 휘파람을 불고 있고, 꿈속임에 틀림없기는(실비 이모까지 내 앞에 출몰했기 때문이다.) 해도, 완벽한 어둠이 영원히 계속될 수만 있다면 어떤 유물이나 잔해도, 우수리나 자투리도, 기념물이나 유품도, 기억이나 생각, 자취나 흔적 따위들도 전혀 필요 없을 것 같았다.

여명이 밝아 오기 시작하자(이모가 그럴 것이라고 말했듯이, 숲이 내지르는 함성과 새들의 지저귐이 그보다 훨씬 앞서 예고해 주었다.) 루실이 핑거본을 향해 걷기 시작했다. 내게 말 한마디 건네지 않았고, 뒤를 돌아보지도 않았다. 칠흑같이 캄캄하던 하늘이 어슴푸레하니 흐릿해지면서 서서히 희뿌옇게 밝아 오더니, 마침내 희미한 분홍빛 가루 같은 구름 덩어리들이 붉게 물든 수평선 위로 연녹색 하늘 높이 흘러가는 것이 보였다. 이런 앵무새 같은 색채의 향연 속에서 차가운 샛별이 하얗게 빛났다. 그런데 너무 오랫동안 온 세상이 캄캄한 채로 부활할 기미를 보이지 않기에, 순간 이 모든 유혹이 다 실패로 돌아가는 건 아닌가 하는 생각이 들었다. 그 열대 속에서 이 지상의 새들이 온통 검은 티끌처럼 보였다.

"하나도 더 밝아지지 않은 것 같아." 내가 말문을 열었다.

"밝아질 거야." 루실이 대답했다. 우리는 훤한 대낮 아래에서 보다 더 빠른 걸음으로 기슭을 따라 걸었다. 등허리가 뻣뻣하고 귓속이 윙윙거렸다. 둘 다 자꾸만 넘어졌다. 호수 쪽으로 튀어나온 바위 위를 지나가다가 물에 잠긴 바위의 미끄러운 표면에서 내 발이 그만 미끄러지는 바람에 머리 꼭대기까지 온통 물에 빠지면서 무릎과 갈비뼈와 뺨에 멍이 들었다. 루실이 내 머리카락을 잡아서 위로 끌어올렸다.

마침내 평범한 일상으로 돌아왔다. 청바지는 몸에 착 들러붙고 바지 아랫단은 질질 끌렸으며 산발한 머리카락은 물에 젖어 흘러내렸다. 손톱과 입술이 새파랬다. 신발과 함께 낚싯줄과 물고기 바구니도 다 잃어버렸다. 그 와중에도 창자 속에 죄책감처럼 묵

직하게 자리 잡은 허기가 느껴졌다. "이모가 우릴 잡아먹으려고 할 거야." 루실이 아무런 양심의 가책도 없이 말했다. 둑을 올라와서 철길로 들어섰다. 우리가 아직까지 잡초와 덤불들을 흐릿하게 감싸고 있던 안개를 몰아내면서 지나온 흔적이 우리 뒤로 어둑어둑하니 남아 있었다. 철길 침목이 여느 때와 다름없는 따뜻한 느낌으로 발바닥에 전해 왔다. 얼마 후 뒤틀리고 갈라지고 구부러진 채 열매도 맺지 못하는 과수원의 늙은 나무들이 보였다. 우리는 나무 사이 작은 오솔길을 따라 가장 가까운 문으로 내려갔는데, 할머니 방으로 통하는 문이었다. 이모가 주방의 보조 의자에 앉아 『내셔널 지오그래픽』 뒷면을 열심히 보고 있었다.

우리가 주방으로 들어가자, 이모가 우리를 향해서가 아니라 자기 혼자 미소를 지으면서 의자에서 내려오더니 난로 앞에 의자 두 개를 밀어 놓았다. 이모는 난로 뒤의 나무 상자 위에 누비이불 두 채를 접어서 올려 두었다. 이모가 그것을 내려서 하나는 루실에게, 또 하나는 내게 덮어 주었고 우리는 자리에 앉았다. 이모가 커피포트에 끓는 물과 연유 한 통, 설탕을 듬뿍 넣은 뒤 한 잔씩 따라 주었다. "유황(硫黃) 차야." 이모가 말했다.

"저희가 어젯밤 어디 있었는지 아세요?" 루실이 물었다.

이모가 웃으면서 말했다. "존 제이콥 애스터(미국 최초의 백만장자로 알려진 모피 사업가—옮긴이)하고 저녁을 먹었겠지."

"존 제이콥 애스터라고요." 루실이 툴툴거렸다.

내 팔과 어깨와 귀를 감싸고 있는 이불이 따듯하고 포근했다. 유황 차를 흘리지 않도록 두 손으로 조심스럽게 감싸서 무릎 위에 올려놓은 채 앉은 자리에서 그대로 잠이 들었다. 잠이 들면서 손바닥의 따스함과 혀끝의 달콤함이 하나의 감각으로 느껴졌다. 내가 맨발인 것도 의식하고 난로 속의 장작이 딱딱 부러지는 소리도 들으면서 불안정하나마 꼿꼿하게 앉아서 잤다. 이모와 루실 사이에 좀 더 많은 이야기가 오갔으나 무슨 말인지 하나도 알아들을 수 없었다. 루실이 무슨 말을 하든지 간에 이모가 그 애에게 그 말을 다시 되풀이하는 것처럼 보였지만, 사실은 꿈을 꾸고 있는 것이었다.

'그러니까 이게 바로 죽은 거로구나.' 하는 생각이 들었다. 이모와 루실은 알아채지 못했거나 아니면 반대하지 않는 것 같았다. 사실은 이모가 커피포트를 가져와서 내 손에 있던 잔을 따뜻하게 채워 주었고, 어깨에서 좀 흘러내린 이불도 끌어올려 주었다. 나는 이모의 배려에 놀라움과 함께 감동을 느꼈다. '이모는 알고 있어.'라는 생각이 들면서 갑자기 웃고 싶어졌다. '이모는 난로 옆에 앉아 오래된 잡지를 훌훌 넘기면서 우리 엄마를 기다리는 거야.' 나는 문이 열리는 소리를 들으려고 열심히 귀를 기울였지만, 한참 뒤에 머리가 한쪽으로 완전히 기울어지더니 도로 들어 올릴 수가 없었다. 그 와중에 내가 입을 벌리고 있다는 사실을 깨달았다. 그동안 방 안은 낯선 사람들로 가득 채워지던 중이라, 이모에게 찻잔이 손에서 굴러 나가 무릎을 적시고 있다는 사실을 말할 도리가 없었다. 나는 명백하면서도 가속화되고 있는 나의 죽음을 체면상 숨겨야 한다고 생각했지만, 이모가 도대체 잡지에서 고개를 들지 않았다. 나는 그저 잊히기만 바라다가 얼마 후 의자에서 굴러 떨어졌다.

이모가 잡지에서 고개를 들며 물었다. "푹 잤니?"

"네."라고 대답하며 컵을 주워 든 뒤, 바지 다리에서 물기를 털어 냈다.

"정말로 피곤할 때는 자는 게 최고지." 이모가 말했다. "그것도 그냥 자는 게 아니라 아예 죽어 버리는 거야."

내가 컵을 개수대에 갖다 놓으면서 물었다. "루실은 어디 있어요?"

"2층에."

"자나요?"

"아닐걸."

방으로 올라가 보니 루실이 짙은 색 면직 치마에 하얀 블라우스를 입고 머리에 핀을 꽂아 곱슬머리를 만들고 있었다.

"너도 잤니?"

루실이 어깨를 으쓱했다. 입에 핀이 잔뜩 물려 있었다.

"이상한 꿈을 꾸었어." 내 말에, 루실이 입에서 핀을 빼며 말했다. "옷 갈아입어. 내가 머리 해줄게." 동생의 태도에 무언가 서두르는 기색이 엿보였다.

격자무늬 드레스를 입은 뒤 단추를 잠가 달래려고 동생에게 갔다. "그것 말고." 루실의 말이었다. 그래서 노란 블라우스와 갈색 치마를 찾아 입었다. 이번에는 루실이 아무런 토도 달지 않았다. 곧이어 루실이 헝클어진 내 머리를 빗기 시작했다. 그 애는 부드럽거나 능숙하지도 않았고, 그렇다고 참을성이 있는 것도 아니었다. 그저 몹시 단호한 태도로 내 머리를 팍팍 빗어 내렸다. "언니 머리는 꼭 지푸라기 같아." 루실이 빗으로 다시 한 번 머리카락에 물을 묻히면서 말했다. 다른 쪽 머리 타래가 풀어지면서 핀이 떨어졌다. "아이 참! 움직이지 마!" 루실이 빗으로 내 목을 쳤다.

"안 움직였어."

"아이, 움직이지 말라니까! 가게에 가서 헤어젤 좀 사야겠어. 돈 있어?"

"45센트 있는데."

"나도 있어." 목에 와 닿는 동생의 손이 몹시 차가웠다.

"좀 안 잘 거야?" 내가 물었다.

"벌써 잤어. 아주 무서운 꿈도 꿨는걸. 가만히 좀 있어."

"무슨 꿈이었는데?"

"아무것도 아니야. 내가 아기였는데, 누워서 소리를 지르고 있으니까 누군가 와서 나를 담요로 감쌌어. 그런데 얼굴까지 다 덮어씌우는 바람에 숨을 쉴 수가 없었어. 그 여자가 노래를 부르면서 나를 안아 줬는데 다정하기는 했지. 하지만 나를 질식시키려 하는 건 알 수 있었다고." 루실이 어깨를 으쓱했다.

"그게 누구였는지 아니?"

"누구?"

"꿈에 나타난 여자 말이야."

"이모였던 것 같아."

"얼굴은 못 봤고?"

루실이 내 머리 각도를 조정하더니 목덜미 부근 머리에 물을 묻히면서 빗질하기 시작했다.

"그냥 꿈일 뿐이야, 언니."

"그 여자 머리 색깔이 어땠는데?"

"기억 안 나."

"내가 꾼 꿈, 이야기해 줄까?"

"아니."

루실이 핀을 꽂아 만든 내 곱슬머리에 나일론 스카프를 묶어 주고 나서 자기도 그렇게 했다. 그런 다음 함께 아래층으로 내려갔다. 루실이 이모가 돈을 넣어 두는 주방 서랍에서 약간의 돈을 꺼냈다. "어머나, 둘 다 참 근사하구나!" 우리가 지나갈 때 이모가 한 말이었다. 하지만 남들이 내 외모에 관심을 표할 때마다 늘 그렇듯이 내가 너무 크다는 생각이 들었다. 샛길 끄트머리에 도착할 때까지 헐렁하니 텅 빈 블라우스 앞가슴 위에 팔짱을 꼈다.

"그럼 사람들이 더 잘 알아본다고." 루실이 말했다.

"뭘 알아봐?"

"아무것도 없는 절벽이라는 거."

사람들의 시선이 온통 나한테 쏠린 채 내 전신을 훑고 있는 것 같은 느낌이 들었다. 내 고민을 참을 수 없었던 루실이 나를 좀 작아 보이게 하려고 내 구두 뒷굽을 떼어내 버렸다. 하지만 그렇게 하고 나자 발꿈치가 뒤로 넘어가는 것 같았다. 종종 이와 같은 경우에 나는 사람들이 어떻게 보일지 미리 감을 잡을 줄 아는 루실의 능력에 점점 더 놀라지 않을 수 없었다. 루실은 발목 양말을 말아 올리고 앞머리를 부풀게 하는 것만으로 훌륭한 효과를 거둘 수 있었다. 하지만 그 애의 노력에도 불구하고 나한테서는 똑같은 효과를 거두지 못했다. 심지어 루실은 어슬렁거리면서 엉덩이를 약간 씰룩거리는 걸음걸이를 개발하기까지 했다. 하지만 그 애가 애써 꾸민 수수하고 편안한 모습이 내 볼품없고 얼간이 같은 생김새 때문에 빛이 나지 않았다.

우리는 헤어젤과 매니큐어를 사러 집을 나섰다. 나는 이런 외출을 싫어했기 때문에 그것을 참아 내기 위해 다른 생각에 빠져들곤 했다. 그날은 엄마에 관해 생각하기 시작했다. 엄마가 여러 해 전에 우리를 할머니네 집 현관에 놓아두고 떠나간 이래 죽 그래왔던 것처럼 꿈속에서 나는 확신을 가지고 엄마를 기다렸다. 그러한 확신은 금방이라도 나타날 것 같은 느낌이었고, 감지할 수 있는 움직임이었으며, 바람이 불기 전에 일어나는 공기의 움직임과 같은 것이었다. 혹은 그렇게 보였다. 하지만 사실을 말하자면, 나는 두 번이나 실망했다. 어쩌면 속았던 건지도 모른다. 허깨비는 그저 신경과민이 불러일으킨 착각에 불과한 것이고, 유령은 조금 덜한 착각이자 조금 덜 완벽한 환영이라고 한다면, 남의 눈에 띄지 않고 나타나리라는 이러한 기대나 느낌은 이 세상의 다른 일이나 마찬가지로 그다지 특별한 착각도 아니었다. 그 생각이 내게 위안을 주었다. 내 꿈이 루실의 꿈보다는 훨씬 덜 잘못된 것이었다. 게다가 비록 지금은 그걸 깨닫지 못하고 있지만, 아마 언젠가는 깨닫게 될 것 같았다.

"지금 언니한테 말하고 있잖아." 루실이 말했다.

"못 들었어."

"그러게 나한테 보조를 맞추면 되잖아? 그럼 이야기를 나눌 수 있는데."

"무슨 이야기?"

"다른 사람들은 무슨 이야기를 하는데?"

나도 종종 궁금했다.

"하여간 언니가 그런 식으로 내 뒤를 따라오는 건 이상해 보여." 루실의 말이었다.

"집에 가야 할 것 같아."

"가지 마." 루실이 몸을 돌리고 나를 바라보았다. 눈썹을 내리깐 그 애의 눈길에 몹시 간절한 애원이 담겨 있었다. "코카콜라 살 돈을 가져왔어." 동생이 말했다. 그래서 우리는 계속 가게로 갔고 거기서 코카콜라를 사 마셨다. 그러는 동안 루실이 좀 알려고 다소 애를 썼던, 우리보다 나이 많은 여자 애 둘이 우리 곁에 앉아서 학교에 입고 갈 옷을 만들려고 산 옷본과 옷감을 보여 주었다. 루실이 옷감을 어루만지면서 너무 열심히 옷본을 들여다보자, 여자 애들이 생색을 내며 수다스러워졌다. 그러더니 우리에게 새로운 헤어스타일과 그것을 세팅하는 방법에 대한 설명이 잔뜩 실린 잡지를 보여 주었다. 루실이 사진과 도표를 하도 진지하게 살펴보는 통에 내가 다 감명을 받을 정도였다.

"우리도 이거 사야겠어, 언니." 루실의 말이었다. 내가 이것저것 구경이라도 하는 양 잡지 판매대 쪽으로 갔다. 잡지 판매대는 문 바로 안쪽에 있었다. 루실이 다가와 옆에 서며 말했다. "집에 가려고 하는 거지?" 비난이 담긴 말투였다. 어떻게 대답해야 할지 몰랐다.

"그냥 집에 가고 싶어."라고 말하면서 내가 문을 열었다. 루실이 내 팔꿈치 위쪽 살을 움켜잡았다. "가지 마!" 그 애가 자기 말을 강조하느라고 나를 호되게 꼬집었다. 그러면서 여전히 내 팔을 움켜쥔 채 나와 함께 보도로 나왔다. "이제 거기는 이모네 집이란 말이야." 루실이 격분한 표정으로 씩씩거리며 나지막하게 말했다. 손톱이 살에 파고드는 것이 느껴지는 가운데, 이제 그 애의 눈빛은 한층 더 애원하고 사정하고 있었다. "우리는 좀 더 세련돼져야 한다고!" 루실이 말했다. "지금 당장 시작하는 거야!" 그러면서 덧붙인 말이었다. 다시 한 번 대답할 말을 잃었다.

"그래, 그 문제는 나중에 이야기하자." 내가 중얼거리고 나서 집을 향해 몸을 돌리자 놀랍게도 루실이 따라왔는데, 몇 발자국 뒤에서 고작 한두 블록 정도나 따라왔을 뿐이었다. 그러더니 말 한마디 없이 돌아서서 다시 가게 쪽으로 걸어갔다. 적막한 오후의 한복판에 나 혼자 남게 되었다. 옷차림에 신경 쓰지 않아도 되고 꾸밀 필요도 없이 편안하며, 세련되지도 않고 또 그럴 가망도 전혀 없이 말이다. 내가 보기에 당시 루실은 마치 내게 결핍된 의지를 자신이 불어넣어 줄 수 있다는 듯이 내 옆구리를 콕콕 찌르고, 밀어붙이고, 어르고 달래고 하느라 영원히 바쁠 것 같았다. 나를 좀 더 근사한 모습으로 탈바꿈시키고 광활한 구역 저편에 있는 다른 세상으로 끌어들이기 위해서 말이다. 나한테는 결코 바랄 수 없는 곳처럼 여겨지던 세상이었다. 왜냐하면 그곳에서는 내가 잃어버렸거나 잃어버렸을지도 모르는 것을 하나도 찾을 것 같지 않았기 때문이다. 다른 말로 하면, 내가 잃어버린 무언가를 이모의 집에서 찾을 수 있을 것 같았다는 말이다. 집이 가까워짐에 따라 거리가 점점 낯익은 모습으로 바뀌어 갔다.

마침내 집 앞에서 자고 있던 개들이 내가 지나가는 것을 보고도 그냥 고개만 들고 마는 곳까지 오자(이모랑 함께 있지 않았으므로) 그 하나하나의 특성과, 그것들이 한창일 때의 모습과, 그 그늘이 어떤지를 속속들이 알고 있는 나무들이 보이기 시작했다. 백합과 붓꽃이 망각된 채 버려진 작은 황무지와 마찬가지로, 부서지는 햇살 아래 펼쳐진 적막한 철길과 마찬가지로, 너무도 익히 아는 모습이었다. 할머니의 과수원에서 고사목(枯死木)이 되어 버린 사과나무 두 그루를 본 적이 있었다. 어느 해 봄, 이파리 하나 달리지 않았음에도 사과나무는 잎이 나기를 기다린다는 듯이 서있었다. 열매가 맺히지 않으리라는 것을 무언의 몸짓으로 드러내면서 나뭇가지들이 거의 땅바닥에 닿아 있었다.

해마다 겨울이면 과수원에 눈이 잔뜩 쌓였다가도 봄만 돌아오면 호수가 갈라지면서 죽음은 다시 뒷걸음질을 치나니, 이 두 그루만 빼고 모든 라자로(『요한복음』에 나오는 인물로, 예수가 기적을 행해 부활시켰음—옮긴이)가 다시 살아났던 것이다. 비록 껍질이 다 벗겨진 채 하얗게 풍화되고 바람이라도 한 번 불면 가지가 부러지게 생겼지만, 만일 나뭇잎이 새로 난다 하더라도 크게 놀랄 일은 아니었다. 그것은 말하자면 달이 제 축을 돌기 시작하는 것처럼 사소한 변화가 될 것이었다. 내 생각에 소멸한 것은 잃어버릴 필요도 없는 것 같았다. 실비 이모의 집이자 우리 할머니의 집에서, 나는 내가 기억하고 있는 많은 것들을 내 손에 쥘 수 있었다. 이를테면 도자기 컵이나 바람에 떨어진 사과와 같은 것들로, 사과의 경우 깊은 땅속에 파묻혀 있던 관계로 시큼하고 차가운 느낌과 함께 꽃 냄새의 흔적만 겨우 남았을 뿐이었다. 내가 알기로 이모는 소멸한 것들의 생명을 느끼고 있었다.

집이 점점 더 가까워지면서 그곳에 닥친 변화가 새삼스레 눈에 띄었다. 반지르르하면서도 촉촉하니 싱그러운 잔디가 무릎 높이까지 자랐고, 그 위로 물결치듯 바람이 스쳐가고 있었다. 잔디는 키 작은 덤불과 보도와 현관의 첫 번째 층계를 가리면서 건물의 토대 높이까지 솟아 있었다. 만약 집이 침몰하지 않으면 조만간 둥둥 뜨기 시작할 것 같았다.

루실은 드레스를 만들 옷본과 크림색과 갈색으로 된 모직 체크무늬 옷감 네 마가 담긴 봉지를 들고 집으로 돌아왔다. 루실은 내 눈에 드레스같이 보인 것이 사실은 치마와 작은 재킷이라고 설명했다. 그러면서 덧붙이기를, 재킷은 단추를 딴 채 블라우스와 함께 입거나 갈색 혹은 크림색 치마와 함께 입을 수 있다고 했다. 또 치마는 블라우스나 스웨터를 받쳐 입으면 된다고 했다. 따라서 루실은 재킷을 다 만들고 나면 갈색 치마를 만들고, 또 거기에 받쳐 입을 스웨터를 장만할 작정이었다. "다 잘 어울릴 거야." 그 애의 말이었다. "내 머리랑도 잘 어울릴걸." 루실은 무척 심각했다. "언니가 도와줘야 돼. 설명서에 어떻게 하는지 나오거든." 둘이서 이것저것 어지럽게 흩어져 있는 식탁 위를 깨끗이 치웠다. 이모는 최근 통조림 깡통을 모으고 있었는데, 뜨거운 물과 비누를 이용해 상표를 떼어 내고 씻었다. 이제는 조리대와 창턱에까지 이런 깡통들이 많이 있어서, 루실과 내가 간간이 치우지 않았더라면 진작 식탁을 뒤덮고도 남았을 터였다. 귀찮기는 했지만 그래도 우리가 불만을 품지 않았던 이유는, 깡통들이 너무나 반짝반짝 빛나면서 튼튼하고 질서 정연해 보였기 때문이다. 이모가 복숭아 씨나 열쇠를 보관하는 데 사용하는 정어리와 커피 깡통만 빼고는 개봉한 쪽을 아래로 가게 해서 가지런히 배열해 놓았기 때문이다. 솔직히 말하면, 이모가 어떤 형태로 정돈하든 우리로서는 거의 이의를 제기할 수 없는 지경이었다. 그저 깡통에 대한 이모의 흥미가 일시적인 일탈 행위이기만 바랐을 뿐······.

크고 누런 설명서를 식탁 위에 펼쳐 놓았다. 루실이 의자에 무릎을 꿇은 채 첫 번째 과정을 읽기 위해 식탁 너머로 몸을 기울였다. "사전이 필요하겠어." 루실의 말에 내가 거실 책장으로 사전을 가지러 갔다. 그것은 할아버지의 낡은 책들 가운데 하나로, 이제까지 한 번도 들춰 본 적이 없었다.

"우선 옷감을 펼쳐 놓는다." 루실이 설명서를 읽기 시작했다. "그런 다음 옷본 전체에 핀을 꽂은 후 그것을 잘라 낸다. '핑킹가위' 좀 찾아봐." 사전의 P 부분을 펼쳤다. 그랬더니 그 안에 말려

놓은 팬지꽃(pansy)이 다섯 송이나 들어 있었다. 하나는 노랗고 또 하나는 검푸르고 세 번째는 적갈색, 네 번째는 보라색, 마지막 송이는 담황색이었다. 팬지꽃은 판판하면서도 빳빳하게 말라 있었는데, 나비 날개처럼 굳었으면서 훨씬 더 부서지기 쉬웠다. Q 부분에서는 야생당근(queen anne's lace)의 어린 가지가 나왔는데, 납작하게 찌부러진 모습이 꼭 소회향처럼 보였다. R에서는 온갖 장미(rose)들이 다 나왔으니, 붉은 장미가 든 페이지는 장미 형태에 따라 사전의 양쪽 페이지가 조금씩 뒤틀렸고 분홍색 들장미도 들어 있었다.

"뭐 하고 있어?" 루실이 물었다.

"사전에 말린 꽃이 잔뜩 들었어." 내가 대답했다.

"할아버지가?"

"할아버지가 개불알꽃을 O에 넣으셨네. 아마 난초(orchids)일 거야."

"어디 좀 봐." 루실이 냅다 사전의 양쪽 모서리를 잡고 흔들어 대기 시작했다. 수십 장도 넘는 꽃송이와 꽃잎이 책장 사이에서 떨어져 내렸다. 루실이 더 이상 하나도 떨어지지 않을 때까지 계속 흔들어 댄 뒤 사전을 도로 건네주며 말했다. "핑킹가위."

"이 꽃들 어떻게 하지?"

"난로에 넣어 버려."

"왜 그렇게 하는데?"

"그게 무슨 쓸모가 있는데?" 물론 진짜로 물어보는 게 아니었다. 루실이 적갈색 눈썹을 내리깐 채 뻔뻔스러운 눈길로 나를 쳐다보았다. 마치 40년 동안이나 어둠 속에서 숨막힌 채 지내온 팬지꽃을 매정하게 다루는 일이 죄가 아니라는 듯이.

"왜 옷 만드는 일을 안 도우려고 그래? 언니는 그냥 도와주고 싶지 않은 거라고."

"다른 책에 넣어 둬야겠다."

루실이 두 손을 모아 꽃을 퍼 올리더니 손바닥 사이에 놓고 짓뭉개 버렸다. 내가 기를 쓰고 사전으로 그 애를 때리려고 했으나, 루실은 왼쪽 팔꿈치로 사전을 막는 것과 동시에 내 왼쪽 귀를 아주 멋지게 한 방 후려갈겼다. 그 바람에 사전을 바닥에 떨어뜨리고 말았다. 당연히 나는 엄청나게 화가 나서 한 방 갈기려고 했지만, 루실은 뼈만 앙상한 팔뚝으로 잘도 막아냈을 뿐 아니라 내 갈비뼈를 치기까지 했다. "좋아, 안 도와줄 거야." 그렇게 선언하고 주방을 나와 계단을 올라갔다.

루실이 고함을 질렀다. "언니는 애초부터 도와줄 마음이 전혀 없었다고! 전혀!" 나는 루실이 흥분한 것에 무척 놀라면서 책을 펼쳐놓은 채 침대에 앉았다. 그 애가 와서 계속 펄펄 뛸 경우, 책을 읽는 척하기 위해서였다. 잠시 후 루실이 쿵쿵거리며 2층으로 올라오더니 닫힌 문 앞에서 멈추는 소리가 들렸다.

"그저 도와주지 않을 핑곗거리만 찾고 있더니, 드디어 찾으셨군그래! 아주 좋겠네! 대단히 고마워!" 그렇게 소리를 지르고 나서 아래층으로 내려갔다. 그러더니 몇 분 후에 다시 올라와 악을 썼다. "나 혼자서도 만들 수 있어. 두고 봐! 아무튼 언니는 아무 도움이 안 돼. 멍청한 얼간이처럼 그저 주변을 얼쩡거리기나 할 테니까."

동생의 말 속에 상당한 진실이 담겨 있었다. 루실한테 두 대나 얻어맞았기 때문에 좀 더 당당하게 변명하고 싶었으면서도, 사실은 내가 아무짝에도 쓸모없다는 말이 틀린 소리는 아니라는 생각이 들었다. 물론 나중에 든 생각이었다. "네 말 안 들려, 루실. 좀 크게 말해 줄래?" 내가 상냥하게 외쳤다.

"아, 그래." 루실이 대답했다. "아주 웃기는군. 정말 잘났어." 이 말을 마지막으로 그 후 몇 날 며칠이 흐르도록 루실은 내게 입도 뻥긋하지 않았다. 이모도 눈치 채고 물어보았다. "대체 너희 왜 그러는 거니?" 루실은 집을 빠져나가곤 했지만 어디에 가는지는 절대로 말하지 않았다. 그러면서 단지 말문을 틀 목적으로 어디 갔었느냐고 물어보면 즐거운 듯 새침한 미소를 지었다. 나는 루실이 지난번에 가게에서 만났던 여자애들이나 그 비슷하게 자기에게 유용한 다른 누군가와 함께 있으리라고 굳게 믿었다. 한번은 루실이 집을 나간 것을 알고 도로로 달려나간 적이 있었다. 두 블록 떨어진 곳에서 그 애가 시내 쪽으로 걸어가는 것을 발견했다. 도로에는 원자처럼 미세한 먼지가 두껍게 깔려 있었고 햇볕이 몹시 뜨거웠다. 내가 루실에게 좀 더 가까이 다가가기 위해 뛰기 시작하자, 그애가 뒤를 돌아보다가 나를 발견하고 저도 달리기 시작했다. 어쨌거나 루실이 시내 쪽으로 가는 중이었으므로 나는 이모가 가게에서 무얼 좀 사 왔으면 한다고 말할 작정이었다. 그러면 내가 그 애를 따라가다 들킨 것이 조금은 덜 민망할 것 같았다. 그런데 루실이 멈추지 않았다. 옆구리 솔기가 다 뜯어질 때까지 나는 달리고 또 달렸다. 그러다가 만일 루실이 돌아보면 멈추라고 손을 흔들 수 있으리라고 생각하면서 걷기 시작했다. 하지만 그 애는 돌아보지 않았다. 공기 중을 떠다니던 먼지가 땀에 젖은 셔츠와 피부에 진흙처럼 달라붙었다. 루실도 마찬가지일 거야, 설마 먼지를 뒤집어쓴 채 돌아다니지는 않겠지. 집으로 돌아오겠지, 뭐. 이런 생각이었다. 그리하여 도중에 집으로 돌아와 별건 아니지만 그래도 내가 이겼으리라는 기대에 차서 동생을 기다렸다. 하지만 루실은 저녁이 다 되어서야 돌아왔다. 그 애 몰골을 보니 얼굴과 손만 깨끗했지, 팔뚝과 목과 셔츠는 지저분하기 짝이 없었다. 그즈음 루실은 오로지 나를 피할 목적으로 헛간에서 오래된 잡지를 읽거나 호수 기슭에서 조약돌로 물수제비를 뜨면서 날이 저물기만 기다리며 시간을 죽였다.

루실이 그렇게 여러 날 동안 화를 풀지 않은 것은 날마다 몇 시간씩 옷을 만드느라고 낑낑거린 것과 상관이 있을 거라는 생각이 들었다. 옷을 만들면서 끊임없이 지난번 싸움을 떠올렸을 테고,

실패할 때마다 어느 정도는 내 탓으로 돌렸을 게 틀림없었다. 그 애는 할머니 재봉틀이 있는 여분의 침실에서 혼자 일했다. 조그만 구식 전기 재봉틀이었다. 뜨거운 고무와 차축의 수지 냄새가 났고 덜덜덜 비슷한 소리를 내며 작동되었다. 덜덜, 덜덜덜. 루실은 반듯하고 깔끔하고 또렷한 글씨로, '방해하지 말 것'이라고 쓴 종이를 테이프로 방문에 붙여놓았다. 이따금 방 안에서는 아무 소리도 들리지 않았다. 그러던 어느 날, 말을 좀 붙여 볼 수 있을 만큼 옷이 잘 만들어지고 있겠거니 짐작하며 재봉틀 소리를 들으면서 복도에 서있었더니 루실이 소리를 질렀다. "들어오지 마, 언니." 여러 날이 흘렀건만 드레스가 다 만들어졌다거나 루실의 적대감이 누그러진 것 같은 조짐은 전혀 보이지 않았다. 어느 날 주방에 앉아 샌드위치를 먹으며 책을 읽고 있는데 루실이 팔에 드레스를 뭉쳐 들고 내려오더니 난로 속에 집어 던졌다. 그러더니 신문지를 둘둘 말아서 난로에 밀어 넣은 다음, 그 위에 불이 붙은 성냥을 떨어뜨렸다. 주방에서 머리카락 타는 것 같은 냄새가 나기 시작했다.

루실이 맞은편에 앉으면서 말했다. "옷본에서 핀을 빼지도 않았어."

"정말 미안하구나."

"아, 언니 잘못 아니야. 어쨌거나 언니는 아무 도움도 안 됐을 테니까."

"그런 일은 내가 너보다 좀 떨어지지." 내가 동생의 말에 동의했다.

"한참 그렇지." 그 애가 말을 받았다.

어쩐지 화해가 제대로 이루어지는 것 같지 않았다.

"나, 화 다 풀렸어." 루실이 말했다.

"나도 그래." 내가 대답했다.

"언니가 어쩔 수 없다는 거, 나도 알아."

그 말을 곰곰이 생각한 다음 말했다. "너 역시 어쩔 수 없다는 거, 나도 알고 있어."

루실이 나를 지그시 바라보며 말했다. "나는 그래서는 안 돼. 나는 그렇지 않아."

"그렇다는 게 무슨 말이니?"

"실비 이모 같은 거."

너도 그래. 나도 그렇지 않아. 둘 다 틀린 대답 같았다. 루실의 말이 옳았다. 그럼에도 나는 루실을 후려갈기고 싶은 충동을 애써 참았다. 루실이 그렇게 심각하게 무슨 생각에 빠져 있을 때 불시에 한 대 후려칠 수 있다는 것을 알고 있었다.

내가 말했다. "그까짓 말린 꽃 좀 가지고 그렇게 난리를 부린 게 너무 이상해 보이더구나."

"꽃이 문제가 아니었어, 언니."

그 말이 어쩐지 연습하고 하는 소리처럼 들렸다. 동생의 말이 계속되리라는 것을 알고 가만히 기다렸다.

"그보다 훨씬 심각한 문제였다고. 우린 너무 많은 시간을 함께 지냈어. 이제 다른 친구가 필요할 것 같아."

루실이 나를 빤히 쳐다보았다. 그 애가 무언가를 결정하거나 선택할 때면 나는 아무 말도 할 수 없었다. 그 애도 나만큼이나 내 사정을 잘 알았다. 내가 이제까지 한 번도 친구를 사귀지 않았다는 사실도 이미 다 고려했을 것이다. 최근까지는 루실 또한 마찬가지였다. 우리는 이제까지 정말로 친구라든가 전통적인 놀이의 필요성 따위를 전혀 느끼지 못하고 있었다. 다만 어둠 속에서 길을 잃은 어린아이가 특유의 날카로운 주의력으로 끊임없이 세상을 보고 들으면서 살아왔다. 작은 불빛 하나만 비쳐도 훤히 알게 될 풍경 속에서 어리둥절하게 길을 잃어버린 것 같았다. 주변의 소리와 형태를 어떻게 생각해야 할지, 우리 발을 어디다 디뎌야 할지. 감을 잡을 수 있는 게 너무 적었고 그나마 모조리 의심스러웠다.

어느 날 저녁, 과수원을 향해 열린 이모 방 문 앞을 지나다가 이모가 거울 앞에서 머리 빗는 모습을 보게 되었다. 작은 등을 켜놓은 채 의자에 앉아 있었다. 이모가 머리를 전부 한쪽으로 빗어 놓은 다음, 빗을 내려놓고 거울을 바라보았다. 그러더니 다시 머리를 완전히 뒤로 빗어 넘겨서 목덜미에 핀을 꽂은 후 또 들여다보는 것이었다. 외모에 대해서는 전혀 신경을 쓰지 않는 것 같던 이모가 이러고 있다는 게 참으로 놀라웠다. 엄마도 자기가 어떻게 보일지에 대해서는 이모만큼이나 무관심했다. 그러던 엄마가 우리를 핑거본으로 데려다주기 전날 밤, 바로 그런 식으로 저녁 시간을 보냈다. 거울 앞에 앉아 몇 번이고 모양을 바꿔 머리를 빗으면서 매번 달라진 모습을 조용히 평가했던 것이다. 이걸 어떻게 해석해야 할까? 도무지 이해가 가지 않는 일이었다. 서로 소원하게 지내던 두 자매가 무엇 때문에 거울 앞에서 똑같은 생각을 하게 되었을까? 비록 엄마가 우리를 얌전히 기다리게 하려고 시애틀에서 크래커를 사기는 했지만, 그래도 핑거본에 도착할 때까지는 아직 무엇을 할지 결정하지 않았던 것 같았다.

그것은 아무 의미도 없고 해독할 수도 없는 우연의 일치에 불과했지만, 그래도 루실과 나는 한참 동안이나 이모를 바라보았다. 이모가 목 부근에다 머리를 묶기 위해 팔을 들어 올리자, 엄마가 그랬던 것처럼 이모의 머리가 매우 기이하면서도 어색하게 한쪽으로 기울어졌다. 하지만 따지고 보면 신기할 것도 없는 일이었다. 두 사람 다 나처럼 키가 크고 호리호리한 여자들이었고, 그 양반들처럼 예민한 신경을 지닌 나 또한 당신들처럼 걷고 행동하니까. 이러한 우연의 일치는 단지 감각이 세상과 공모한 또 하나의 증거에 불과한 것이었을까? 겉으로 드러나는 모습은 반짝반짝 빛나면서도 변화하기 쉬운 표면, 예를 들면 기억이나 꿈 같은 데다 자신을 그려 놓는다. 이모의 머리가 옆으로 기울어진 것을 보면서 우리는 우리 엄마의 어깨뼈와 척추 꼭대기의 둥근 뼈를 보는 것이다. 엄마는 거울 속의 여자고, 꿈속의 여자며, 기억 속에 떠오르는 여자요, 물속의 여자다. 그런데 엄마의 신경이, 흘러내린 머리카락 사이를 더듬는 이모의 보이지 않는 손가락을 인도하고 있다.

그렇게 루실과 나는 우리에게 낯익고 의미심장해 보이는 것을 알아차렸고, 가끔은 그에 대해 이야기를 나누기도 했지만 실제로는 안 하는 적이 더 많았다. 그날 동생이 식탁 앞으로 몸을 기울이면서 말했다. "여기를 떠날 만큼 나이 먹을 때까지 기다릴 수 없어!"

"이 집 말이니?"

"이 동네! 보스턴으로 갈 작정이야."

"아니, 안 그럴걸."

"두고 봐."

"왜 보스턴이야?"

"거기는 핑거본이 아니니까, 그게 이유야!"

8월이 되자 루실은 아침마다 잠옷을 입은 채 열어 놓은 우리 방 창문에다 발끝을 갖다 댔다. 어디선가 건강도 아름다움의 한 형태라는 글을 읽었기 때문이다. 또 붉은 머리카락이 딱딱 소리를 내며 빗을 따라 흘러내릴 때까지 수도 없이 머리에 빗질을 해댔다. 손톱도 손질했다. 이게 다 학교로 돌아갈 준비였고, 이제 루실은 성공하겠다고 단단히 결심했던 것이다. 그리하여 무척이나 단호하고 굳은 결심으로서 『아이반호』, 『폭풍의 언덕』, 『꺼져 버린 불빛』, 『작은 남자』, 『내셔널지오그래픽』 등 자기 발전에 도움이 되는 책은 무엇이든지 들고 잔디밭에 몸을 던졌다. 그 애는 그늘에 엎드린 채 팔꿈치를 괴고 책을 읽었고 "책 읽다 지겨우면 호수에 가자."라고 내가 꼬드기면 "저리 가, 언니."라고 거절했다. 이따금 나도 책을 들고 와서 잔디밭에 앉아 보기도 했지만, 루실의 집중력 때문에 마음이 어수선해져서 어린애 같은 짓을 저지르곤 했다. 루실의 책에 토끼풀이나 나뭇가지를 던지거나, 책을 읽다가 조금이라도 우스운 내용을 발견하면 일부러 크게 웃는 식이었다. 그러면 그 애는 한숨을 쉬면서 자리에서 일어나 집 안으로 들어갔다. 내가 따라가기라도 하면 애써 경멸을 참는 듯한 목소리로 쏘아붙였다. "자꾸 그러면 화장실에 들어가서 문을 잠가 버릴 거야."

이 무렵 동생은 일기를 쓰기 시작했다. 큼지막한 파란색 루스리프식(종이를 넣었다 뺐다 할 수 있는 방식–옮긴이) 공책이었는데, 여느 공책과 좀 달라 보이게 하려고 둘레에다 노란색 리본을 묶어 놓았다. 서랍이 달린 책상 위에 공책을 놓아두었던 까닭에 언젠가 그것을 읽어 본 적이 있었다. 우리 사이가 좀 더 좋았더라면 그 애가 나한테 말해 주었을 법한 내용들만 담겨 있으리라고 짐작하면서…… 그런데 대신 루실이 한 과제 목록과 읽은 책의 쪽수가 적혀 있었다. 또 어디에선가 베껴 놓은 식사 기도도 있었는데, 간결하고 힘찬 문체에 지나치게 경건하지 않아서 귀족적인 분위기가 느껴지는 것이었다. 그 아래 루실이 커다란 활자체로 적어 놓았다. '왼쪽으로 가거라. 오른쪽에서 떠나라.' 루실의 예전 모습을 조금이라도 찾아보고 싶다면 분명 여기서는 아닐 터였다. 그런데 내가 그것을 읽었던 바로 그날, 책상에서 일기장이 사라져 버렸다. 루실이 자기 사생활에 대해 점점 더 까다로워지면서 자기만 알아볼 수 있는 독특한 방법으로 리본을 묶어 두었던 것 같다.

일기장이 사라지자 나는 루실이 거기다 자기 생각을 써 내려가기 시작했나 보다고 추측했다. 그러면서 어떤 내용일지 상상하기 시작했다. 일기 어딘가에 그 애는 분명 시간이 흐르면서 내가 점점 더 이모를 닮아 간다고 써놓았을 것이다. 왜냐하면 루실이 한 번인가 두 번쯤 내가 그토록 많은 시간을 창밖을 내다보면서 지내는 게 정말 이상하다고 말한 적이 있었기 때문이다. 가게에서 물건을 묶어 주는 끈으로 머리를 묶는 것도 참 이상하다고 했다. 만일 내가 그때 일기를 썼더라면(루실의 일기로 인해 이따금 나의 하루하루를 그 애처럼 공책에다 기록하면 어떻게 보일까 하는 생각을 하곤 했다.) 너덜너덜한 20달러짜리 지폐가 이모의 왼쪽 옷깃 안쪽에 안전핀으로 꽂혀 있다가 발견되었다는 일 따위를 적었을 것이다. 이 일은 내 마음을 그다지 어지럽히지 않았다. 모르긴 몰라도 그것은 항상 거기 있었을 테니까. 어쨌거나 그것 때문에 루실에게서 관심을 돌려 이모의 떠돌이 생활과 습관을 떠올리게 되었다. 이제 루실이 곧 집을 떠나리라는 사실은 너무나 확실해졌다. 그 애는 그 일에 열중하고 있었다. 내가 줄곧 동생을 지켜보는 가운데 이상한 일이 다시 한 번 일어났으니, 이번에는 느려지는 것이었다. 날이면 날마다 그 애는 떠날 준비를 했고 (얼마나 신중했던지!) 따라서 언젠가는 분명 떠날 터였다.

개학하는 날 루실은 일찌감치 집을 빠져나가 저 혼자 학교로 향했다. 그 애가 저만치 앞에서 혼자 걸어가는 것이 보였다. 반짝반짝 빛나는 두툼한 면직 셔츠를 입었는데, 머리카락이 햇빛을 받아 누르스름한 구릿빛으로 반짝이고 있었다. '음, 저도 역시 혼자로군.' 하는 생각이 들었다. 수업이 시작된 지 한 시간쯤 된 후, 한 여자 애가 우리 교실로 오더니 내게 교장실로 오라는 쪽지를 전해 주었다. 복도에서 루실을 만났지만 서로 한마디도 건네지 않은 채 같이 교장실로 향했다. 프렌치라는 이름의 교장이었다. 그는 우리에게 자기 책상 앞에 앉으라고 하더니, 자신은 책상 모서리에 걸터앉아 다리를 흔들면서 분필을 가지고 장난을 쳤다. 머리통은 작고 매끈했으며 몹시 하얀 손은 남자 아이 것만 했다. 그는 자기 손 안의 분필과 우리를 번갈아 바라보았다. 이제 와 돌이켜 보니, 선생님이 부드러우면서도 불가사의한 권위를 드러내기 위해 이런 태도를 취한 것이 아니었을까 하는 생각이 든다. 하지만 그가 신은 야한 양말이 효과를 반감시키고 말았다.

이윽고 선생님이 입을 열었다. "너희는 작년에 반년 동안이나 학교를 빠졌더구나. 우리, 그 문제를 어떻게 할까?"

"따로 숙제를 더 내주세요." 루실이 대답했다. "그러면 따라잡을 수 있을 거예요."

"그래, 너희는 영리한 애들이지. 그러니 노력만 하면 괜찮아질 거다. 그나저나 이제 정말로 바라야 하는 것은." 선생님이 잠시 뜸을 들인 다음 말을 이었다. "태도의 변화란다."

루실이 대답했다. "제 태도는 변했는데요."

선생님이 우리를 차례로 하나씩 곁눈질했다. "그러니까 내 짤막한 훈계도 들을 필요가 없다는 말이냐, 루실?"

"네. 필요 없어요." 동생의 대답이었다.

"그럼, 너는 어떠냐, 루스?"

"네. 그러니까 저도 필요 없는 것 같아요."

"없는 것 같다고……."

얼굴이 화끈거렸다. 프렌치 선생님은 고약한 사람은 아니었지만 어쨌거나 대답하기 곤란한 질문을 던져 놓고 심문자의 쾌감을 즐기고 있었다. 선생님이 분필을 톡톡 던져 올리면서 나를 날카롭게 노려보았다.

"언니는 선생님이 말씀하시려는 걸 알아요." 루실이 끼어들었다. "언니가 올해 더 열심히 공부할지 어떨지는 저도 잘 모르겠어요. 그럴 수도 있고, 안 그럴 수도 있거든요. 아무튼 언니에게는 실제적인 일은 절대로 말씀하실 수 없으세요. 그런 일은 언니에게 하나도 중요하지 않거든요."

"언니가 자라는 중이구나." 프렌치 선생님이 말했다. "교육이란 아주 중요한 거란다. 너한테는 뭐가 중요하니, 루스?"

내가 어깨를 으쓱하자 선생님도 나를 따라 어깨를 으쓱하며 말을 이었다. "그게 바로 내가 말하고자 하는 태도에 관한 문제란다."

"언니는 아직 자기한테 뭐가 중요한지 잘 모르고 있어요. 언니는 나무를 좋아해요. 어쩌면 식물학자나 뭐, 그런 게 될지도 모르죠."

프렌치 선생님이 의심스럽다는 듯이 나를 바라보았다. "식물학자가 될 거니, 루스?"

내가 대답했다. "그렇지 않은데요."

선생님이 한숨을 쉬며 자리에서 일어나더니 분필을 내려놓았다. "너는 자기 생각을 말하는 법을 배워야겠다. 그것만큼은 확실하구나."

루실이 내 얼굴을 뚫어지게 쳐다보다가 조용히 말했다. "언니에게는 언니 나름의 방식이 있어요."

그것이 루실과 내가 학교에서 같이 보낸 유일한 시간이었다. 나는 동생을 종종 보았지만 그 애가 나를 피했다. 그러더니 가사실에서 점심을 먹는 여자 애들 패거리의 일원이 되었다. 나는 어떤 그룹이나 다른 아이들의 대화에 끼어들기 위해 은근히 환심을 사고 싶어 하는 티를 내지 않은 채, 앉을 수 있는 공간만 눈에 띄면 어디서나 점심을 먹으면서 책을 읽었다. 점심은 아주 형편없었다. 거의 삼킬 수가 없을 정도였다. 마치 목에 밧줄을 건 채 땅콩버터 샌드위치를 먹으려고 애를 쓰는 것 같았다. 그런 와중에도 라틴어 수업이 구세주처럼 여겨졌는데, 그 교실에는 알파벳순으로 배정된 친숙한 내 자리가 다른 아이들 자리 사이에 자리 잡고 있었다. 한편 학교 숙제 자체가 일종의 도피처였기 때문에, 나는 숙제를 아주 꼼꼼히, 그리고 열심히 하게 되었다. 그러다가 이따금씩 집이 비었는지 확인하기 위해 헐레벌떡 뛰어오는 바람에 진땀을 흘리기도 했다.

삼각형의 빗변에 다시 관심을 기울이게 되면서 나는 마음의 위안을 찾은 것은 물론 행복하기까지 했다. 한두 달쯤 지난 후, 프렌치 선생님이 교장실로 나를 부르더니 내 태도가 정말로 달라졌다는 말을 듣게 되어 무척 기쁘다고 말했다. 선생님 책상 한 구석에 깔끔하고 완벽하게 작성된 두툼한 내 숙제 더미가 놓여 있었다. 나는 그때나 지금이나 태도 같은 것의 역학 관계는 잘 모른다. 하지만 내가 어떤 태도를 지니고 있다가 그것이 달라진 덕에 선생님을 기쁘게 했다면, 그에 대해 왈가왈부하고 싶지는 않았다. 하지만 진실인즉슨, 나는 점심을 먹거나 공상에 잠기는 것보다 라틴어가 더 좋았으며, 그해 가을 혼자 호수에 가는 일이 몹

190

시도 두려웠던 것이다.

　이모는 종종 호수에 갔다. 그러면서 간혹 주머니에 생선을 넣어 가지고 집으로 돌아왔다. 이모는 아가미에서 실보무라지를 떼어 내기 위해 그것을 수도꼭지에 대고 헹군 다음, 대가리를 그대로 둔 채 기름에 튀겨서 케첩을 발라 먹었다. 루실은 점점 더 까다로 워졌다. 야채수프와 연하고 흰 치즈만 먹었으며 그나마도 과수원이나 현관, 혹은 제 방에서 혼자 먹었다. 이모와 나 둘이서만 식탁에 앉아 어둠 속에서 저녁을 먹었는데, 둘 다 아무 말도 하지 않았다. 이모가 내게 아무 이야기도 하지 않은 걸로 보아 루실이 없는 것을 자신에 대한 비난이나 거부로 여기고 슬퍼하는 게 분명했다.

　"오늘은 날이 추웠지." 이모가 푸르스름한 창문 쪽으로 얼굴을 돌린 채 장님 여자처럼 커다랗고 유순한 눈을 하고 중얼거리곤 했다. 그러면서 손을 따듯하게 하기 위해 느릿느릿한 동작으로 두 손을 서로 비벼 댔다. 일요일만 끼는 장갑처럼 살이라는 훌륭한 덮개 속에 든 뼈로군 하는 생각이 들었다. 이모는 손가락이 길쭉했고 목도 기름했으며 뺨은 홀쭉했다. 과연 이모의 손이 따듯해지고 살도 찔 수 있을까? 만일 내가 저 뼈만 앙상한 손을 잡는다면, 과연 그 속에 온기를 불어넣을 수 있을까 하는 의문이 들었다.

　내가 "아직 수프가 좀 남았는데요."라고 말하면 이모가 고개를 저으면서 그만 먹겠다고 대답하곤 했다.

둘이 그렇게 앉아 있던 어느 날 밤, 루실이 학교 재봉실에서 만든 살굿빛 드레스를 입고 춤을 추러 나갔다. 그 애는 소매에 팔도 끼지 않은 채 교복 외투를 어깨에 걸치면서 "잘 자."라고 말하더니 데이트 상대를 기다리기 위해 길 옆으로 나갔다. 루실이 문을 닫고 나가자 온 집 안이 텅 빈 것 같았다. 혼자 앉아 이모를 바라보니 절대로 움직이지 않을 것처럼 보였다. "너한테 보여 줄 예쁜 것이 있단다." 이모가 입을 열었다. "내가 발견한 곳인데 진짜로 예쁜 곳이야. 두 언덕 사이에 있는 작은 골짜기에다 누군가가 집을 짓고 과일나무를 심고 우물도 하나 파기 시작했더구나. 한참 전의 일이지. 그런데 골짜기가 너무 좁은 데다 남북으로 뻗어 있어서 해가 거의 들지 않는단다. 7월까지는 바닥에 하루 종일 서리가 깔렸지. 사과나무 몇 그루는 아직도 살아 있지만 겨우 내 어깨밖에 오지 않아. 지금 가면 온통 서리로 덮여 있을 거야. 서리가 너무 두꺼워서 네가 풀을 밟으면 우지직 하고 깨져 버릴 정도란다."

"거기가 어딘데요?"

"북쪽이야. 내가 작은 보트도 발견했어. 절대 임자 있는 배는 아닌 것 같더구나. 노받이 하나가 헐거워졌지만 물이 아주 많이 새거나 그렇지는 않았어."

"가보고 싶어요."

"내일?"

"아니요. 내일은 공부해야 돼요."

"너만 좋다면 월요일에 갈 수도 있어. 결석계도 써줄 수 있는데."

"월요일에는 시험 봐야 돼요. 그래서 공부해야 하는 거고요."

"그럼 다른 날 가지 뭐."

"그러세요."

"이제 공부할 거니?"

"독후감 써야 돼요."

"무슨 책인데?"

"『왕자와 거지』요."

"그 책에 대해서 별로 생각나는 게 없네."

"아주 좋은 책이에요."

그러자 이모가 말했다. "책을 읽었어야 하는 건데……. 왜 그만두었는지 모르겠구나. 항상 독서를 좋아했으면서도."

내가 방으로 올라가자 이모가 뒤를 따라왔다. 그러더니 화장대 위에서 『아이반호』를 발견하고 얼굴 위로 책을 든 채 루실 쪽 침대에 누웠다. 이모가 누운 걸 보니 웅크리지도 큰대자로 퍼져 있지도 않았다. 이모는 잘 때조차 공원 벤치에서 자면서 몸에 밴 자세를 그대로 취했고, 두 번에 한 번꼴로 신발을 신고 있었다.

얼마 동안 이모는 흥미로운 표정으로 집중해서 책을 들여다보았다. 그러다가 책을 약간 아래로 내려놓더니 바로 그 표정으로 천장을 바라보는 것이었다. 마침내 이모가 책을 무릎 위에 내려놓았다. 이모에게 등을 돌린 채 경대에 앉아 있으면서도 이모가 거기 누운 것을 의식한 나머지 공부에 몰두할 수 없었다. "이모." 내가 부르는데도 이모는 눈길조차 돌리지 않았다. 나는 오랫동안 루실이 돌아오기를 기다렸으면서도 막상 그 애가 돌아왔을 때는 편지지 위로 몸을 구부린 채 그 애가 온 것을 모르는 척했다. 루실이 계단을 올라오더니 문간에 비스듬히 섰다.

"안녕, 언니."

"응, 루실. 그래, 댄스파티는 좋았니?"

루실이 어깨를 으쓱하며 대답했다. "괜찮았어."

"어땠는지 말해 봐."

"피곤해. 내가 아래층에서 잘게." 동생이 이모를 향해 고개를 끄덕이면서 말했다. 그러더니 "최소한 이모한테 무얼 좀 덮어줬어야지."라고 말하고는 아래층으로 내려갔다.

나는 이모의 손에서 『아이반호』를 빼내고 신발을 벗기고 이불을 턱까지 덮어 주었다. 이모가 눈을 깜박이며 감았다가 도로 떴다.

"안 주무셨어요? 이모."

"뭐라고? 응." 이모가 미소를 지으며 대답했다.

"무슨 생각 하셨어요?"

"대개 옛날 일들이야. 너는 모르는 사람들이고. 그나저나 루실은 왔니?"

"네. 걔가 아래층에서 자겠대요."

"음. 그렇게 하게 놓아둘 수는 없지." 이모가 침대에서 일어나 신발을 꿴 후 아래층으로 내려갔다. 그런데 몇 분 후에 다시 올라와서 말하기를 "루실이 집에 없구나." 하는 것이었다.

"있을 텐데요."

"안 보이던데."

그러다가 루실이 댄스파티에 입고 간 옷을 그대로 입고 살굿빛 슬리퍼를 신은 채 가정 선생님인 로이스 선생님 집에 갔다는 사실을 다음 날 아침에야 알게 되었다. 그 애는 손에 닿는 창문이라는 창문은 모조리 두드리면서 돌아다니다가 드디어 까무룩 선잠이 들었던 선생님을 용케 깨우는 데 성공했다. 선생님은 루실을 안으로 불러들였고, 두 사람은 루실이 집에서 겪는 고민을 놓고 밤새도록 이야기를 나누었다.

로이스 선생님은 혼자 사는 여자로, 아이들과 우호적인 관계를 갖기에는 지나치게 신경질적이었다. 그녀는 겁을 먹고 있으면서도 헌신적인 애정을 지닌 채 학생들 주변을 맴돌았다. 그러면서 이따금 아이들의 무관심 속으로 조금씩 침입해 들어갔다. 아이들은 시답잖은 농담에 웃음을 터뜨렸고 그녀에게 허물없는 이야기를 던지기도 했다. 언젠가 남자 애들이 선생님을 물품 창고에 가두고 문을 잠근 적이 있었는가 하면 또 만화로 얼굴을 토끼처럼 그래서 운동 경기 트로피 옆에다 붙여 놓은 적도 있었다. 그럴 때마다 선생님은 눈물을 줄줄 흘렸다. 그래도 선생님에게 따분한 일상은 견디기 힘든 곤혹스러움이었던데 반해 아이들에게 인정받는 것은 활기차고 놀랍고 기억할 만한 일이었다. 그런데 이제 루실이 어둠 속을 헤맨 끝에 제 발로 자기를 찾아온 것이다. 로이스 선생님은 루실에게 남는 방을 제공했다. 요컨대 선생님은 루실을 양녀로 삼았고, 그날 밤 이후 나는 더 이상 동생이 없었다.

루실이 그렇게 갑작스럽게 집을 나가 버린 것을 알고 나는 깜짝 놀랐다. 달리 뾰족한 수가 없었던 나는 시커모어가를 오르락내리락하며, 그 애를 찾는다기보다 찾는 것처럼 행동함으로써 내 불안감을 달랬다. 바람 부는 쌀쌀한 날이었다. 만약 루실이 갈 곳이 없었다면 밤에 혼자 나가는 일은 절대로 없었을 것이다. 루실보다 본인의 안녕을 더 잘 챙기는 사람은 아무도 없었으니까.

집으로 돌아와 보니 이모가 전화번호부를 무릎에 올려놓고 그 위에 손을 포갠 채 주방 의자에 앉아 있었다.

"보안관에게 전화해야겠다." 이모가 말했다.

"그러세요."

이모가 전화번호부를 펼쳐 손으로 판판하게 펴면서 물었다. "보안관한테 전화해야 할까?"

"그래야 할 것 같아요."

"시간이 너무 늦었는걸. 내일 아침에 전화해야 할 것 같구나."
이모의 말이었다.

"그러면 그 사람이 왜 그렇게 늦게야 전화했는지 의아해할걸
요."

"그건 그래." 이모가 맞장구를 쳤다. 그러더니 전화번호부를 덮
어서 한쪽으로 밀어 놓았다. "웬만하면 그 사람들을 성가시게 하
지 않는 게 상책이란다. 말하자면 그 사람들은 이런 식이야. 갑
자기 네가 한 모든 일이 다 잘못된 것처럼 보이지. 가장 단순한
일까지도." 이모가 미소를 지으면서 어깨를 으쓱했다.

"아마 친구 집에 갔을 거예요."

"틀림없이 별일 없을 거야." 이모가 말했다.

"정말로 보안관을 성가시게 하고 싶지 않구나. 루실은 금방 돌
아올 거야. 내가 기다리고 있을게."

다음 날 아침, 로이스 선생님이 교회 갈 때나 입는 옷을 차려입
고 와서 문을 두드렸다. 선생님과 이모가 현관 층계에서 한참 동
안 이야기를 나눴다. 거실 창문으로 밖을 내다보았더니 갈색 통
짜 양복을 입고 목에는 주황색 나비리본을 맨 늙고 왜소한 로이
스 선생님이 긴장한 태도로 이모에게 무언가를 열심히 설명하
고 있었고, 이모는 어깨를 으쓱하거나 고개를 끄덕이면서 한쪽을
쳐다보고 있었다. 이윽고 이모가 안으로 들어와서 2층으로 올라

가더니 루실의 교과서와 일기장을 가지고 다시 내려왔다. 이모가 그것들을 층계 위에 내려놓자, 로이스 선생님이 하나씩 하나씩 구식 여행 가방에 집어넣었다. 로이스 선생님이 그것을 다 챙기기도 전에 이모가 안으로 돌아왔다. 이모가 내 옆의 소파에 앉더니 장식용 테이블보를 들고 실밥을 뜯기 시작했다. 할머니가 쓰시던 것으로, 꼭 선인장꽃처럼 큼직하고 빳빳하고 뻣뻣하던 것이 이제 붕대용 헝겊처럼 후들후들해진 채 떨어져 내렸다.

"루실이, 네가 자기 물건을 가져도 된다고 했다는구나." 이모가 입을 열었다. "자기 옷은 하나도 필요 없다고 했단다. 심지어 빗까지."

"아마 오래 나가 있을 작정이 아닌가 봐요."

"그럴지도 모르지." 이모가 나를 보며 미소를 지었다. "불쌍한 루스. 음, 이제 우리가 좀 더 좋은 친구가 되겠구나. 너한테 보여주고 싶은 게 있단다."

"내일 보여 주세요."

"월요일인데?"

"결석계 써주시면 되잖아요."

"좋아."

8

이모가 그날 저녁 식사를 마치고 이튿날 먹을 점심 도시락을 싸 놓은 뒤, 우리는 알람시계를 5시에 맞춰 놓고 옷을 입은 채 일찌 감치 잠자리에 들었다. 그랬음에도 이모는 나를 깨우느라고 애를 먹어야 했다. 이모가 내 볼을 꼬집고 귀를 잡아당겨서 간신히 나 를 바닥에 세운 다음, 내 손을 잡아끌었다. 내가 다시 침대에 주 저앉으면서 베개 위로 쓰러지자 이모가 웃으면서 말했다. "일어 나!"

"잠깐만요."

"지금 당장 일어나! 아침 다 차려 놨어!"

나는 안개처럼 달아나고 있는 따뜻한 온기와 졸음을 끌어안 은 채 이불 위에 웅크리고 있었다. "일어나세요, 어서 일어나라니까요." 이모가 재촉했다. 이모가 내 손을 잡고 어루만지며 손가락을 가지고 장난을 쳤다. 더 이상 온기도, 잠도 남아 있지 않게 되자 마침내 자리에서 일어났다. "착한 녀석." 이모가 말했다. 방은 아직 캄캄했다. 이모가 불을 켜자 방 안은 여전히 음침한 가운데 졸음으로 가득 찬 것 같았다. 새들이 지저귀는 소리가 들렸다. 자잘한 유리 조각이나 싸락눈이 찌르는 것처럼 날카롭고 매서운 소리였다. 집 안에서조차 바람이 몹시 차고 으스스한 것이 느껴졌다. 바람이 전나무 숲에서 사향 냄새를 싣고 왔고 온 천지에 호수의 차가운 숨결을 풀어놓았다. 바깥에는 인간적으로 위안이 될 만한 것(장작 타는 냄새나 오트밀 냄새 따위)이 아무것도 없었다. 그러니 밖으로 나가면 끔찍할 것이 뻔했다. 11월이 거의 다 되었고 날이 밝으려면 아직도 한참이나 멀었으니, 내가 잠자리에서 빠져나오고 싶지 않은 것도 당연했다.

"어서, 루스." 이모가 재촉하며 내 손을 끌고 문으로 향했다.

"신발 좀 신고요." 내가 말했다. 이모가 여전히 내 손을 잡은 채 제자리에 서자, 내가 신발 속에 발을 집어넣었다. 하지만 이모는 신발 끈을 묶도록 기다려 주지는 않았다.

"자, 어서. 이제 층계를 내려가자."

"서둘러야 되나요?"

"그럼, 그렇고말고. 서둘러야 돼." 이모가 여전히 내 손을 잡아 끌면서 들창문을 열고 앞장서서 계단을 내려갔다. 주방에 이르자 이모가 프라이팬에서 달걀을 하나 꺼내 빵 위에 얹어 주며 말했다. "그게 네 아침이거든. 걸어가면서 먹으면 될 거야."

"저, 신발 끈 좀 묶어야 돼요. 기다려 주세요!" 현관으로 나가는 이모 등에 대고 내가 말했다. 하지만 이모 뒤로 칸막이문이 쾅 하고 닫혀 버렸다. 신발 끈을 묶고 코트를 찾아 입은 뒤 이모를 따라 문을 열고 뛰어나갔다.

서리 맞은 잔디가 푸르스름하게 보였다. 몹시도 차가운 길에 발을 디디자 발소리가 사방으로 울려 퍼졌다. 집도 나무도 하늘도 온통 먹물을 칠한 듯 캄캄했다. 새 한 마리가 냄비를 긁어 대는 것 같은 소리로 지저귀다가 잠잠해졌다. 나는 추위와 배고픔 속에서 허둥지둥 서둘러야 하는 통에 심기가 불편했으며, 여전히 졸면서 내 안으로 깊이 웅크리고 들어갔다. 마침내 이모가 내 앞에 나타나자, 이모처럼 두 손을 주머니에 찌르고 고개를 한쪽으로 갸우뚱한 채 성큼성큼 걸었다. 마치 내가 이모의 그림자나 된 것 같았다. 이런 걸음걸이나, 이렇게 주머니에 손을 찌르고 있는 것이나, 고개를 갸우뚱하고 있는 것이 다 내 의지 때문이 아니라 오로지 이모가 하는 대로 따라하는 것 같았다. 이모를 따라가는 데는 어떤 의지나 노력도 필요 없었다. 나는 졸면서 이모를 따라갔다.

그렇게 이모를 따라 아주 평화로우면서도 편안하게 호수 기슭으로 내려갔다. 걸어가면서 우리가 아주 똑같다는 생각이 들었다. 이모를 우리 엄마라고 해도 괜찮을 것 같았다. 나는 이모와 똑같은 모습으로, 아직 태어나지 않은 태아처럼 웅크린 채 잤다.

"여기서 기다리렴." 호수 기슭에 이르자 이모가 말했다. 그러더니 물 근처에 나무가 자라는 곳으로 걸어 내려갔다가 몇 분 후에 돌아와서 말했다. "보트가 내가 놓아두었던 곳에 없구나! 찾아봐야겠다. 찾을 수 있을 거야. 가끔 시간이 좀 걸리기는 해도 결국엔 찾아내고 말거든." 이모가 언덕 중턱에서 거의 물 위까지 튀어나온 바위로 올라가더니 호수 기슭을 위아래로 둘러보았다. "저 너머에 있는 게 틀림없어." 이모가 바위에서 내려오더니 남쪽으로 걷기 시작했다. "저 나무들 보이니? 예전에 바로 저런 곳에서 보트를 발견했는데 온통 나뭇가지로 뒤덮여 있었단다."

"누군가 감추려고 했나 보죠." 내 생각이었다.

"짐작이 가니? 나는 늘 보트를 발견한 곳에다 도로 갖다 놓는단다. 다른 사람이 사용해도 아무 상관 없거든. 망가뜨리지만 않는다면 말이지."

우리는 자작나무와 미루나무에 가려진 작은 어귀로 걸어 내려갔다. "여기가 배를 숨겨 두기에는 안성맞춤일걸." 이모가 그렇게 말했지만 배는 거기에 없었다. "실망하지 마. 우리가 아주 일찍 왔거든. 그러니까 먼저 가져간 사람이 있을 리가 없어. 잠깐만." 이모가 숲 속으로 걸어 올라갔다. 쓰러진 통나무와 나지막하게 자라는 굵은 소나무 뒤에서 포플러 가지와 갈색 침엽수 잎과 그 밖의 나뭇잎들과 함께 소나무 가지 더미가 나타났다. 여기 저기 방수포 가장자리와 모서리가 보였다. "저것 좀 봐라. 누군가 고생 꽤나 했겠구나." 이모의 말이었다. 이모가 한쪽 방수포와 보트의 모습이 드러날 때까지 나뭇가지를 발로 차서 걷어 냈다. 그러더니 보트가 나뭇가지 위에 똑바로 뒤집어질 때까지 그 옆구리를 들어 올렸다. 이어 보트 아래 펼쳐져 있던 방수포를 잡아당겨서 노를 꺼낸 다음 좌석 밑에다 찔러 넣었다. 둘이서 솔잎 사이로 보트를 밀자, 둔탁하면서도 기분 나쁜 소리가 울려 퍼졌다. 보트가 커다란 바위들을 둔하게 긁으면서 지나가더니 모래 사이로 질질 끌려 나왔다. 함께 그것을 물속으로 밀어 넣었다. "타라, 어서." 이모의 재촉에 내가 배에 올라타서 기슭을 향한 채 쪼개질 것 같은 좁다란 널빤지 위에 앉았다. "어떤 남자가 우리한테 소리를 질러요." 내가 말했다.

"아, 나도 알고 있단다!" 이모가 성큼성큼 두 걸음을 걸으며 보트를 밀어 낸 다음, 손으로 뱃전의 양쪽을 잡은 채 펄쩍 뛰는 것과 동시에 끌어당기면서 배 안으로 들어왔다. 보트가 불안스럽게 허우적거리며 앞으로 나아갔다. "그 자리에 앉아야겠구나."라고 말하면서 이모가 일어나 뒤로 돌더니 뱃전을 잡기 위해 몸을 꾸부렸다. 내가 이모 몸 아래로 기어서 다리 사이로 빠져나왔다. 내 얼굴에서 얼마 떨어지지 않은 물 위로 돌멩이가 튀었고, 보트 바닥으로 또 다른 돌이 덜거덕거리며 튀어 들어왔다. 이모가 내 머리 위로 노를 흔들어서 잠금장치 안에 잘 맞춰 놓은 후, 몸을 웅크린 채 힘차게 노를 저어 배를 기슭에서 멀어지게 했다. 돌멩이 하나가 내 팔을 스치며 날아갔다. 뒤를 돌아보니 무릎까지 오는 장화를 신고 검은색 바지와 붉은색 격자무늬 재킷을 입은 억세게 생긴 사내 하나가 눈에 들어왔다. 그 지방 어부들이 쓰고 다니는, 아주 작은 플래시를 달고 깃털과 낚싯바늘로 장식한 볼품없는 중절모를 쓰고 있었다. 잔뜩 화가 나서 고래고래 소리를 지르고 있었다. "그냥 무시해 버리렴." 이모가 그렇게 말하면서 다시 한 번 노를 젓자 배가 돌멩이가 닿을 수 없는 곳까지 멀리 나아갔다. 사내는 장화 끝이 물에 잠길 때까지 우리를 따라 물 속으로 들어왔다. "아주머니!" 그가 고함을 질렀다. "무시해 버려." 이모의 말이었다. "저 남자는 늘 저런단다. 누군가 자기를 보고 있다고 생각하면 더더욱 그러지."

몸을 돌려서 이모를 바라보았다. 보트를 다루는 이모의 솜씨가 아주 편안하면서도 힘이 있어 보였다. 보트가 기슭에서 약 90미터쯤 떨어진 곳에 이르자, 이모가 북쪽으로 방향을 돌렸다. 이제 뒤쪽 호숫가에 서있게 된 사내가 여전히 고함을 지르고 분통을 터뜨리고 펄펄 뛰면서 우리에게 돌을 던지고 있었다. "가여워라……. 저러다가는 언젠가 심장마비가 올 텐데." 이모의 말이었다.

"저 사람 보트인 게 틀림없어요." 내가 말했다.

이모가 어깨를 으쓱하며 말했다. "아니면 그저 미치광이에 불과한지도 몰라. 물론 절대로 돌아가서 알아보지는 않을 거야." 이모는 우리가 맨손으로 도망쳐 나온 것이나 흠뻑 젖은 운동화나 물에 젖은 코트 자락 따위는 안중에도 없다는 듯 조금도 흐트러짐이 없었다. 이모가 가끔 주머니에 물고기를 넣어 가지고 돌아오는 게 이것 때문이 아닌가 하는 생각이 들기 시작했다.

"안 추워요, 이모?"

"해가 뜨는 중이란다." 이모가 대답했다. 핑거본의 하늘이 꽃 같은 노란색을 띠고 있었다. 가늘고 긴 구름장이 나타나더니 아주 차분한 분홍색으로 빛났다. 이어 산 위로 기다란 햇살이 차례차례 뻗쳐 나오는데, 마치 다리가 길쭉한 곤충이 번데기 밖으로 다리를 내민 채 버티고 서있는 것 같았다. 잠시 후, 어두운 산마루 위로 붉은 태양이 참말 같지 않게 불끈 솟아올랐다. 한 시간쯤 지나면 그것도 여느 날과 다름없는 평범한 태양이 될 터이고, 그저 그런 세상 위로 특별히 가리는 법 없이 적당히 알맞은 빛을 골고루 비추어 주리라는 생각에 안도감을 느꼈다. 이모는 쉬지 않고 힘차게, 그러면서도 느릿느릿 노를 저었다.

"여기 외딴 섬들과 저 위의 산 속에 얼마나 많은 사람이 살고 있는지 믿기 어려울 정도란다." 이모가 다시 입을 열었다. "아마 백 명은 될걸. 아니면 더 많든지. 이따금 숲에서 연기가 날 때도 있어. 안에 어린애가 열 명이나 있는 오두막도 있을 거야."

"그럼, 그 애들은 사냥이랑 낚시질만 하고 사나요?"

"대개는 그래."

"그 애들 가운데 누구 하나라도 본 적 있으세요?"

"그랬을걸." 이모의 대답이었다. "때때로 연기가 나는 것 같다고 생각되면 그쪽으로 걸어간단다. 가끔 내 주변에 어린애들이 분명히 있다는 생각이 들어. 실제로 그 아이들 소리가 들리는걸."

"아."

"내가 주머니에 크래커를 넣어 가지고 다니는 이유 중의 하나가 바로 그거란다."

"그랬군요."

이모가 자기 혼자 미소를 지으면서 반짝반짝 빛나는 물 위로 계속 노를 저어 갔다.

"너한테 말해 줄 게 있어. 너는 아마 내가 미쳤다고 생각할 거야. 언젠가 걔들 중 하나를 잡으려고 한 적이 있었단다." 이모가 웃음을 터트렸다. "함정을 파서 잡는 게 아니라 그 아이를 보려고 마시멜로로 유혹하려고 했지. 아이 하나 더 있어 봤자 내가 무얼 하겠니?"

"그러니까 누군가를 보셨다는 말씀이네요."

"2주일 동안이나 거의 매일 사과나무 가지에다 마시멜로를 붙여 놓았단다. 그러고는 눈에 띄지 않는 곳에 앉아 있었는데, 아직도 양쪽에 라일락이 자라는 현관이 있는 곳이지. 물론 그 집 자체는 오래전에 땅속의 굴로 무너져 내렸어. 내가 그냥 거기 앉아서 기다렸는데도 그 애는 끝내 오지 않더구나. 그래서 마음이 좀 놓인 것도 사실이야." 이모가 말을 이었다. "그런 아이는 할퀴거나 물지도 모르거든. 그래도 그 아이가 보고 싶었는데……."

"거기가 지금 우리가 가는 곳이란다."

이모가 미소를 지으면서 고개를 끄덕였다. "이제 너는 내 비밀을 알게 된 거야. 어쩌면 네가 운이 더 좋을지도 모르지. 어쨌든 오늘은 적어도 서두를 필요는 없겠구나. 너랑 루실 때문에 시간 맞춰 집에 돌아가는 게 몹시 힘들었거든."

이모가 쉬지 않고 노를 젓고 또 저으면서 우리가 탄 보트는 서로 튀기며 부딪치는 물 사이로 느릿느릿 미끄러져 갔다. 이모가 하늘을 올려다보더니 그때부터 입을 꾹 다물었다. 간간이 안개가 자욱하게 낀 위쪽 호수를 자세히 들여다보았다. 구름이 끼어 있었고 마치 마노(瑪瑙)처럼 흐릿하고 투박해 보였다. 갈매기의 깃털과 물고기의 시커먼 형체가 눈에 띄었다. 언뜻언뜻 드러나는 연노랑 하늘이 비단 위로 흩어지는 햇살처럼 둥근 파도 꼭대기에서 꼭대기로 흩어져 나갔다. 갈매기들이 순백색을 자랑하며 간신히 보일락 말락 할 때까지 높이 날아올랐다. 동쪽으로는 산이 어둠에 가려 아무것도 보이지 않았다. 하지만 서쪽으로는 은은하게 터오는 햇살 아래 산이 드러났다. 동틀 녘의, 그 넘쳐흐르는 장면을 보고 있노라면 항상 천국이 떠올랐다. 물론 천국에서 내가 편안하게 지내지 못하리라는 것을 나도 잘 알고 있었다. 그 장면을 보고 있자니 문득 할아버지가 그린 그림이 떠올랐는데, 나는 그 것을 할아버지가 생각하는 천국의 모습이라고 여겨 왔었다. 손수 장롱에 그려 넣으셨던 천사들처럼 태어나지도 않은 우리를 당신 뒤에 끌고서 여기, 달이 지고 있는 이 슬픈 호수로 데려온 사람도 할아버지였다. 천사들의 기다란 망토가 공기의 흐름 속에 잠겨 있었는데, 어쩌면 그 흐름이라는 것이 벌거벗은 채 비명을 지르는 천사들을 저 오색찬란한 하늘로부터 끌어내릴 소용돌이의 가장자리일지도 몰랐다.

이모가 저어 대는 노 때문에 소용돌이가 일었다. 소용돌이치면서 물속으로 가라앉는 나뭇잎들 위로 깃털 하나가 빙글빙글 돌고 있었다. 비록 할아버지가 마지막으로 정착하신 곳이 호수 밑바닥이긴 하나, 우리를 호수 한복판으로 가만가만 다가서게 하는 물살은 소용돌이가 아니라 강이 끌어당기는 것이었다. 이모가 젓는 보트가 자꾸만 물살의 서쪽으로 흘러가는 것 같았다. 만일 그곳에 소용돌이가 일고 있다면 우리는 빙빙 돌기만 하다가 끝내 기슭에 닿지 못할 거라는 생각이 들었다. 대신 어두운 세계로 끌려 들어가겠지. 거기에서는 우리가 그 속에서 노래를 찾을 때까지 물소리가 귓속으로 흘러 들어올 것이고, 우리 눈앞에 한꺼번에 물의 정경이 펼쳐지는가 하면, 내장 속으로 물이 쏟아져 들어와 우리 뼈를 나긋나긋하게 만들리라. 또 그 밖에 다른 것은 아무것도 없다는 듯이 그곳의 계절과 풍습에 익숙해지리라.

　할아버지가 작고 푸르스름한 창문을 통해 아침이 밝아 오는 것을 바라보면서, 얼마나 오랫동안 풀먼 차 침대 칸에서 쉬고 계시는지 상상해 보라. 할아버지는 우리를 보고 당신이 또 한 번 꿈을 꾸고 있다고 생각하실지도 모른다. 당신이 그린 하늘에 떠 있는, 물에 잠겨 있으면서 아무런 무게도 나가지 않는 영혼들에 대한 꿈을 꾸고 있다고……. 아무리 만져 봐도 뭐가 뭔지 알 수 없는 성분이 둥둥 떠다니고 있나 보다고 말이다. 우리 그림자가 지나갈 때, 할아버지는 턱이 없고 구멍이 난 사금파리 같은 낮달을 보면서, 유리창에 비친 당신 모습이라고 생각하실지도 모른다. 물론 할아버지는 여기서 남쪽으로 몇 킬로미터나 떨어진 다리 아래쪽에 계셨다.

　마침내 이모가 호수 안으로 펼쳐진 넓은 곳으로 보트를 몰고 갔다. 그러자 뒤쪽에 서 있는 산과 튀어나온 곳 부분의 울퉁불퉁한 산허리가 눈에 들어왔다. 바위가 개의 귀에 난 상처와 같은 분홍색이었다. "집이 어디 있는지 여기서부터 볼 수 있단다." 이모가 입을 열었다. "저 낭떠러지 바로 옆에다 집을 지었거든." 이모가 기슭으로 보트를 몰고 가자 우리는 보트에서 내려서 함께 그것을 호숫가로 질질 끌어다 놓았다. 이모를 따라 튀어나온 곳의 옆쪽으로 해서 안으로 들어갔다. 골짜기를 에워싼 산들이 너무 가까이 있어서 이 산 위에 저 산이 놓여 있는 형국이었다. 오랜 세월에 걸쳐 서서히 이루어진, 제멋대로 날뛰는 듯한 빙하의 거친 모습이 몹시 어지러운 풍경을 연출하고 있었다. 산과 산 사이에 생긴 우묵한 틈이나 계곡 사이로, 푹신푹신한 흙으로 이루어진 잡목 무성한 골짜기가 드러났다. 우리는 빗물 따위가 흘러내리면서 형성된 자갈투성이의 깊은 하천 바닥을 따라 걸어 올라갔다. 가다 보니 불현듯 우리 눈앞에 이모가 말한 곳이 나타났다. 제대로 자라지 못한 과일나무와 라일락과 돌로 된 현관 층계와 무너진 집으로, 온통 순백의 서리 바다였다. 이모가 나를 보고 미소를 지으면서 물었다. "예쁘지 않니?"

"예쁘기는 한데 과연 누가 이런 데서 살고 싶을까 의문이네요."

"햇빛이 비치면 정말로 예쁘단다. 조금 있으면 보게 될 거야."

"음, 어쨌든 여기서 기다리지는 마요. 너무 추워요."

이모가 조금 놀라서 나를 힐끔 쳐다보았다. "하지만 어린애들이 보고 싶잖아."

"네. 맞아요."

"그나저나 네가 어디 한 군데 자리를 잡고 쥐 죽은 듯이 조용히 있는 게 나을 것 같구나."

"네. 하지만 여기는 너무 추워요."

이모가 어깨를 으쓱하며 말했다. "아직 시간이 좀 일러서 그래." 우리는 기슭으로 도로 내려가서 기대앉을 수 있는 바위를 찾아냈다. 바람을 피하면서 햇볕을 면하고 있는 바위였다. 이모가 양반다리를 하고 앉아서 팔짱을 끼었다. 잠이 든 것 같았다.

잠시 후 이모를 불렀다. "이모?"

이모가 미소를 지으면서 대답했다. "쉿."

"우리 점심 어디 있어요?"

"그냥 보트 안에 있는데. 네 생각이 맞을 것 같다. 걔들이 네가 먹는 걸 보면 좋을 것 같아."

이모가 점심이랍시고 격자무늬 식탁보에 싸 온 잡동사니 중에서 마시멜로 봉지를 찾았다. 거무스름한 바나나, 안에 칼이 든 살라미 소시지 한 덩이, 작고 우아한 몸짓으로 패배를 인정하는 듯한 자세를 취하고 있는 노릇노릇한 치킨 날개 딱 하나, 봉지 바닥에 5분의 1쯤 남아 있는 포테이토칩 따위가 함께 있었다. 비닐봉지를 뜯고 마시멜로를 꺼내 주머니에 넣었다. 그런 다음 이모 옆에 앉아 부목(浮木)에 작은 불씨를 일으킨 뒤, 마시멜로의 부드러운 가운데 부분을 막대기에 꿰어서 불이 붙을 때까지 불길 속에 놓아두었다. 그러고는 숯덩이가 될 때까지 타도록 내버려 두었다가 무게를 거의 느낄 수 없는 껍데기를 손가락으로 벗겨 먹었다. 아직 막대기에 붙어 있는 매끄럽고 보드라운 부분은 불이 붙을 때까지 그대로 불길 속에 놓아두었다. 그렇게 아침이 지났다.

이모가 일어나서 기지개를 펴더니 태양을 보고 고개를 끄덕였다. 작고 하얀 겨울 해로, 분명 한낮인데도 절정에 이르지 못한 채 한쪽으로 비스듬히 걸려 있었다. "이제 가면 되겠다." 이모가 말했다. 다시 이모를 따라 골짜기로 올라가 보니 그사이에 확 달라져 있었다. 햇빛이 아까만 해도 말라붙은 소금인 양 불모의 것처럼 보였던 서리더러 햇빛이 꽃을 피우라고 꼬드긴 것 같았다. 풀이 꽃잎 같은 색깔로 반짝반짝 빛나고 있었고, 물방울이 나무마다 수도 없이 꽃잎처럼 흘러내렸다. "내가 근사하다고 했지." 이모가 말했다.

소금을 뿌려 놓은 카르타고에, 뿌린 사람은 다 가고 씨앗들만 오랜 세월 땅속에 누워 있다가, 마침내 그곳에서 소금물과 흰 서리로 된 이파리와 나무들이 무성하게 솟아나온다고 상상해 보라. 그런 밭에서는 과연 어떤 꽃이 필까? 햇빛이, 소금으로 된 모든 꽃받침에게 무지개 빛깔로 열라고, 반짝반짝 빛나는 물방울로 주렁주렁 열매를 맺으라고 강요했을 것이다. 복숭아와 포도가 좀 더 많았으니, 소금으로 이루어진 세상은 갈증을 풀어야 할 필요도 훨씬 더 컸을 것이다. 필요는 그것이 요하는 보상을 전부 다 이루게 할 수 있으니……. 갈망과 소유는 어떤 사물과 그 그림자의 관계와 같은 것이다. 딸기가 간절하게 먹고 싶을 때만큼 그것이 혀 위에서 달콤하게 부서지는 때가 언제이며, 딸기 속에서 그렇게 무수한 색깔과 향기로 성숙함과 대지의 맛을 느낄 수 있는 때가 또 언제일까? 무언가 결핍되어 있을 때만큼 우리의 감각이 그것을 속속들이 느끼는 때가 또 언제일까? 그런데 여기, 세상이 완전해질 것이라는 전조가 다시 나타난 것이다. 자기 머리에 손이 닿기를 원한다면 오로지 그것을 생각하기만 하면 되기 때문이다. 따라서 우리가 무엇을 잃어버린다 할지라도 간절히 바라기만 하면 그것은 다시 돌아오게 되어 있다. 비록 우리가 그것을 꿈꾸고 있거나 거의 모르고 있다 하더라도, 갈망이 천사처럼 우리를 품에 안고 돌보면서 머리를 쓰다듬어 주고, 야생 딸기를 가져다주는 것이다.

이모가 어디론지 가버렸다. 말 한마디 없이, 아무 소리도 내지 않고 사라져 버린 것이다. 이모가 나를 놀리는 것이 틀림없다고, 아마 숲 속에서 나를 지켜보고 있을 거라고 생각했다. 그리하여 혼자 남겨진 사실을 모르는 척했다. 그러면서 왜 이모가, 어린애들이 여기로 올 것이라고 생각하는지 알 것 같았다. 반짝이는 물방울이 나뭇가지 끝으로 흘러내리는 모습을 단 한 번이라도 본 아이라면, 그것이 모든 나무의 발치에다 점점 부드러워지는 서리의 자취를 둥글게 만들어 떨어뜨리고 얽히게 하는 모습을 단 한 번이라도 본 아이라면, 누구라도 그걸 보기 위해 다시 찾아올 수밖에 없을 것 같았다.

만일 그곳에 눈이 있었더라면 나는 눈사람을 하나 만들었을 것이다. 오솔길을 따라 나무 사이에 서있는 한 여인의 형상을……. 그러면 아이들이 그녀를 보기 위해 가까이 다가왔을 것이다. 롯(창세기에 나오는 인물로 아브라함의 조카─옮긴이)의 아내는 상실감과 슬픔을 이기지 못한 채 뒤를 돌아보다가 소금 기둥이 되었다. 하지만 이

213

곳에서는 진기한 꽃들이 그녀의 머리와 그녀의 가슴과 그녀의 손에서 빛날 것이다. 또 아이들이 온통 그녀를 에워싼 채 그녀의 아름다움에 감탄하고 환호하면서 터무니없이 화려한 꽃장식을 보고 깔깔대며 즐거워할 것이다. 마치 자기들이 그녀의 머리에 꽃을 꽂고 그녀의 발치에 뿌려진 꽃들을 다 던져 놓기라도 했다는 듯이. 아이들은 그녀가 용서를 빌지 않았는데도 그녀가 떠난 것을 기꺼이 용서할 것이다. 비록 그녀의 손이 얼음으로 되어 있고 그들을 만지지도 않았건만, 그들에게 그녀는 엄마 이상일 것이다. 한없이 냉정하고 끝없이 조용한 그녀와 무척이나 거칠기 짝이 없는 부모 없는 아이들과…….

골짜기를 벗어나서 입구에 땅이 조금 튀어나온 지점으로 내려갔다. 기슭은 텅 비어 있었고, 따라서 고요하기 그지없었다. 이모가 분명 곳에 올라가 있을 거라는 생각이 들었다. 거기서 보트를 좀 더 안전한 곳에 숨기고 있을 것 같았다. 숲 속에 사람들이 있다고 확신하는 이모에게는 적절한 대비책일 것이다. 통나무 위에 앉아 휘파람을 불면서 발끝에 걸리는 돌멩이를 집어던졌다. 이모가 왜 숲 속에 아이들이 있다고 느끼는지 알 것 같았다. 그렇다고 생각하지 않으면서도 나 역시 그렇게 느꼈으니까.

통나무 위에 앉은 채 신발을 툭툭 걷어찼다. 내가 아무리 잽싸게 뒤를 돌아본다 할지라도 내 뒤에 있는 존재는 거기 그대로 있지 않을 것이며, 내가 다시 몸을 돌렸을 때만 좀 더 가까이 다가 오리라는 것을 알고 있었기 때문이다. 그것은 바로 내 귀에 대고 말을 하다가 혹은 막 그러려고 하는 것처럼 보이다가도, 막상 몸을 돌려 보면 감쪽같이 사라지곤 했다. 그런 점에서 그것은 반쯤은 야생 상태인 외로운 아이들과 마찬가지로 끈질기고 성가시고 거칠었다. 루실과 나는 똑같이 이것을 무시했으며 그 가을 내내 나는 호수 기슭에 가는 것을 피하고 있었다. 나 혼자 있으면 외로울 것이 뻔한데, 그러면 그 성가신 것을 무시하기가 훨씬 더 힘들 것 같았기 때문이다. 자매나 친구가 있다는 것은 밤에 환하게 불이 켜진 집 안에 앉아 있는 것과 비슷하다 하겠다. 밖에 있는 사람들은 그들이 원할 경우 안에 있는 사람을 볼 수 있지만, 안에 있는 사람은 그들을 볼 필요가 없다. 그저 이렇게 말하기만 하면 된다. "여기까지가 우리가 배려할 수 있는 한계예요. 만일 당신이 귀뚜라미가 잠잠해질 때까지도 창문 아래를 기웃거린다면 커튼을 내려 버리겠어요. 만일 당신의 질투어린 호기심을 우리가 참아내기 바란다면 우리가 그걸 알아채지 못하도록 해야 돼요." 견고한 인간관계를 유지하는 사람은 누구나 다 저렇게 재수 없는 작자들이며, 외로운 사람들이 위안과 안전만큼이나 간절히 바라고 탐내는 것이야말로 바로 그 잰 체하는 태도일 것이다. 말하자면 내 안에서 이것을 관찰할 수 있을 만큼 나는 이미 오래전에 집에서 쫓겨났던 것이다. 거의 내 뺨에 대고 숨을 쉬고, 내 머리카락을 만지다시피 하고 있는 이 춥고 외로운 아이들과 나 사이에는 아무런 문턱도, 문지방도 존재하지 않았다. 다시 올라가서 지하 땅굴 옆에서 이모를 기다리기로 작정했다. 거기라면 이모가 나를 찾지 못할 리 없을 테니까.

햇빛이 골짜기의 동쪽으로 옮겨 가 그런 고지대에서 제멋대로 자라고 있는 거무튀튀한 고목들을 따스하게 비춰 주었다. 그 아래쪽으로는 오로지 그늘과 호수를 향해 딱 내 무릎 높이 정도로 부는 바람만 있을 뿐이었다. 라일락 꽃이 우수수 떨어졌다. 돌층계가 너무 차가워서 도저히 앉아 있을 수가 없었다. 처음에는 거기에 위안이 될 만한 것이 아무것도 없는 것처럼 보였다. 그래서 주머니에 손을 찌르고 옆구리에 팔꿈치를 딱 붙인 채 속으로 이모를 원망했다. 그런데 그것이 숲 이외의 생각할 거리를 제공하는 바람에 지루함을 덜 수 있었다. 나는 애써 다른 것을 생각하기 시작했다. 바람을 피해 지하 땅굴로 들어간다면 불을 피워서 따듯하게 할 수 있을 것 같았다. 물론 쉬울 것 같지는 않았으니, 지하에 무너져 버린 집의 잔해가 있기 때문이었다.

누군가 쓸모 있는 것은 다 가져다 재활용한 것 같았다. 대부분의 지붕널이 지붕에서 벗겨져 나갔고, 남아 있는 기둥과 널빤지도 집을 지을 당시보다 훨씬 적어 보였다. 대들보가 부러진 것은 눈의 무게를 이기지 못하고 그렇게 되었음에 틀림없었다. 아마도 그것이 재난의 시초였을 것 같은데, 몇 주일이고 몇 년이고 계속되었던 것 같았다.

호수 북쪽으로 어느 정도 떨어진 곳에 살던 어떤 가족 이야기를 들은 적이 있었는데, 눈이 처마까지 쌓이는 바람에 안에 갇힌 채 집이 무너지기 시작했다고 한다. 그들은 대들보 한가운데를 떠받치기 위해 주방의 식탁을 거꾸로 세웠지만, 지붕이 벽의 사방 모서리에서 헐겁게 떨어져 나가고 벽이 창틀을 휘게 하는 바람에 유리창이 모두 박살나고 말았다고 한다. 그런데 이 모든 틈새를 막으려고 해도 그들에게는 오로지 눈밖에 없었다. 그들은 마실 물을 끓이기 위해 감히 난로에 불을 피울 엄두를 내지 못했으니, 집을 지탱해 주는 유일한 지주인 눈이 녹으면서 집이 흔들리고 주저앉을까 두려웠기 때문이다. 소문에 의하면 식구가 열일곱 명이었다고 한다. 그들은 밤에 장작더미처럼 포개진 채 열아홉 장의 이불을 덮고, 또 그만큼의 깔개를 깔고 지낸 덕에 살아남았다고 전해졌다. 그 집 어머니는 난로 위에 물과 식초로 만든 스튜가 떨어지지 않도록 했는데, 그녀는 그 안에 구두 혀뿐만 아니라 머리카락과 수염 깎은 것과 손잡이가 긴 구둣주걱까지 넣었다고 한다. 식구들은 양을 늘리기 위해 눈까지 퍼다 넣은 그 냄비의 스튜를 먹으면서 연명했다. 하지만 그것은 불편과 고난을 떠벌리기 좋아하는 사람들이 지껄여 대는 이야기의 일부로, 그 밖에는 더 이상 언급할 가치도 없는 것들이다.

핑거본 산맥 속의 집들은 대개 이 집처럼 지어졌으니, 건물의 뼈대에 널빤지를 수직으로 대고 못을 박은 다음, 갈라진 틈을 막기 위해서 폭이 5센티미터쯤 되는 나뭇조각을 각 이음매에 박았다. 집이 기울어지기 시작하면 틈을 메운 것이 뒤틀리며 헐거워지고, 소나무의 옹이가 갑자기 튀어나오면서 두 번에 한 번 꼴로 창문의 유리가 떨어져 나갔다. 그리하여 점점 더 힘을 많이 들여야만 문이 열리다가 마침내는 닫히지 않는 지경에 이르렀다. 이런 식으로 건물을 짓는 것은 보다 온화한 기후에서 생긴 습관 때문인 것 같은데, 왜 여태까지 끈질기게 이어지는지는 나도 잘 모르겠다. 이런 집의 경우, 사람들을 자주 집 밖으로 쫓아내는 통에 핑거본 사람들조차 깜짝 놀라기 일쑤인데도 말이다. 만일 인근 피난처로 가는 길이 막혀 버리기라도 하면 그 집 식구들은 눈이 다 녹을 때까지 꼼짝 없이 집 안에 갇혀 있어야 했다.

숲은 그런 이야기로 가득 차있었다. 실제로 언젠가 사람들이 대규모로 탈출하고 인구도 줄었음에 틀림없다는 이야기가 많이 나돌았다. 그 바람에 이제는 숲 속에, 그것도 마을 근처에 극소수의 가구만이 남아 있는데, 그렇게 엄청났던 조상들의 부족(部族)을 설명하기에는 단연코 너무 적은 숫자라 아니할 수 없었다. 간간이 벌어진 대대적인 말살 행위에 희생당한 조상들이 있어서 그렇게 되었다는 설명도 그다지 설득력이 없었다.

그렇지만 이렇게 버려진 농가가 드문 것으로 보아, 사라진 정착민에 대한 이야기를 모두 살펴보면 그 뿌리는 원래 하나가 아니었나 싶다. 단지 놀라움에 찬 외마디 비명이 새들을 통해 숲 전체로 퍼져 나가다가 마침내 하늘까지 이르는 식으로, 이런 이야기도 사방으로 퍼져 나갔을 것이다. 그러니 이 산 전체에서 사람이 살았다는 집이 바로 이 집인지도 몰랐다. 집이 부서지면서 이야기도 눈에 보이지 않게 바람 속으로 흩어졌는지 몰랐다. 우중충한 꼬투리 하나에서 비롯된 수천, 혹은 수백만 개의 포자(胞子)처럼……. 이렇게 생각하는 이유는 이 산 속에 살고 있다는 집 없는 사람들에 관한 이야기를 들은 적이 있거나, 듣게 될 사람이 있다고 믿을 만한 근거가 전혀 없기 때문이었다. 그들이 나 혼자 있는 것을 보고 실제로 내 소매를 잡아끌려고 하는 이유도 아마 그 때문일 것이다.

어쩌면 당신은 버스 정류장에 혼자 있던 사람이 당신 또한 혼자라는 사실을 알게 되면, 꿰뚫는 듯하면서도 친근한 눈빛으로 당신을 슬쩍 곁눈질하리라는 것을 알아차릴지도 모른다. 만일 그들을 옆에 앉게 내버려 두면, 그들은 당신에게 이제는 모조리 떠나 버린 수많은 자식들과 아름답지만 잔인했던 엄마에 관해 기나긴 거짓말을 늘어놓을 것이다. 그러면서 한결같이 자신들이 버림받았거나, 실망했거나, 배신당했다고 말할 것이다. 자기들은 혼자가 아니었어야 하는데 소설에나 나올 법한 놀랄 만한 사건이 그렇게 극단적인 처지로 몰고 갔노라고 말할 것이다. 또 그것이야말로 그들이 재빨리 살펴보고 적극적으로 접근하며, 자신들이 거짓말하고 있다는 것을 아는 이들의 세심한 배려를 좋아하는 이유다. 설령 사실을 말하더라도 그들은 이런 태도를 버리지 못한다. 일단 혼자가 되고 나면, 안 그럴 수도 있었다는 사실을 믿는다는 게 불가능해지기 때문이다.

외로움이야말로 절대적인 발견이다. 불이 환하게 켜진 창문을 안에서 바라보거나 혹은 위에서 호수를 내려다보면, 환한 방 안에 있거나 나무와 하늘 가운데 떠있는 자신의 모습이 보이는데, 속임수인 것이 너무나 명백한 데도 기쁜 것 또한 사실이다. 하지만 어둠 속에서 불이 켜진 쪽을 바라보면, 여기와 거기, 이것과 저것의 모든 차이가 적나라하게 드러난다. 아마도 집이 없는 사람들은 모두 가슴속에 분노를 품은 채, 지붕과 기둥과 서까래를 부수고 창문을 박살내고 바닥을 물바다로 만들고 커튼을 잡아 늘이고 소파를 망가뜨리고 싶어 할 것이다.

나는 정면 오른쪽 구석에 있던 헐거워진 널빤지를 지하 땅굴에서 끌어내기 시작했다. 널빤지는 금방 쪼개진 데다 온통 튀어나온 못투성이였지만, 나는 그것들을 끌어내서 내 뒤의 땅바닥에 던졌다. 마치 무슨 실제적인 목적이나 의도라도 있는 것처럼……. 매우 힘든 일이었다. 하지만 나는 할 일 없이 빈둥거리는 모습을 다른 사람에게 보이거나 관찰당하는 것이 견딜 수 없는 고통이라는 사실을 종종 깨닫고 있었다. 게다가 할 일도 없는 데다 혼자이기까지 하면 외로움이 주는 곤혹스러움은 거의 무한대로 확대된다. 그리하여 나는 머리카락이 축축해질 정도로 땀에 젖고 손바닥이 까지고 무를 때까지, 미친 듯한 희망 혹은 절망일 것이 분명한 몸짓으로 일을 해나갔다.

그러면서 나 자신을 구조자로 상상하기 시작했다. 무너진 집 안에서 아이들이 자고 있었다. 얼마 지나지 않아 나는 비에 젖어 뻣뻣해진 아이들의 잠옷 자락과 뼈만 앙상한 조그만 발과 꽃잎처럼 모조리 떨어져 버린 발가락들을 찾아낼 것이다. 어쩌면 도와주기에는 이미 너무 늦어 버렸는지도 모른다. 그들은 너무 오랜 세월을 눈 속에 누워 있었으니 참으로 애석한 일이었다. 그래도 희망을 저버린다는 것은 치명적인 배신이 되리라.

내가 그들의 입장이 되었다고 상상해 보는 것은 별로 어렵지 않은 일이었다. 할머니 집에서 비교적 견고해 보이던 것들이 사실은 다 믿지 못할 것이었음을 알았기 때문이었다. 피아노와 소용돌이무늬 소파와 역서(曆書)와 키플링과 디포의 책이 가득 찬 책장에서 비롯된 인상이었다. 이런 것들이 보여 주는 본질적이면서도 견고한 듯한 겉모습은 차라리 부서지기 쉬운 구조물 위에 놓인 위태로운 무게로 여기는 것이 더 나을 것 같았다. 피아노가 모든 줄을 차례차례 퉁기면서 지하실 바닥으로 무너져 내리는 상상을 쉽게 할 수 있었다. 그나저나 우리 집 역시 2층이 있어서는 안 되었다. 왜냐하면 만일 우리가 자고 있을 동안에 집이 무너져 버리면, 우리는 우리의 꿈이 졸지에 박살나면서 느닷없이 사라져버렸다는 것만 겨우 의식한 채 곧장 어둠 속으로 떨어져 내릴 것이 분명했기 때문이다. 차라리 작은 집이 더 나았다. 그것은 마치 잘 여문 콩꼬투리나 조가비처럼 우아하게 부서졌다. 물론 내 맘대로 지어낸 이야기에도 불구하고 나는 이 형편없는 폐허 속에 아이들이 없다는 것을 잘 알고 있었다. 그들은 가볍고 말랐으며 추위에도 완전히 이골이 나있었다. 따라서 추위 속으로 쫓겨나는 것은 그들에게는 별로 대수롭지 않은 일이었다. 숲 속으로 쫓겨나는 것 또한 마찬가지였다. 설령 그들의 눈이 다 없어지고 발이 다 부러졌다고 하더라도 말이다. 결국에는 우리 뼈까지도 다 부서질 것이니 아무것도 없는 것이 차라리 더 나았다. 아무것도 없는 것이 차라리 더 나았던 것이다.

추위로 뻣뻣해진 잔디 위에 앉아 손을 얼굴 위에 올려놓았다. 그런 다음 피부가 팽팽하게 당겨지면서 살랑살랑 흘러가는 물처럼 어깨뼈와 목덜미 사이로 냉기가 사르르 지나가도록 내버려 두었다. 뻣뻣한 잔디가 발목을 어루만지도록 놓아두었다. 이모는 아무 데도 없는데 조만간 날이 어두워질 것 같았다. 그들이 나에게로 와서 이 육체를 빼앗아 가도록, 이 집을 따로 떼어 내가도록 그냥 내버려 두자는 생각이 들었다. 이제 그것은 더 이상 피난처가 되지 못한 채 오로지 나 홀로 이곳에 있게 할 뿐이었다. 그러니 설사 그들이 나를 외면한다 하더라도 그들을 보기만 한다면 그들과 함께 있는 게 차라리 더 나을 것 같았다. 만약 엄마만 볼 수 있다면, 그것이 꼭 엄마의 눈이고 엄마의 머리카락일 필요는 없으리라. 엄마의 옷소매를 만지지 않아도 되리라. 높이 솟은 엄마의 구부정한 어깨는 더 이상 없었다. 호수가 그런 것들을 다 가져가 버렸다는 것을 나도 알고 있었다. 엄마의 머리카락이 어둠 속에 잠긴 것은 아주 오래전 일이니, 이제 더 이상은 아무것도 꿈꿀 게 남아 있지 않았다. 하지만 엄마는 자주, 내가 곁눈질하고 있는 어떤 문으로나 슬그머니 미끄러져 들어왔고, 그것은 하나도 변하지 않은 죽지 않은 엄마였다. 엄마는 내가 더 이상 들을 수 없는 음악이었으니, 다른 것이 아닌 음악 자체로 내 마음속에서 울리고 있는 바, 모든 감각을 다 잃어버렸으되 그래도 죽지는, 죽지는 않았다.

이모가 내 등에 손을 올려놓았다. 이모가 옆에 있는 풀밭에 무릎을 꿇고 앉아 있었는데도 나는 전혀 알아차리지 못하고 있었다. 이모가 아무 말도 하지 않은 채 내 얼굴을 들여다보았다. 이어 입고 있던 코트를 벌리더니 내 광대뼈가 이모 가슴뼈에 닿도록 나를 거북스럽게 감싸안으면서 내게 코트를 덮어주었다. 이모는 노래를 부르지는 않았지만 느릿느릿한 곡조에 맞춰 몸을 흔들흔들했고, 나는 이모가 나를 안은 채 계속 몸을 흔들 수 있도록 어색함과 불편함을 감춘 채 가만히 이모에게 기대고 있었다. 할머니는 원피스 앞가슴에 핀을 꽂았다는 사실을 잊으신 채 나를 품속에 너무 꼭 끌어안으시기 일쑤였다. 그럴 때마다 나는 될 수 있는 한 얌전히 할머니에게 기대 있곤 했는데, 만일 조금이라도 꿈틀거렸다가는 할머니가 내 머리를 엉망으로 짓이겨 놓은 채 나를 무릎에서 내려놓고 가버리실 것 같아서였다.

무슨 이유에선지 이모 코트 속에서 장뇌 냄새가 났다. 히말라야 삼목의 수지나 방향(芳香)처럼 기분 좋은 냄새로, 마음을 달래 주는 한편 애수어린 느낌이 들게 했다. 이모는 무늬 있는 튼튼한 면직 원피스 위에 나일론 스웨터를 걸치고 있었다. 원피스는 분명 갈색이나 초록색이고 스웨터는 분홍이나 노란색이 틀림없을 텐데 볼 수가 없었다. 이모의 코트가 내 눈꺼풀 사이로 스며드는 빛까지 막을 수 있도록 몸을 낮게 웅크렸다. "아이들을 못 봤어요. 걔들이 보이지 않았어요." 내가 말했다.

"나도 알아, 알고 있어." 이모의 말이었다. 그것은 이모가 나를 안은 채 흔들며 부르는 노래 가락이었다. 나도 알아, 알고 있어, 알고 있단다. 이모가 나지막한 목소리로 읊조렸다. "이다음에, 다음번에."

떠나려고 자리에서 일어설 때 이모가 코트를 벗어서 내게 입혀 주었다. 맨 위에서 맨 아래까지 단추를 다 채워 주고 널따란 남성용 칼라를 치켜세워 내 귀를 감싸 준 다음, 내 어깨에 팔을 두른 채 호수 기슭으로 앞장서서 내려갔다. 마치 내가 장님이나 되는 듯이, 내가 넘어지기라도 할 것처럼 나를 염려하면서…… 내가 이모한테 의지한다는 사실을 흐뭇해하는 게 느껴지는 가운데 이모가 내 얼굴을 몇 번이나 들여다보았다. 넋을 잃은 듯한 표정으로 열중해서 나를 바라보았다. 거기에서 어떤 거리감이나 예의 같은 것은 찾아볼 수 없었다. 마치 거울 속에 비친 자기 얼굴을 자세히 들여다보는 것 같았다. 나는 이모가 나를 그토록 오랫동안 혼자 내버려 두었다는 데 화가 났다. 그러고도 사과나 변명 한마디 없는 것도 화가 났고, 나를 내박쳐 두었던 까닭에 이모의 친절이 그토록 대단한 위력을 가지게 된 것도 화가 났다. 실제로 나는 최고의 지복(至福)인 양 이모의 코트를 입고 있었고, 나를 감싼 이모의 자비로운 팔 덕분에 기운이 솟아나고 있었다. 나는 이모가 팔을 풀어 버리거나 한 발자국이라도 물러서게 할 만한 말은 입도 뻥긋하지 않을 작정이었다.

보트는 이미 물속에 떠있었고 이모가 돌멩이를 달아놓은 짤막한 밧줄 끄트머리 주변을 까불까불 움직이고 있었다. 이모가 그것을 끌어당기더니 내가 발을 적시지 않고도 뱃전 위로 오를 수 있도록 보트를 돌려 놓았다.

저녁이었다. 하늘은 환하게 밝혀 놓은 불빛 아래에서 검사를 받는 달걀처럼 빛났다. 호수는 반쯤 투명한 회색이었고, 물결은 호숫가에 파도치지 않을 만큼만 높게 일었다. 나는 금방이라도 쪼개질 것 같은 널빤지로 된 좌석 위에 팔과 고개를 올려놓은 채 내쪽의 보트 바닥에 누웠다. 이모가 보트로 올라오더니 내 양쪽에 발을 놓고 자리를 잡았다. 이어 몸을 비튼 채 노를 저어 배를 앞으로 나아가게 한 다음, 노를 밀었다 당겼다 하기 시작했다. 조금도 힘을 들이지 않는 것 같은 자세로 연신 밀었다 당겼다를 반복했다. 나는 꼬투리 속의 콩처럼 가만히 누워 있었다. 어마어마한 물이 머리 아래에서 철퍼덕 소리를 내며 탁 하고 부딪쳤다. 우리가 살아남은 것이 가벼운 몸무게 덕분이라는 생각이 들었다. 아울러 무시무시한 물결 속에서 일엽편주처럼 춤을 추면서도 배가 전복되지 않는 것은 좀 더 거창한 파멸을 목표로 삼고 있기 때문이라는 생각도 들었다.

나는 우리가 탄 배가 전복될지도 모른다는 생각에 빠졌다. 결국 꼬투리가 이어진 틈을 통해 물이 새어 들 수밖에 없는 것이 세상의 이치 아니던가. 아무리 단단하게 오므렸다 하더라도 어차피 꼬투리는 터지게 되어 있다. 껍데기는 떨어져 나갈 수밖에 없으며, 작은 덩어리이자 아직 자고 있는 배아(胚芽)에 불과한 나도 결국은 부풀고 커질 수밖에 없는 것이 세상의 이치였다. 물이 뱃전을 덮어 버리면 나는 이모의 코트 밖으로 터져 나올 때까지 부풀고 또 부풀 것이다. 물과 내가 보트를 호수 바닥까지 밀고 내려가는 동안 나는 온몸의 땀구멍으로 불가사의할 정도로 어마어마한 물을 빨아들일 것이다. 그리하여 골골이 주름진 뇌의 어두운 틈새마다 어김없이 물이 실개울처럼 흐를 것이다. 가득 차면 넘쳐흐르는 것이 물의 본성이라고 한다면, 내 두개골은 대책 없이 부풀어 오르고, 내 등은 활처럼 휘어 버릴 것이며, 거대해진 두개골은 엄청난 힘으로 뺨을 압박할 것이다.

그런 다음에는 아마 어떤 형태로든 출산이 이루어지리라. 비록 내 첫 번째 탄생은 탄생이라는 이름에 어울리지 않았지만 말이다. 그런데 나는 왜 두 번째로부터 더 많은 것을 바라야 할까? 단 한 번밖에 없는 진정한 탄생이 최종적인 탄생이 될 터인 즉, 그것은 물속의 어둠으로부터 물속의 어둠에 대한 생각으로부터 우리를 해방시켜 줄 것이다. 그런데 과연 그런 탄생을 상상이나 할 수 있을까? 둥둥 떠서 헤엄치고 흘러가고 움직이는 것처럼 보이는 모습을 제하면, 결국 무슨 생각을 하고 무슨 꿈을 꿀 수 있단 말인가? 그런 모습이야말로 최악의 것이다. 캄캄한 바깥에 선 채 불이 환하게 켜진 방 안에서 한 여자가 창문에 비친 자신의 얼굴을 응시하는 모습을 바라보는 것은 끔찍한 일일 것이다.

유리창을 박살내며 그녀에게 돌을 던진 다음, 창문이 다시 짜맞춰지고 반짝이는 입술과 목과 머리카락 조각들이 상처 하나 없이 다시 알 수 없는 무심한 표정의 여인으로 돌아오는 것을 바라보는 일 역시 끔찍하기는 마찬가지일 것이다. 산산조각 났던 거울이 도로 멀쩡해져서 몽상에 잠긴 여자가 머리를 올리고 있는 모습을 비춰 주는 것도 끔찍하리라. 이 대목에서 우리는 물과 우리가 무척이나 유사하다는 사실을 깨닫게 된다. 물에 비친 그림자와 마찬가지로 우리의 생각도 변화하는 충격이나 영원한 환치(換置)를 겪지 않을 터인즉……. 그것들은 외관상 가벼워 보이는 모습으로 우리를 비웃고 있다. 만일 그것들이 좀 더 실제적이었다면(무게도 나가고 공간도 차지했었더라면) 가라앉아 버리거나 물살에 실려 떠내려갈 것이다. 하지만 그것들은 활기차고 파괴적인 세상의 에너지 바깥에서 여태껏 버티고 있다. 이 반짝이는 수면을 가르고 저 아래 캄캄한 어둠 속으로 당당하게 날아 들어가는 것이 우리 엄마의 계획임에 틀림없었을 거라는 생각이 든다. 하지만 엄마는 내 눈길 닿는 곳 어디에서나, 심지어 내 눈길 뒤편에서까지 절대로 사라지기는커녕 마치 물에 빠진 여자처럼 언제나 필연적으로 솟아오르고 있다. 온전하면서도 하나의 몸짓이 수많은 영상으로 바뀌어 버린 조각조각 난 모습으로……

나는 이모의 발 사이에서, 이모의 팔 아래에서 잤다. 이따금 둘 중의 하나가 말을 꺼내면 나머지 하나가 대답하곤 했다. 내 옆구리 우묵한 곳 아래 고여 있는 물이 거의 따뜻해질 정도였다. "펑거본이다." 이모 말에 내가 자리에서 일어섰다. 목은 뻣뻣했고 손과 팔은 아직 잠에서 덜 깨어 있었다. 작은 불빛들이 기슭에 드문드문 흩어져 있는 게 보였으나 아직 상당한 거리가 남아 있었다. 이모가 다리 한쪽까지 보트를 몰고 가더니 우리가 물살에 끌려 다리 밑으로 가지 않도록 노를 저었다.

나는 다리에 대해 잘 알고 있었다. 그것은 호수 가장자리에서 대략 9미터쯤 떨어진 기슭에서 시작하고 있었다. 또 녹이 슨 나사와 타르 칠을 한 말뚝의 모습이 어떤지도 알고 있었다. 가까이서 바라보면 투박하기 짝이 없지만 어느 정도 거리가 떨어지면 그 자체의 길이와 호수의 광대함으로 말미암아 가늘고 빈약해 보이는 다리였다. 이제 교교한 달빛을 받으며 우리 머리 위로 어렴풋이 드러난 다리는 숯처럼 시커멓기 짝이 없었다. 물론 다리의 모든 말뚝과 대들보 사이로 물이 미끄러지듯 흐르고 부딪치고 똑똑 떨어져 내렸다. 마치 전매특허나 낸 양 어두운 집 안을 돌아다니는 쥐처럼 끈덕지고 친숙하고 간사스럽게⋯⋯.

이모가 보트를 다리에서 몇 미터가량 더 바깥쪽으로 끌고 가더니 다시 한 번 보트를 세웠다. "왜 여기 있는 거예요, 이모?" 내가 물었다. "기차를 기다리려고⋯⋯." 이모의 대답이었다. 왜 여기서 기차를 기다리느냐고 물어보면, 이모는 그걸 보려고라고 대답하거나 왜 그러면 안 되는데라고 대답했을 것이다. 아니면 어차피 여기까지 왔으니까 기차가 지나가는 걸 보는 게 낫지 않겠니라고 대답했을지도 모른다. 우리가 탄 작은 보트가 사방으로 훽훽 흔들렸고, 우리 아래로 흐르는 물이 너무 투명한 나머지 소름이 오싹 끼쳤다. 만일 내가 보트의 옆구리 너머로 발을 디딘다면 내 발이 어디에 놓일까? 결국 물은 아무것도 아니다. 그것은 흘러넘치고 침수시키고 젖게 한다는 점에서는 공기와 분명 다르나, 그 차이점도 절대적이라기보다는 상대적이라고 할 수 있다.

할머니가 깨어나지 못하시던 날 아침, 루실과 내가 흐트러진 이부자리에 두 발을 올려놓은 채 옆으로 웅크리고 계신 할머니를 발견했다. 팔은 위로 뻗고 머리는 뒤로 젖힌 채 땋은 머리를 베개 위로 늘어뜨리고 계셨다. 마치 공기 속에 빠져서 창공을 향해 펄쩍 뛰어올라 가신 것 같았다. 구름이 그 재앙을 덮어 버린 지도 오래되고 구조에 대한 희망을 깨끗이 접은 지도 한참이나 지난 다음, 할아버지가 거품 속에서 튀어나오신다면 그때까지 살아 있던 몇몇 관리들은 얼마나 크게 기뻐했을까! 틀림없이 상장(喪章)이 달린 모자를 집어 던지며 장갑 낀 손으로 진심 어린 박수갈채를 보냈으리라. 또 자기들의 코트로 할아버지를 감싸기 위해 몰려들었을 것이며, 어쩌면 할아버지를 끌어안았을지도 모른다. 아울러 사건의 중대함을 깨닫고 분명 모두들 얼굴이 벌겋게 상기되었을 것이다. 그럼 할아버지는 은총을 입은 상황이 아이다호의 경우와 얼마나 비슷한지 살펴보기 위해, 또 붙어 가는 군중들 가운데 아는 얼굴이라도 있는지 찾아보기 위해 기슭을 둘러보시겠지.

이모가 다리에서 얼마만큼 떨어진 곳으로 보트를 저어 갔다. "이제 얼마 남지 않았어." 이모가 말했다. 달이 휘영청 밝았지만 이모 뒤쪽에 있는 바람에 이모의 얼굴을 볼 수 없었다. 별빛을 무색하게 할 만큼 환하게 쏟아지는 달빛이 아스라이 먼 곳의 수면 위까지 매끄럽게 부서져 내리고 있었다. 달빛 아래 보트는 낮과 마찬가지로 부목(浮木) 색깔을 띠고 있었다. 타르 칠을 한 다리는 햇빛 아래에서보다는 살짝 더 시커멓게 보였지만 살짝 더 그랬을 뿐이다. 달빛이 이모 주위에 일종의 후광을 빚어내고 있었다. 비록 색깔은 보이지 않았지만 그래도 이모의 머리카락이 보였고, 이모의 어깨와 팔의 윤곽과, 색깔도 형체도 없는 달빛을 끊임없이 어지럽히는 노도 볼 수 있었다. 핑거본의 등불이 꺼지기 시작했다. 마을의 불을 켰다고 해서 하나도 더 밝아지지 않았던 것처럼 불이 꺼졌다고 해서 조금도 더 어두워지지 않았다.

"얼마나 더 오래 기다려야 하는데요?" 이모에게 물었다.

이모가 중얼거렸다. "으응?"

"얼마나 더 오래 기다려야 하냐고요?"

이모에게서 아무 대답이 없었다. 나는 이모의 코트를 바싹 끌어당겨 몸을 감싼 채 아주 조용히 앉아 있었다. 이모가 「아이린」을 흥얼거리기 시작하자 나도 따라서 흥얼거렸다. 마침내 이모가 입을 열었다. "기차를 보기 전에 먼저 그 소리부터 듣게 될 거야. 다리가 흔들릴 거거든." 둘 다 침묵을 지키며 가만히 있었다. 그러다가 다시 함께 「아이린」을 부르기 시작했다. 어둠과 물 사이로 불어오는 바람에서 동전처럼 시큼한 냄새가 풍겨 왔고, 나는 여기 말고 다른 곳에 있기를 정말로 간절히 바랐다. 바람과 달빛으로 말미암아 세상이 아주 광활해 보였다. 이모는 시간을 전혀 의식하지 않고 있었다. 이모에게 시(時)와 분(分)이란 열차 시간표를 의미했고, 우리는 9시 52분 열차를 기다리는 중이었다. 이모는 편안해 보이지도, 그렇다고 불편해 보이지도 않았으며 또한 인내심이 강한 것 같지도, 그렇다고 안달하는 것 같지도 않았다. 이모는 노래를 하지 않을 때는 그냥 잠자코 있었고, 다리 바깥쪽으로 노를 젓지 않을 때는 그저 가만히 있을 따름이었다.

나는 기다리는 것이 싫었다. 만일 나에게 특별한 불만이 하나 있다면, 그건 내 삶이 온통 기다리는 일로 이루어진 것 같다는 점이었다. 나는 기다리고 있었다. 도착과 해명과 사죄를……. 내가 어떤 순간의 한계와 중요성에 막 익숙해질 찰나 다음 순간으로 쫓겨 들어가, 다시 한 번 어둠 속에 어떤 형체가 숨어 있지 않을까 궁금해하도록 만들어진 게 사실이 아니라면, 받아들일 수 있었던 사실은 아무것도 없었다. 대개의 순간이 사실상 다 똑같다고 해서 다음 순간이 완전히 다르지 말라는 법은 없다. 따라서 아무리 평범한 것이라 하더라도 눈 한 번 깜박이지 않은 채 주의를 기울여야 했다. 어떤 지루한 시간도 그것으로 마지막이 될 수도 있는 법이니까.

"이모." 내가 이모를 불렀다.

아무 대답이 없었다.

현재의 모든 순간은 오로지 생각하는 것뿐이었다. 물 위에 떠있는 그림자가 물과 잘 어울리듯이, 생각은 그 부피나 무게에서 그것이 솟아 나온 어둠과 아주 잘 어울렸고, 그림자와 같은 식으로 제멋대로이거나 그저 주어진 것이거나 했다. 연못을 들여다보기 위해 몸을 숙이는 사람은 바로 그 연못 속에 어리는 사람이고, 우리 눈을 들여다보는 사람 또한 바로 우리 눈동자에 비친 그 사람 자신이다. 이것은 왈가왈부할 것도 없는 사실로, 결국 우리의 생각이라는 것도 생각에 앞서 지나간 일들을 비추는 것이다. 하지만 어려운 점이 있었다. 하나는 할아버지가 타고 계시던 기차의 잔해가 그것을 직접 보았을 경우보다 훨씬 더 생생한 모습으로 내 마음속에 살아 있다는 점이었다.(마음의 눈이란 어둡다고 해서 전혀 볼 수 없는 것이 아니기 때문이다.) 또 하나는 내 앞에 있는 얼굴 없는 형체가 이모인 것과 마찬가지로 우리 엄마일 수도 있다는 점이었다. 내가 "이모." 하고 불렀더니 이모가 대답하지 않았다. 그러니 어떻게 알 수 있단 말인가? 만일 내 눈에 이모가 엄마로 보인다면 사실상 어떻게 이모가 엄마가 아닐 수 있을까?

"이모!" 다시 한 번 이모를 불렀다.

여전히 아무 대답이 없었다.

우리가 다시 다리를 마주 보고 있는 상태로 다리 밑에 거의 다다랐을 때 대들보가 윙윙거리기 시작했다. 이모가 손바닥을 말뚝에 갖다 댔다. 소리가 점점 더 커지면서 다리 전체로 떨림이 퍼져 나갔다. 기다란 다리 전체가 경보를 울리면서 순식간에 척추처럼 팽팽하게 긴장했다. 하지만 소리만 듣고서는 어느 쪽에서 기차가 올지 도무지 감을 잡을 수 없었다. 이모가 노 젓기를 멈추자 보트가 앞뒤로 흔들리면서 점점 더 다리 밑으로 나아갔다. 이모가 무릎 위에 팔을 포개고 얼굴을 묻은 채, 보트가 살짝 기울어지도록 몸을 흔들고 흔들고 또 흔들었다.

"엄마." 내가 속삭이듯 불렀지만 이모는 대답하지 않았다.

곧이어 다리가 무너질 듯 덜거덕거리며 흔들리기 시작했다. 모든 연결 부위에 충격이 가해지면서 덜컹덜컹 부딪치는 소리가 났다. 내 머리 위로 별똥별처럼 지나가는 불빛이 보였다. 뒤를 이어 강렬하면서도 불쾌한 검은 기름 냄새가 났고, 철로를 따라 바퀴가 이를 갈며 지나가는 소리가 들렸다. 엄청나게 긴 열차였다.

이모가 자리에서 일어섰다. 보트가 허우적거리면서 물이 내 발을 덮쳤다. 이모가 뒤를 돌아보았다. 보트가 흔들리지 않도록 말뚝을 두 팔로 끌어안았다. 열차 꽁무니가 머리 위로 지나가면서 빠른 속도로 멀어져 갔다. 이모가 손가락으로 머리를 빗어 내리면서 알아들을 수 없는 말을 중얼거렸다.

"뭐라고 하셨어요?" 내가 소리를 질렀다.

"아무 말 안 했다." 이모가 뒤집은 손바닥으로 다리와 물을 가리키며 말했다. 그러더니 머리 뒤를 매만지면서 달빛이 어리는 호수를 뚫어지게 쳐다보았다. 자신이 보트 안에 있다는 사실을 전혀 기억하지 못하는 것 같은 태도였다. 이모가 발을 옆으로 내디디면서 원피스 자락이 이모 주위로 부풀어 오르고, 팔을 들어 올린 채 달빛을 뚫고 겨울잠을 자는 호수 속으로 미끄러져 들어갔다 하더라도 나는 하나도 놀라지 않았을 것이다.

"이모." 내가 다시 이모를 불렀다.

그제야 이모가 입을 열었다. "그나저나 실컷 보지 못한 것 같구

나. 사람들이 잠을 잘 수 있도록 기차 안의 불을 꺼놓거든. 내가 넋을 놓고 멍하니 있는데 기차가 갑자기 머리 위에 와 있지 않겠니. 그런데도 소리는 별로 크게 나지 않았고."

"앉으셨으면 좋겠어요."

이모가 자리에 앉더니 다시 노를 저어 보트를 다리에서 멀어지게 했다. "기차가 분명 바로 여기 우리 아래 있을 거야." 이모의 말이었다. 이모가 몸을 기울이고 물속을 들여다보았다. "수많은 사람들이 언덕에서 이리로 왔단다. 검은 상장을 단 것만 빼면 마치 7월 4일(미국 독립 기념일—옮긴이) 같았지." 이모가 웃음을 터뜨렸다. 그러더니 몸을 홱 돌려서 다른 쪽을 내려다보았다.

바람이 이는 데다 우리 신발까지 물에 잠겨 있었던 까닭에 배가 다소 무거운 듯이 물속에 떠있었다. 손으로 물을 퍼서 옆으로 흘려보냈다. 이모가 고개를 저으면서 말했다. "아무것도 무서워할 것 없단다. 아무것도 걱정할 것 없어. 하나도." 이모가 호수 속에 손을 담갔다가 손가락에서 물이 뚝뚝 떨어지게 했다. "호수가 사람들로 가득 차있는 게 틀림없어. 평생 그런 이야기를 들어 왔거든." 이모의 말이었다. 그러더니 웃음을 터뜨리며 말했다. "기차에 사람들이 많이 타고 있었는데 아무도 그런 줄 모를걸." 그러면서 물이 차갑지 않다는 듯 손으로 물을 만지작거렸다. "나는 그걸 한 번도 몰래 하는 나쁜 짓이라고 생각하지 않았어." 이모가 생각에 잠긴 채 말했다. "아무에게도 해도 끼치지 않고 그저 모든 사람이 다니는 길에서 벗어나 텅 빈 곳을 찾은 것뿐이란다. 거기 있다는 것을 아는 사람조차 없었어." 이모가 한동안 입을 다물고 있다가 다시 입을 열었다. "모두가 그 기차를 탔단다. 거의 완전히 새것이었지. 호화로웠고. 식당 칸에는 샹들리에도 달려 있었다더구나. 모든 이들이 그 기차를 타보았다고 말했어. 내 친구들 모두, 혹은 걔들 어머니나 하다못해 삼촌이라도 탔었다고 하더구나. 아주 유명한 기차였어." 이모가 손가락 사이로 물을 흘려보내면서 말했다. "그러니까 화물 칸에도 사람들이 많이 타고 있었을 게 틀림없다고. 얼마나 많았는지야 아무도 모르지. 모두들 자고 있었을 거야."

그러고 나서 이모가 덧붙였다. "절대로 알 수 없을걸."

내 발목까지 얇은 달빛의 휘장 속으로 사라져 버린 것을 깨달았다. 이모가 움직이자 달빛이 헝클어지면서 그 위로 그림자가 졌고, 이모가 뱃머리에 기대 누운 채 물속에다 손을 집어넣었다. 그 순간 문득 적당한 높이에서 내려다볼 수 있다면 이 모든 달빛이 함께 어우러져 과연 온전한 달의 모습을 이루게 될 것인가 하는 의문이 떠올랐다. 눈구멍과 입처럼 보이는 그늘과 함께…….

"춥지 않아요, 이모?" 내가 물었다.

"집에 가고 싶니?"

"그럼요."

이모가 노를 잡더니 핑거본을 향해 젓기 시작했다. "나는 기차만 타면 잠이 안 온단다. 나로서는 어떻게 할 수 없는 일이지."
이모의 말이었다. 바람이 기슭에서 불어오는 통에 물살이 우리를 계속 다리 쪽으로 끌고 갔다. 이모가 아무리 열심히 노를 저어 대도 보트는 거의 움직이지 않는 것처럼 보였다. 핑거본의 불이 다 꺼져 있고 다리의 말뚝도 서로 다 비슷비슷해서 확실히 그렇다고 장담할 수는 없었지만 말이다. 이모를 바라보고 있자니 어쩐지 꼭 꿈을 꾸는 것만 같았다. 이제나저제나 똑같으면서도 꼭 필요한 동작이 아무런 보람도 없이 끈질기게 반복되고 있었기 때문이다. 일련의 연속된 동작 가운데 하나가 아니라, 혹시나 신비한 것을 찾을 수 있지 않을까 해서 한없이 반복하는, 똑같은 동작 말이다. 마치 우리 두 사람이 호수 바닥에 누워 있는 낡은 기차 잔해에 사슬로 묶여 있는 것만 같았다. 우리를 그 자리에서 맴돌게 하는 것은 바람이었다. 할아버지의 공허한 눈길을 벗어나는 것이 가능하긴 했지만 어마어마한 노력이 필요했다. 이모가 노를 내려놓고 팔짱을 끼자 보트가 다시 흔들리면서 기슭에서 멀어져 갔다.

"제가 한번 저어 볼게요." 이번에는 내가 나섰다. 이모가 자리에서 일어나는 바람에 배가 기우뚱했다. 내가 이모의 다리 사이로 기어 나갔다.

나의 경우는 늘 왼쪽 팔이 오른쪽보다 힘이 더 셌다. 그런 까닭에 다리 옆에 있겠다는 생각을 접을 때까지 양쪽 노를 함께 저을 때마다 두 번에 한 번꼴로 오른쪽 노를 3분의 1씩 더 저어야 했다. 앞으로 나아갈 수만 있었더라면 다리를 따라가는 것이 집으로 가는 가장 빠른 길이었을 것이다. 하지만 결국 이제까지와 마찬가지로 물살이 우리를 다리 밑으로 해서 남쪽으로 데려가도록 내버려두었다. 바람이 쉬지 않고 부는 통에 기슭에 접근하는 것이 불가능했다. 나는 노를 내려놓았다. 이모가 팔짱을 낀 채 그 위에 머리를 올려놓고 있었다. 이모가 흥얼거리는 소리가 들렸다. "팬케이크가 좀 있었으면 좋을 텐데." 이모의 말이었다.

내가 말을 받았다. "햄버거가 있었으면."

"쇠고기 스튜가 좀 있었으면."

"파이 한 조각만 있었으면."

"밍크코트가 있었으면."

"전기담요가 있었으면."

"루스야, 자지 마라. 자고 싶지 않구나."

"저도 그래요."

"노래할까?"

"좋아요."

"무슨 노래를 부를지 생각해보자."

"그래요."

바람 부는 소리를 들으며 둘 다 잠자코 있었다. "얼마나 멋진 날인가." 이모가 말하면서 웃음을 터뜨렸다. "언제나 그렇게 말하던 여자를 알고 있었단다. 얼마나 멋진 날인가, 얼마나 멋진 날인가. 그런데 그 여자가 그 말을 할 때마다 참 슬프게 들렸지."

"그 여자는 지금 어디 있는데요?"

"누가 알겠니?" 이모가 웃으면서 대답했다. 달이 산 너머로 자취를 감추면서 칠흑 같은 밤으로 바뀌고 있었다. 이모는 내가 모르는 노래를 혼자 흥얼거리기 시작했고, 이제나저제나 똑같은 순간이 이어졌다. 이따금 우리가 돌아앉거나 파도가 보트 옆구리를 찰싹찰싹 칠 때만 빼고……

"보트를 다리에 묶어 놓을 수도 있었는데." 이모가 말했다.

"그러면 동네에 가깝게 있으면서 이렇게 생고생을 하지 않아도 되었을 텐데 그랬구나."

"그런데 왜 그러지 않으셨어요?"

"그런 건 중요하지 않아. 「우듬지의 참새」라는 노래 아니?"

"노래하고 싶지 않은데요."

이모가 내 무릎을 쓰다듬으면서 말했다. "자고 싶으면 자. 그래도 아무 상관 없을 테니까."

해가 떴을 때 보니 우리는 호수 서쪽 기슭 부근에 와있었는데, 여전히 다리가 눈에 들어왔다. 이모가 안쪽으로 노를 저었고 함께 호숫가에다 보트를 끌어다 놓은 다음, 큰길로 올라가서 철로를 향해 걸었다. 이모가 동쪽으로 가는 열차가 오는지 보고 있을 동안 나는 바위에 앉아 꾸벅꾸벅 졸았다. 한참 뒤에 화물 열차가

다가왔는데, 다리에 가까워지면서 아주 조심스럽게 속도를 낮춘 덕에 별로 어렵지 않게 유개 화차에 올라탈 수 있었다. 화차 안은 포장용 목제 상자로 절반쯤 채워져 있었고 기름과 지푸라기 냄새가 났다. 늙은 인디언 여자 하나가 무릎을 세우고 그 사이에 팔을 넣은 채 구석에 앉아 있었다. 여자의 피부는 이마의 백피증 자리를 제외하고는 몹시 가무잡잡했는데, 백피증 때문에 머리카락에 윤기가 하나도 없었고 한쪽 눈썹은 하얗게 변해 있었다. 여자는 피아노 커버 같은 술 장식이 있는 더러운 자주색 숄을 둘둘 감은 채 그 위에서 곰방대를 빨며 우리를 바라보았다.

이모가 문가에 선 채 자주 호수 너머를 내다보며 말했다. "참 아름다운 날이구나." 통통한 아기 천사처럼 부푼 하얀 뭉게구름이 위풍당당한 모습을 자랑하며 하늘을 흘러 다녔고, 하늘과 호수는 우아한 담청색으로 빛났다. 노아의 홍수가 절정을 이루면서 세상이 온통 물바다가 되자 마침내 하나님께서 이를 측은히 여기는 날이 왔다. 위대한 자연이 물 위에 반사되도록 예정된 바로 그날 아침, 노아의 아내가 덧문을 열었던 게 분명하다고 상상해 보라. 홍수로 넘쳐흐르던 물이 잔물결을 이루면서 반짝반짝 빛나고, 이제는 달라진 신의 섭리 아래 구름은 오로지 아름다운 풍광만을 더할 뿐이었다는 사실도 능히 짐작이 가리라. 정말로 물속은 사람들로 가득 차있었고, 우리는 어릴 때부터 그런 이야기를 들으면서 자랐다. 창밖을 내다보던 노아의 아내는 죽음의 무도회 한가운데에서 모든 일가친척들과 같이 있고 싶었을 것이다. 왜냐하면 얼떨떨한 햇빛 아래에서 뭉게구름을 바라보며 감탄하고 있는 이곳을 인간이 사는 세상이라고는 할 수 없었기 때문이다.

호수를 내다보고 있노라면 노아의 홍수가 결코 끝난 것이 아니라고 믿을 수밖에 없었다. 만일 물 위에서 길을 잃어버린다면 어떤 언덕도 다 아라라트 산이 되게 마련이다. 물밑에는 항상 과거가 쌓여 있으니, 사라지면서도 사라지지 않고 죽으면서도 살아남은 과거다. 노아의 아내가 늙은 다음, 어디선가 대홍수의 잔해를 발견했다고 상상해 보자. 그녀는 자신의 상복이 머리 위로 둥둥 뜨고 물이 땋은 머리를 다 풀어헤칠 때까지 그곳을 향해 걸어 들어갔을 것이다. 또 자식들에게 물려줌으로써 그 따분한 이야기가 대대손손 전해 내려오도록 했을 것이다. 그녀는 이름 없는 여인이었다. 따라서 누구 하나 찾지도 않고 그리워하지도 않는 이들 사이에 있는 것이 편했다. 그들의 죽음이나 탄생을 아무도 알아차리지 못했기에 누구 하나 기념해 주지 않는 그런 사람들 틈에서 말이다.

구석에 있던 늙은 여자가 끈질기게 나를 곁눈질했다. 이를 만져 보기 위해 기다란 손가락을 자기 입 속 깊숙이 집어넣기도 했다. 이윽고 그 여자가 입을 열었다. "이 애는 크는 중이구먼." 이모가 대답했다. "아주 착한 아이죠!"

"임자가 늘 말했던 것처럼." 여자가 나를 보고 눈을 찡긋했다.

그렇게 우리는 호수 위를 지나 핑거본으로 들어왔고, 이모와 나는 화물 조차장에서 내렸다.

그런 다음 집으로 걸어왔다. 두 사람의 꼬락서니는 아주 가관이었다. 하지만 다행히도 엉망진창이 된 내 옷은 소매는 손가락 끝까지 덮고도 남고 길이는 거의 발목까지 내려와 있던 이모의 코트 속에 완전히 가려졌다. 이모가 손가락으로 머리를 빗은 다음 가슴을 꼭 끌어안으며 짐짓 체면을 구겼다는 표정으로 말했다.

"사람들이 빤히 쳐다봐도 신경 쓰지 마라."

우리는 시내를 지나왔다. 이모는 눈 위로 20센티미터쯤 되는 지점에 시선을 고정시킨 채 걸었다. 그런데 사실을 말하면, 많은 이들이 우리를 흘끔 쳐다보고 나서 다시 한 번 돌아보기는 했지만, 놀라서 움찔하는 사람은 아무도 없었다. 잡화점 앞에서 루실과 그 친구들을 지나쳤지만 이모는 알아차리지 못한 것 같았다. 다른 애들과 마찬가지로 루실도 헐거운 스웨터에 접어 올린 청바지를 입고 운동화를 신고 있었다. 뒷주머니에 손을 찌르고 있던 루실의 시선이 우리 뒤를 쫓았다. 나한테로 주의를 끌면 안 된다는 생각이 들었다. 루실이 지금 얼마나 외모에 목숨을 걸고 있었기 때문이다. 그래서 그 애가 나를 보는 것을 알아차리지 못한 양 계속 걷기만 했다.

그러다가 시커모어가에 와서야 비로소 안도감을 느꼈다. 비록 개들이 귀를 뒤로 까뒤집은 채 현관에서 달려 나와 우리를 향해 사납게 짖어 대면서 달라붙어 물고 뜯고 난리를 치기는 했지만 말이다. 여태까지 그놈들이 그렇게 날뛰는 건 한 번도 본 적이 없었다. "무시해버리렴." 이모가 말하면서 돌멩이를 집어 들었다. 그것이 그놈들을 더 흥분하게 만든 것 같았다. 사람들이 제각기 현관으로 나와 큰 소리로 불렀다. "이리 와, 제프." "집으로 오렴, 브루투스." 등등. 하지만 개들은 제 주인이 부르는 소리를 못 들은 것 같았다. 거리를 다 통과할 때까지 우리는 우리 발목 주위를 오락가락하며 미친 듯이 날뛰는 똥개들에 둘러싸여 있었다. 나도 이모가 하는 대로 무관심한 척 굴었다.

마침내 집에 도착하자 이모가 불을 피웠고, 우리는 난롯가에 앉았다. 이모가 크래커와 시리얼을 찾아 왔지만 너무나 피곤한 나머지 아무도 그걸 먹지 못했다. 이모가 내 머리를 쓰다듬어 준 뒤 몸을 눕히기 위해 방으로 갔다. 루실이 주방으로 들어와 이모 의자에 앉았을 때 나는 거의 잠이 든 상태였다. 그 애는 아무 말도 하지 않았다. 그냥 운동화 끈을 새로 묶기 위해 한 발을 들어 올리면서 주방 안을 둘러보았다. 그러다가 마침내 입을 열었다. "그 코트 좀 벗지그래."

"옷이 다 젖었어."

"갈아입으면 되잖아."

너무 피곤해서 움직일 수가 없었다. 루실이 현관에서 장작을 좀 가져다가 난로 속에 집어넣었다.

"그건 그렇고. 그나저나 어디 갔었어?" 루실이 물었다.

그때 나는 생각을 정리하자마자 루실에게 다 말해 주려고 했고 실제로도 그랬을 것이다. 그리하여 호수에 갔었다고, 다리에 갔었다고, 운을 뗐다. 그런데 루실에게 좀 더 그럴 듯한 대답을 해 줘야 할 것 같다는 느낌이 강하게 들기 시작했다. 실제 루실에게 내가 정확히 어디에 갔었는지 정말로 말해 주고 싶었다. 그런데 이것을 루실에게 말하는 것이 얼마나 중요한 일인가 하는 바로 그 생각을 하다가 그만 잠이 들고 말았다. 이모와 내가 어둠 속을 떠내려가는 꿈을 몇 번이나 꾸었다. 꿈속에서 나는 우리가 어디에 있는지도 몰랐는데, 어쩌면 이모는 알고 있으면서 말하지 않았는지도 몰랐다. 또 호수 속으로 이어진 활강로가 된 다리를 통해 근사한 객차들이 수면을 어지럽히지 않으면서 차례차례 물속으로 미끄러져 들어가는 꿈도 꾸었다. 다리가 타르 칠을 한 집으로 보이면서 이모와 내가 거기 사는 아이들을 찾는 꿈도 꾸었다. 그런데 아이들의 소리는 들리는데도 도무지 찾을 수가 없었다. 이모가 내게 물속을 걷는 법을 가르치는 꿈도 꾸었다. 몹시 느릿느릿 움직이려면 끈기 있고 얌전해야 했다. 이모가 가장 느린 왈츠 박자로 나를 자기 뒤로 이끄는 바람에 옷자락이 그림 속 천사들의 망토마냥 길게 휘날렸다.

루실이 내게 무슨 말인가를 했던 것 같다. 내가 굳이 이모와 같이 있을 필요가 없다고 말했던 것 같다. 또 나를 위로하는 말도 해주었던 것 같다. 루실은 청바지의 헐렁한 무릎 부분에 주름을 잡고 있었다. 그러면서 침착하고 다정한 태도로 무슨 이야기인가를 했던 것이 확실하건만 나는 그 애가 하는 말을 하나도 알아들을 수 없었다.

9

그 뒤로 몇 주일 사이에 보안관이 두 번이나 찾아왔다. 키가 크고 뚱뚱한 남자로 턱을 안으로 끌어당기고 손은 배 아래쪽에 포갠 채 똑바로 서있었다. 바지와 윗도리에 아주 빳빳하게 주름을 세운 회색 양복을 입었는데, 등과 소매 위쪽이 팽팽하게 당겨져 있었다. 우리 집에 왔을 때, 그는 두 번 다 현관 앞에 서서 날씨에 관한 이야기를 꺼냈다. 몸짓 하나하나에 몹시 곤혹스러워하는 기색이 역력했다. 보안관은 입술을 빨면서 자기 엄지손가락이나 천장만 쳐다보고 이야기했고, 목소리도 겨우 들릴락말락 하였다. 독립 기념일 축하 행진을 정기적으로 이끄는 사람이 바로 이 남자였다. 그는 사슴 가죽으로 만든 옷에 가죽 장화를 신고 비리비리한 적갈색 말을 탔으며 등자 안에 지나치게 큰 깃발을 싣고 걸었다. 보안관 뒤로 늙고 쇠약한 핑거본 부족 추장과 절반은 아일랜드 피가 섞인 그의 의붓딸, 그리고 추장이 첫 번째 결혼에서 얻은 나이 먹은 자식들이 따라갔다. 그런 다음 밴드걸이 이어졌다. 물론 그의 역할이 의례적인 것 이상이라는 것은 알고 있었다.

핑거본 주민과 그 주변 지역 사람들은 걸핏하면 살인을 저지르곤 했다. 또 끔찍한 범죄에는 모조리 섬뜩한 사고가 연루되어 있는 것 같았다. 호수와 철로도 그렇고, 눈보라와 홍수와 헛간에 난불과 산불도 그렇고, 또 엽총과 곰을 잡기 위한 덫도 그랬다. 집에서 만든 독주와 다이너마이트를 흔히 사용하는 것도 그렇고, 외로움과 신앙심이 널리 퍼지면서 그것이 야기하는 격정과 황홀경도 그렇고, 나아가 숨 막히는 가족 간의 문제에 이르기까지 폭력은 피할 수 없는 것이 되어 있었다.

옛날부터 전해 오는 아주 끔찍한 이야기들은 눈사태냐 폭발 사고냐 하는 세부적인 부분만 좀 달랐을 뿐, 어떤 것이든 간에 거기서 거기인 비슷비슷한 내용들이었다. 그러므로 다시는 만날 일이 없을 거라고 확실시되는 사람들을 제하고는 너무 슬픈 나머지 그 이야기를 들려줄 수 없었다. 수십 년 동안 보안관은 이런 사건들의 발단을 관장하기 위해 조산원처럼 호출당해 왔다. 시궁창이나 음침한 곳에서 피를 흘리며 사건이 탄생하는 것을 관장하기 위해……. 그러므로 사람들은 그의 마음이 딱딱하고 무감각해졌으리라 생각할 것이 틀림없었다. 하지만 그가 민망하고 유감스럽다는 듯이 우리 집 문을 어설프게 두드리면서 난감해하는 기색을 여지없이 드러내고 있었기에 이모는 그가 온 이유를 모르는 척할 수 있었다.

그가 찾아온 이유는 비록 신고가 되기는 했지만 그래도 배를 훔친 일 때문은 아니었다. 내 무단결석 때문도 아니었다. 나는 마음만 먹으면 얼마든지 학교를 그만둘 수 있는 나이가 다 되어 있었다. 그렇다고 이모가 나를 데리고 밤새도록 호수에 있었던 것 때문도 아니었으니, 우리가 어디에 있었는지는 아무도 몰랐기 때문이다. 문제는 우리가 화물 열차를 타고 핑거본으로 돌아왔다는 사실이었다. 이모 자신도 떠돌이 증세가 가라앉지 않은 상태에서 나마저 떠돌이로 만들고 있었기 때문이다.

핑거본 사람들이 근엄한 동정심을 품게 되었다. 거기에 동네 전체의 기반이 얼마나 취약한지 모르는 사람은 아무도 없었다. 해마다 홍수가 났고, 화재도 한 번 일어났다. 제재소는 자주 문을 닫거나 불타 버리곤 했다. 다른 곳은 여기와는 상황이 다르다는 보고도 있었지만, 아무튼 울적한 밤이면 누구라도 핑거본이 별 볼 일 없고 살기 힘든 곳이라는 생각에 빠져들 수 있었다. 따라서 항상 이산(離散)에 대한 위협이 존재했고, 어떤 생명체도 존재하지 않았다. 비록 영겁의 세월이 흐르는 동안 망설이듯 줄기가 나타났다 딱지 안에 갇히고, 아주 조그맣게 줄어들고, 진흙 맛을 내게 되고, 우물 속 깊은 곳이나 바위 밑에 숨겨지긴 했어도……. 물론 생명체는 살 수만 있다면 계속 살아갈 것이다.

그와 마찬가지로 핑거본도 분명 온갖 악조건에도 불구하고 때로는 즐겁고 평범한 곳처럼 여겨졌기에, 나름대로 소중한 터전으로서 사람들은 그럴 수만 있다면 거기서 계속 살아갈 터였다. 그러므로 떠돌이 생활을 하는 게 더 나을 것 같거나 그런 것이 아무 상관 없어 보이는 모든 방랑자들이 얼핏 도덕적으로 보이는 반응에 부딪쳤다. 도덕성이야말로 가장 강렬한 유혹을 제지하는 수단이기 때문이었다.

이런 이방인들은 현관 계단에서 밥을 얻어먹거나 때로는 난로 곁에서 몸을 데우기도 했다. 첫눈에 동정심이나 자비심에서 우러나온 것 같은 대접이었다. 동정심이나 자비심은 그 근본에서, 아직 우리를 건드리지 않은 어두운 세력을 누그러뜨리고자 하는 작전일 수 있기 때문이었다. 이런 사람들 중의 하나가 마을 관할권 내에서 죽게 되면 목사는 "이 불운한 자."라고 말할 수 있었다. 마치 이름 없는 자의 무덤이 묘비가 세워진 무덤보다 조금 더 깊기라도 하다는 듯이. 그리하여 떠돌이들이 유령처럼 사람을 놀라게 하면서 핑거본을 어슬렁거리고 돌아다녔다. 그들도 우리와 별로 다를 바가 없었기 때문이다. 따라서 동네 사람들한테는 내가 구조되어야 하고, 그런 구조가 가능하다고 믿는 것이 대단히 중요한 일이었다. 만일 보안관이 안에서 아무 살인 사건도 일어나지 않은 집의 문을 두드리지 말았어야 한다고 느꼈다면, 그는 누구보다도 산전수전을 많이 겪은 사람으로서 능히 용서받을 수 있을 터였다. 떠돌이들이 그렇게 마을에 출몰하는 것은 그들에 대한 보안관의 관대함 때문이었다. 그들은 버려진 집이나 무너진 집에서 잤고, 다리 밑이나 기슭을 따라 오두막이나 달개 지붕 집을 지었다. 그들은 우리가 듣는 데서 이야기하거나 우리를 똑바로 쳐다보는 일이 거의 없었던 반면에, 우리는 그들의 얼굴을 흘끔거리며 훔쳐보았다.

마치 오래된 사진 속에 나오는 사람들 같았다. 사진 속 사람들을 지식이나 습관이라는 베일을 통해 보지 않듯이, 우리는 그들의 주름지고 상처 난 얼굴을, 깜짝 놀라거나 무표정한 모습을 그냥 있는 그대로 꾸밈없이 보았다. 그들의 역사가 죽은 사람의 것처럼 완결된 것이라고 생각해도 되었으며, 단지 무엇이 그들을 유령처럼 투명한 존재로, 떠돌이로 만들었을까에 대해서만 궁금하게 여겼다. 떠돌이로서 그들의 삶은 스틱스 강을 건너는 데 필요한 뱃삯을 내지 못해 오락가락하면서 고민에 싸여 자잘한 충돌을 일으키는 유령의 그것과 비슷했다. 얼마나 짧은 인생에 얼마나 긴 후기가 딸리든지 간에 그것은 여전히 역사의 일부가 되지 못했다.

만일 그들이 말을 한다면, 재앙과 치욕과 견디기 힘든 슬픔으로 가득 찬 이야기로 우리를 놀라게 할 것이라는 게 우리의 생각이었다. 그 이야기는 산 속으로 날아가서 그 안의 어두운 땅과 새들의 울부짖음 가운데 머무를 것이리라……. 그처럼 순수한 슬픔의 경우, 누가 나의 슬픔과 너의 슬픔을 구별할 수 있을까? 슬픔의 원인으로 말하면 모두가 하나같이 집에서 쫓겨났다는 것이다. 핑거본 사람들은 늘 쫓겨난 사람들 사이에서 살고 있었다. 시절이 안 좋을 때는 마을이 그런 사람들로 넘쳐 났는데, 그들이 밤중에 거리를 나돌아 다니기라도 하면 핑거본의 아이들은 이불을 머리끝까지 뒤집어쓴 채 오래된 기도문을 중얼거렸다. 자다가 죽더라도 하나님께서 자기들의 영혼을 거두어 주실 것을 비는 기도였다.

이웃집 여자들과 교회 부인들이 우리에게 볶음밥과 커피케이크를 가져다주기 시작했다. 또 손으로 뜬 양말과 모자와 긴 털목도리도 가져다주었다. 그들은 선물을 무릎 위에 올려놓은 채 소파 끄트머리에 앉아 이모가 수집하는 깡통과 병에 대해 조심스럽게 물어보곤 했다. 이런 부인들 중 하나가, 친구가 보호 관찰 담당 판사의 아내라고 소개했다.

루실이 이런 광경을 보지 않게 되어 정말로 기뻤다. 우선 이모나 나나 이웃 사람들을 집 안으로 불러들일 생각이 전혀 없었다. 거실은 이모가 들고 온 신문이나 잡지로 가득 차0있었다. 그중 어떤 것은 파리를 잡기 위해 둘둘 말려 있었던 점을 감안한다 하더라도 그래도 제법 깔끔하게 쌓여 있었다. 아무튼 그것들은 벽

난로가 있던 방 귀퉁이를 차지했다. 한편 소파 맞은편 벽을 따라 깡통이 쌓여 있었다. 신문과 마찬가지로 천장까지 닿았고 바닥도 상당히 많이 차지했다. 물론 그 사람들을 대접할 작정이었다면 다른 식으로 정돈할 수도 있었겠지만, 우리는 전혀 그럴 계획이 없었다.

손님들은 깡통과 신문을 흘끔거렸다. 마치 이모가 그것들이 거실에 어울린다고 생각하는 것이 분명하다고 여기는 눈치였다. 그것이야말로 웃기는 노릇이었다. 우리는 단지 그 방을 거실로 생각하지 않았을 뿐이었다. 이 부인들의 관심을 갖기 전까지는 아무도 찾아오지 않았기 때문이다. 아무런 쓰잘데없는 깡통이나 신문지를 모아 놓는 데 사용하는 방을, 누가 거미줄을 쓸어내고 청소할 생각을 한단 말인가? 내 생각에 이모는 모아 두는 것을 살림의 요체라고 여겼기 때문에 그냥 그것들을 모아 놓지 않았나 싶다. 또 쓸데없는 물건들을 쌓아두는 것을, 무척 꼼꼼하게 절약한다는 증거로 여겼던 게 아닌가 싶기도 하다.

주방에도 깡통과 누런 종이봉투가 쌓여 있었다. 이모는 그런 것들이 쥐를 끌어들인다는 사실을 알고 귀가 절반밖에 없고 배는 불룩한 노란 고양이를 한 마리 데려왔는데, 그놈이 새끼를 두 번이나 낳았다. 먼저 낳은 놈은 2층 바닥에 둥지를 틀기 시작한 제비를 잡아먹을 만큼 이미 다 자랐다. 고양이는 아주 효과적이고 쓸모가 있었지만 종종 새를 물고 들어와서 날개와 발과 대가리를 거실에 늘어놓았고, 심지어는 소파 위까지 남겨놓은 적도 있었다.

물론 우리 집에 온 부인들은 셀 수도 없이 많은 새를 잡아서 뜨거운 물에 데치고 털을 뽑고 내장을 긁어내고 다리를 잘라, 기름에 튀겨 먹은 사람들이었다. 그래 놓고서도 그들은 제비와 참새의 잔해를 보고 깜짝깜짝 놀랐고, 또 열셋인가 열네 마리였던 고양이를 보고 몹시 놀랐다. 나는 부인들이 그 방 혹은 그 집에 앉아 있는 한, 그들의 관심사나 화제가 절대로 바뀌지 않으리라는 것을 알고 있었다. 따라서 으레 양해를 구한 다음, 2층 내 방으로 올라가 신발을 벗어 놓은 뒤 다시 살금살금 기어 내려왔다. 이 단순한 속임수를 통해서 나는 적어도 운명이, 내 운명이 진행되는 과정에 은밀히 관여하게 되었다.

그 사람들과 이모 사이의 대화 중간중간에 여러 차례 침묵이 이어졌다. "올해는 겨울이 빨리 온 것 같군요." 이모가 말을 꺼내면 누군가 말을 받았다. "저 깨진 유리창을 끼우게 남편을 보내드릴게요." 그러면 또 다른 누군가 말을 잇는다. "우리 밀턴이 당신을 위해 장작을 좀 패드릴 거예요. 그 녀석은 운동이 필요하거든요." 그런 다음 침묵이 흘렀다.

이모가 다시 말문을 연다. "커피 좀 내올까요?" 그러면 그들 중의 하나가 대답한다. "괜찮아요." 이번에는 다른 이가 나섰다. "벙어리장갑이랑 케이크랑 볶음밥 좀 드리려고 잠깐 들렀어요."

이어 또 다른 사람이 덧붙인다. "성가시게 해드리고 싶지는 않아요." 그런 다음 다시 침묵이 이어진다.

부인들 중 하나가 이모에게 핑거본에서 외롭지 않느냐고, 혹은 같은 나이 또래의 친구를 좀 사귀었느냐고 묻는다. 이모는 그렇다고, 외롭다고, 또 친구를 사귀는 게 어렵다고 대답한다. 그러면서 외로운 데는 이골이 났기 때문에 별로 신경 쓰지 않는다고 덧붙였다.

"그나저나 루스랑 많은 시간을 보내시더군요."

"아, 요즘은 거의 내내 그런 셈이죠. 그 애는 저한테 또 다른 언니 같아요. 그 애 엄마가 다시 돌아온 것 같아요."

그 뒤를 이어 다시 오래오래 침묵이 흘렀다.

이모에게 이야기를 하러 온 부인들은 분명한 의도와 구체적인 목적을 가지고 있었지만, 미로와 같은 우리의 사생활을 풀어 나가는 일에 겁을 먹고 있었다. 일반적인 대화 요령은 어느 정도 알고 있었지만, 실제로 써먹어 본 적이 별로 없는 사람들이었다. 그바람에 실수로 조심성을 잃어버리거나 애매하게 에둘러서 말하거나 스스로 당황하기 일쑤였다.

그들은 성서의 명령에 따라 상처받은 자의 고통을 덜어 주고, 아픈 자를 돌봐 주었으며, 애통해하는 자와 더불어 슬퍼하면서 그들을 위로해 주었다. 또 너무 슬프고 고독한 나머지 동정조차 원치 않는 사람에게는 자선 행위를 묵묵히 받아들이는 침묵 속에서 자기들의 빈약한 수입이 허락하는 한 그냥 먹을 것을 주거나 입을 것을 제공하는 것으로 만족했다. 비록 그들의 선행이 다른 부분의 부족함을 대신한 것이기는 했어도 어쨌거나 그들은 훌륭한 부인들이었다. 그들은 소녀 시절부터 기독교적인 박애 정신에 입각해 행동하고 처신하도록 키워진 덕에 이런 행위나 태도가 하나의 습관이 되어 있었다. 심지어 그 습관이 아주 뿌리 깊게 박힌 나머지 아예 충동이나 본능으로 보일 정도였다. 만일 외로움이나 살인 사건 외에 핑거본에 두드러진 점이 있다면 그것은 가장 순수하고 희귀한 종류의 종교적 열정이었다. 실제로 핑거본에는 여러 개의 교회가 있으면서 한결같이 죄와 구원에 대해 아주 열렬한 환상을 품고 있었는데, 그 내용이 거기서 거기였기 때문에 다른 교회에 대한 우월성은 오로지 선행에 의해서만 입증될 수 있었다. 그런데 이러한 활동을 수행하는 임무는 전적으로 여자들에게 주어졌으니, 구제 행위란 남자보다 여자에게 훨씬 잘 어울린다는 생각이 보편적이었기 때문이다.

그 부인들이 찾아온 동기는 복잡하면서도 쉽게 찾아내기 힘든 것이었지만 대체로 한 가지로 요약할 수 있었다. 훌륭한 가정교육과 신앙심에 대한 생각, 말하자면 나를 집 안에 안전하게 데리고 있게 하려는 바람과 결심 때문에 우리 집에 오지 않을 수 없었던 것이다. 그들은 내가 최근 몇 달 동안 거의 머리를 빗지 않은 채 끊임없이 머리를 꼬아 대고 씹어 대는 것을 보아 온 게 틀림없었다. 또 지난 몇 달 동안 내가 과연 말을 하고 지냈는지도 알 도리가 없었다. 내가 오로지 이모하고만 이야기를 했기 때문이다. 따라서 그들은 내가 사회성이나 체면치레를 다 잃어버렸다고 추측하면서, 조만간 내가 창문에 유리가 제대로 끼어 있는 깨끗한 집을 불편해할 거라고 짐작했다. 내가 평범한 사회 생활로부터 동떨어져 나갈 것이라는 말이었다. 나는 유령이 될 것이고, 그러면 그들이 주는 음식은 내 허기를 해결해 줄 수 없을 것이다. 내 손이 그들의 오리털 이불이나 베개 사이를 스쳐갈 수는 있지만, 그것을 만지거나 그 속에서 위로를 찾을 수는 없을 것이다. 풀려난 영혼처럼 나는 여기에서 나를 유지하는 데 필요한 것들의 모습이나 환영만을 찾을 것이다.

만일 핑거본 뒤에 서있는 산이 베수비어스 화산이라면, 그리하여 어느 날 밤 그 산이 핑거본을 돌 속에 파묻어 버리자, 살아남은 몇몇 사람과 호기심 많은 자들이 쏟아져 내린 돌무더기를 조사하고 피해 규모를 평가하고 쓰레기 더미를 치우기 위해 다이너마이트와 곡괭이를 들고 온다면, 그들은 돌처럼 굳은 파이와 화석이 되어 버린 요리를 발견하고 겉모습에 속아 넘어갈 것이다.

그와 마찬가지로, 날씨가 험악할 때면 종종 뜨내기들이 모자를 벗고 주방으로 들어왔다가 거실을 들여다보고 중얼거리는 경우가 있을 것이다. "여기 아주 근사한 곳에 사시네요." 또 그들 곁에

서있던 부인은 만일 그녀가 자기 남편과의 인연을 끊고 아이들을 저주하면서 소유하고 있던 모든 것을 이 집도 절도 없는 외로운 사내에게 준다면, 조만간 사내가 "감사합니다."라는 인사를 남긴 뒤 어둠 속으로 사라져버리리라는 것을 알고 있었다. 거의 굶주리다시피 하면서도 여기서는 자신을 버티게 할 만한 것이 아무것도 없다는 사실을 깨닫고, 바람에 날리다 모퉁이에 떨어진 낙엽처럼 모든 것을 그대로 남겨 둔 채 떠나갈 것이다. 왜 모든 사람들이 이 익명의 존재들이 그들의 불 켜진 창문을 들여다보고 있다는 사실을 심판해야 한다고 느끼는 걸까? 사실 그들은 마땅히 누려야 할 쥐꼬리만 한 몫도 챙기지 못하고 있는데…….

이웃 사람들이 의아한 눈빛으로 구경하는 가운데 노아가 자기 집을 부순 다음 그 널빤지를 이용해 방주를 만드는 모습을 상상해보라. 그는 이웃 사람들에게 분명 이렇게 말했을 것이다. 집은 필요할 경우에 대비해 안팎을 역청으로 칠해야 하며 구름 높이만큼 뜨도록 지어야 한다고. 상추밭은 전혀 필요 없고, 튼튼한 기초는 쓸모없는 정도가 아니라 오히려 더 방해만 될 뿐이라고. 또 집에는 나침반과 용골도 있어야 한다고. 이웃 사람들은 주머니에 손을 찌르고 입술을 잘근잘근 씹으면서 이해는 안 가지만 아무튼 무언가가 부족하다는 것을 발견한 자신들의 집으로 어슬렁거리며 돌아왔을 것이다. 어쩌면 이 부인들은 신앙심이 깊은 사람들이었던지라 내가 불쌍하게 추방당하는 꼴을 보고 싶지 않았는지도 몰랐다. 하지만 그 상태야말로 자신이 이웃 사람들보다 더 우월하다고 느끼기 시작하는 순간인 것을……

"저 애들 아버지에 대해서 들으신 게 좀 있나요?"

이모는 분명 고개를 저었을 것이다.

"아니면 피셔 씨는요?"

"누구라고요?"

"당신 남편 말이에요."

이모가 웃음을 터뜨렸다.

한참 동안 침묵이 다시 흘렀다.

마침내 누군가가 다시 말문을 열었다. "우리가 왜 이런 걸 다 물어보는지 아세요?"

어쩌면 이모는 고개를 끄덕였거나, 혹은 저었을 것이다. 어쨌거나 이모는 아무 말도 하지 않았다.

그 부인의 말이 계속되었다. "우리 중 어떤 사람들은 루스 같은 젊은 아가씨에게는 정돈된 생활이 필요하다고 생각한답니다."

"그 애는 너무 많은 고통과 슬픔을 겪었어요." 너무 많았지, 맞아, 정말 그래. 그것이야말로 절대적인 사실이고 불쌍한 일이지. 그래.

"정말 그 애는 괜찮아요." 이모가 대답했다.

사람들이 무어라고 웅얼거리는 소리. 그들 가운데 누군가가 말했다. "그 애는 너무 슬퍼 보여요."

그러자 이모가 대답했다. "그래요, 슬퍼하고 있어요."

침묵.

이모가 설명했다. "그 애는 슬퍼할 수밖에 없어요." 그러면서 웃음을 터뜨리며 덧붙였다. "제 말은 그 애가 슬퍼해야 한다는 뜻이 아니에요. 하지만 아시다시피 누군들 그러지 않겠어요?"

다시 침묵.

"그게 바로 가족들한테 벌어지는 일이죠." 이모가 말을 이었다. "누군가가 떠나고 없을 때 가장 생각이 많이 나는 법이죠. 자식이 넷이나 되던 한 여자를 알고 지낸 적이 있는데, 애들을 전혀 돌보지 않았었나 봐요. 사람들 말로는 애들한테 가시가 든 콩을 아침으로 주었고, 애들 신발이 짝짝이라도 나 몰라라 했대요. 그게 사람들한테 들은 이야기였죠. 하지만 나는 그 여자가 다 늙은 뒤에야 알게 되었는데, 그 여자는 집에다 모두 아홉 개의 작은 침대를 두고 밤마다 이 침대에서 저 침대로 옮겨 다니며 몇 번씩이고 아이들을 이불로 감싸 주곤 했어요. 원래는 자식이 넷밖에 없었지만 다 떠나고 난 다음에는 아홉이나 됐다고요! 그래요, 그 여자는 미쳤을지도 몰라요. 하지만 당신들은 제가 무슨 말을 하고 있는지 아실 거예요. 헬렌 언니와 아빠는 조금도 친하지 않았어요."

침묵.

"이제 저는 루스를 보면서 헬렌 언니도 보고 있어요. 그게 바로 가족이 그토록 중요한 이유랍니다. 다른 사람들은 문 밖으로 나가서 떠나 버리거든요!"

침묵. 그리고 소파 움직이는 소리. "가족은 함께 있어야 돼요. 그러지 않으면 일이 걷잡을 수 없게 되는 법이에요. 우리 아버지, 아시죠. 저는 그분이 어떠셨는지 기억도 나지 않아요. 살아 계셨을 때 말이에요. 하지만 그 사건 이후로 여기도 아빠, 저기도 아빠, 게다가 숱한 꿈까지요. 아홉 명의 아이를 가진 불쌍한 여자처럼 말이죠. 그 여자는 밤새도록 방 안을 돌아다녔다고요!"

한참 동안 아무도 입을 열지 않았다. 그러다가 마침내 누군가 입을 열었다. "가족이란 슬픔이죠. 그게 진실이에요." 그러자 다른 사람이 그 말을 받았다. "저는 16년 전 6월에 딸을 잃었는데, 그 애 얼굴이 지금도 눈에 선해요." 또 다른 사람이 말했다. "가족을 건사할 수 있다면 그거야말로 대단한 일이지만, 만일 그들을 잃어버린다면……." 세상이 온통 고통으로 가득 차게 되는 법이다. 그렇고 말고.

"가족은 함께 있어야 돼요." 다시 이모가 말했다. "그래야만 돼요. 다른 건 아무 도움도 되지 않아요. 루스와 나는 잃어버린 가족들로 인해 이미 충분히 고통을 겪을 만큼 겪었어요." 부인들은 저마다 자기 생각에 깊이 빠진 것 같았다. 이윽고 누군가 입을 열었다. "하지만 실비, 그 애를 화물 열차에서 멀리 떼어놔야 돼요."

"뭐라고요?"

"그 애가 화물 칸을 타고 돌아다니게 해서는 안 된다고요."

260

"아, 안 되죠." 이모가 웃으면서 말했다. "딱 한 번뿐이었어요. 그때 우리가 너무 지쳐 있었지요. 밤새도록 밖에 있었기 때문에 집으로 오는 가장 빠른 방법을 택했던 것뿐이에요."

"밖이라니, 어디 말인가요?"

"호수 위요."

다시 웅성거리는 소리. "그 작은 보트를 타고서요?"

"아주 훌륭한 보트예요. 생긴 건 그래도 제법 괜찮아요."

부인들이 작별 인사를 하고 나서 소파에 선물을 놓고 갔다.

거실로 들어와 이모와 함께 바닥에 앉아 부인들이 놓고 간 냄비와 접시에서 음식을 조금 덜어 먹었다.

"그 사람들이 하는 소리 들었니?" 이모가 물었다.

"으음…… 흠."

"무슨 생각을 했니?"

방 안은 어두웠다. 높다랗게 쌓아 놓은 깡통이 어렴풋이 푸른빛을 발하면서 방 안에 차갑고 우울한 분위기를 빚어냈다. "말하고 싶지 않아요."라고 대답했다.

"도대체 무얼, 어떻게 해야 할지 모르겠네." 이모가 말했다. "이 주변에다 정리할 수 있을 것 같은데……." 그러더니 마침내 이렇게 덧붙였다. "이 중에 일부는 헛간으로 치우면 되겠구나." 다음 날 내가 머리를 빗고 학교에 갔다 돌아와 보니, 이모가 거실에 있던 깡통을 모조리 치운 다음 신문을 정리하고 있었다. 그러면서 주방 식탁에 조화를 한 다발 올려놓고 닭을 튀기는 중이었다. "어때, 근사하지 않니?" 그렇게 묻고 나서 덧붙였다. "학교는 괜찮았니?"

이모는 예뻤다. 하지만 무언가로 깜짝 놀라서 세상 일이 어떤 식으로든 처리되어야 한다는 생각에 빠져 있을 때가 제일 예뻤다. 이모는 마치 그것이 어려우면서도 대단한 일인 양 몹시 긴장되고 망설이는 듯한 태도로 가장 평범한 일에 착수했다. 그런 다음에는 그저 그런 성공에도 몹시 기뻐했다.

"괜찮았어요."라고 대답했지만 사실은 아주 끔찍했다. 옷은 너무 작았고 또 의식적으로 자제하려는 노력을 멈출 때마다 나도 모르게 발을 흔들거나 손가락 마디를 물어뜯거나 머리카락을 비비 꼬고 있었다. 선생님이 나를 부르는 바람에 별안간 내게 관심이 집중될까 두려워 주목하는 것처럼 보일 수도 없었다. 나는 공책 한가득 정교한 그림을 그렸고, 선생님들이 알아차리는 것 같으면 얼른 페이지를 넘기곤 했다. 교실 밖으로 뛰쳐나가고 싶은 충동으로부터 다른 데로 생각을 돌리기 위한 방편이었다. 비록 놀 선생님의 인자한 태도에 의지할 수 있기는 했지만, 그래도 그 충동은 무척이나 강렬했다. 놀 선생님은 너무 뚱뚱해서 끈 없는 운동화를 신고 다녔는데, 구두 혀는 불쑥 튀어나왔고 키츠의 시를 읽으면서는 눈물을 흘리고 부끄러워했다.

"루실 봤니?"

"아니요." 사실은 보았다. 어디를 가나 루실이 있었지만 우리는 서로 말을 섞지 않았다.

"그 애가 어디 아픈가 보다. 내가 건너가서 어떤지 봐야 할 것 같구나. 내가 이모니까 말이야." "네에." 하지만 그게 다 무슨 소용일까? 내 보기에 무너질 것 같은 우리 가족의 상태가 이제는 너무 심각한 나머지 그 붕괴를 피할 수 없을 것 같았다. 따라서 가정을 지키려는 어떤 특별한 계획이 지혜롭거나 사리에 맞는지 걱정하는 것이 다 쓸데없는 일 같았다. 조금만 무슨 일이 있어도 이내 모든 게 다 끝장날 것 같았다.

"그 애한테 닭고기 좀 가져다줘야겠다." 이모가 말했다. 그러세요, 걔한테 닭고기 좀 가져다주세요. 이모는 그 생각에 너무 열중한 나머지 이모 몫으로는 모가지를 남기고 나한테는 날개를 준 뒤, 나머지를 전부 보자기에 쌌다. 그러고는 손을 씻고 핀으로 머리를 묶은 다음 루실이 있는 곳으로 출발했다.

밤이 늦어서야 이모가 돌아왔다. 나는 닭 날개를 먹고 나서 『이방인으로서가 아닌』을 읽으며 잠자리에 들었었다. 이모가 2층으로 올라와 침대 끝에 걸터앉으며 말했다. "그 여자들이 루실한테 지껄이고 있었더구나. 그 여편네들이 무얼 하고 싶어 하는지 아니?"

"네."

"루실이 나한테 말해 줬어. 그 여자들이 그렇게 할 수는 없을 것 같은데, 맞지?"

"네." 아니요.

"나도 그렇게는 생각 안 해. 너무 끔찍할 거야. 그 여자들도 그걸 알고 있고."

"네." 그래요. 아주 끔찍할 거예요. 그 여자들도 그걸 알고 있고요.

"나는 그 여자들이 그냥 화물 열차에 대해서만 이야기하고 싶어 하는 줄 알았어. 그리고 알아들었다고 생각했지. 그런데 루실 말로는 이제는 우리가 호수에서 밤을 새운 것 때문에 그러는 거라고 하더구나. 그나저나 그 사람들한테 내가 해명을 해야겠다."

그 사람들한테 해명하세요. 이모.

"걱정하지 마." 이모가 담요 밖으로 나온 내 무릎을 어루만지며 말했다. "그 사람들 모두한테 해명하마." 이모가 접시를 닦느라고 시끄럽게 구는데도 불구하고 결국 잠이 들고 말았다. 아침에 일어나 보니 주방 식탁이 깨끗이 치워져 있고 그 위에 대접, 숟가락, 콘플레이크 한 봉지, 오렌지 주스 한 잔, 받침 접시 위에 놓인 버터 바른 빵 두 조각, 그리고 데이지 꽃 조화가 담긴 꽃병이 놓여 있었다. 이모는 신문지를 치우느라 지저분했고 머리에 거미줄까지 달라붙어 있었다.

"아주 근사하네요." 내가 말했다.

이모가 고개를 끄덕였다. "솔직히 얼마나 지저분했니! 밤새 한 숨도 안 잤단다. 자, 아침 먹어야지. 학교 늦겠다."

"제가 집에 있으면서 도와드릴까요?"

"아니! 너는 학교에 가, 루스. 내가 머리 빗는 걸 도와주마. 네가 아주 예쁘게 보여야 되거든." 나는 이모가 서두르거나 다급해할 수도 있다는 사실을 전혀 상상해 본 적이 없었다. 더욱이 이모가 나를 위해 그렇게까지 하는 데 놀라움을 금치 못하고 있었다. 나는 이모와 함께 사는 것을 항상 순전히 우연한 일로 여기고 있었다. (바람이 한바탕 휙 불어도 두 개의 씨앗은 날아가지 않는다.)

내게는 우리가 그 집을 사이좋게 공유하는 것 같았으니 공간도 충분히 넓은 데다가 둘 다 그곳이 편했기 때문이다. 또 두 사람 다 단단히 예의를 차릴 줄 알았던 덕이기도 했다. 만일 판사가 나타나서 할머니가 조심하라고 해준 이야기 속의 부랑자처럼 나를 검은 외투 속에 채간 뒤 소문 속의 농장으로 데려간다면, 아마도 커다란 충격이 온 집 안을 휘젓고 다니면서 접시를 덜그럭거리고 찻잔을 기우뚱거리게 하며 유리컵 안에서 며칠 동안이나 울릴 것이다. 그러면 이모는 다른 것에 비해 특별히 더 슬플 것도 없는 이야기를 새로 하나 더 갖게 되리라. 어쨌거나 이모의 태도에는 어떤 목적과 절박함이 있었다. 나는 우리 운명이 결정된다는 것을 알고 있었다.

나는 이모가 나를 위해 길이를 늘이고 다림질한("그 사람들한테는 이런 게 중요하단다."라고 이모가 말했다.) 치마에다 가장 좋은 스웨터를 받쳐 입었다. 이모가 굵은 빗으로 내 머리 가운데에서 가장 심하게 헝클어진 부분을 끈덕지게 빗어 내렸다. "자, 똑바로 서서 걸으렴." 문을 나서는데 이모가 말했다. "사람들한테 미소도 짓고." 비참하고 불안한 가운데 그날 일과를 마치고 집으로 돌아와 보니, 이모가 고양이 한 마리 없이 깨끗이 청소한 거실에서 나지막한 목소리로 보안관과 이야기를 나누고 있었다.

가족을 해체한다는 것은 끔찍한 일이다. 만일 그것을 이해한다면, 그 뒤에 벌어질 모든 사태도 충분히 이해가 갈 것이다. 보안관 역시 남들만큼 그 점을 잘 알고 있었기에 얼굴에 유감스러운 기색이 역력했다. "청문회가 있을 겁니다. 피셔 부인." 그가 따분한 표정으로 말했다. 이모가 무슨 말을 해도 그로서는 다른 대답을 할 수 없었기 때문이다.

"아주 끔찍한 일이 될 거예요." 이모가 말하자, 보안관이 동의한다는 뜻으로 손바닥을 무릎 위에 내려놓으면서 말했다. "청문회가 있을 겁니다. 부인." 내가 안으로 들어가자 보안관이 자리에서 일어서더니 배 아래쪽에다 모자를 꼭 움켜쥐었다. 완벽하게 격식을 차린 장의사처럼 서있는 그에게 상냥한 태도로 "안녕하세요."라고 인사를 건넸다. 그러자 보안관은 "어른들끼리 할 이야기가 좀 있으니 양해해 다오."라고 말했다. 나는 2층으로 올라갔

고, 내 운명이 알아서 굴러가도록 내버려 두었다. 내 운명이 어떤
식으로 결정될지에 대해 추호의 호기심도, 의심할 여지도 없었기
때문이다.

10

.

카인이 아벨을 죽이자 아벨의 피가 땅에서부터 울부짖었다. 욥(구약 욥기의 중심 인물로 순전하고 정직하며 하나님을 경외했음-옮긴이)의 아들들 위로 집이 무너졌을 때, 여호와께서 회오리바람 가운데에서 나타나 말씀하셨다. 라헬(아버지의 우상을 훔친 것이 화근이 되어 훗날 후손들이 망함으로써 슬퍼하는 어머니의 상징이 됨-옮긴이)은 자식을 위해 애통해했고, 다윗 왕은 압살롬(다윗 왕의 셋째 아들로, 장자인 이복형을 죽이고 달아났으며 이후 아버지의 왕권에 도전하다 죽게 됨-옮긴이)을 위해 슬퍼했다. 시간의 흐름 배후에 있는 힘은 위로받지 못할 슬픔이다. 그것이 바로 첫 번째 사건은 추방이었다고 알려지고, 마지막 사건은 화해와 귀환이기를 바라는 이유다. 그렇게 기억은 우리를 앞으로 끌고 가고, 예언은 날카로운 추억일 뿐이다. (우리 모두 어린아이로서 우리 어머니 이브의 갈비뼈에

268

둘러싸이고 척추에 눌린 채 그분의 품 안에서 잠이 들 동산이 있을 것이라는…….)

카인이 아벨을 죽이자 아벨의 피가 땅에서부터 울부짖었고, 너무나 슬픈 사건이었기에 하나님도 그것을 알아차리셨다. 그날 이후 시도 때도 없이 더 나쁜 일들이 일어난 것으로 보아, 하나님께서 그 사건을 인상적으로 여기셨던 이유는 어쩌면 사건이 슬퍼서라기보다는 그 새로움 때문이 아니었을까. 속속 벌어지는 새로운 사건들 속에서 하나님은 아직 경험이 부족한 젊은이셨고, 따라서 아주 하찮은 일에 대해서까지 점점 더 분노하셨다. 세상의 새로움 속에서 하나님 자신도 당신의 어떤 율법에 대해서는 거기서 파생되는 결과를 깨닫지 못하셨던 것 같다. 예를 들면, 충격이 파도 속으로 가라앉는다는 사실, 즉 우리의 모습이 모든 동작을 흉내 내고, 산산조각 난 우리의 모습이 모든 동작을 열 배, 백 배, 천 배로 증식시키고 흉내 낼 것이라는 사실을 말이다.

하나님의 모습을 한 카인이 들판의 죄 없는 땅에 음성과 슬픔을 주었다. 그러자 하나님이 그 음성을 들으시고 슬픔을 애도하셨다. 그러므로 카인은 자신을 지으신 창조주의 모습을 한 창조자였다. 하나님은 당신의 얼굴을 들여다보시던 곳의 물을 어지럽혔고, 카인은 수많은 세대를 거치면서 그의 자식들이 되고, 그의 자식의 자식들이 되고, 또 그 손자의 자식들이 되었는데, 모두들 하나같이 떠돌이였다. 또 그들이 가는 곳 어디에서나 모든 이들이, 두 번째 창조가 있었고 땅에 피가 흘렀고 땅이 슬퍼하며 노래

했다는 사실을 떠올렸다. 그리하여 하나님으로 하여금 이 사악한 슬픔을 홍수로 깨끗이 씻어내시도록 했고, 물을 연못과 웅덩이와 도랑으로 물러나게 한 다음 하늘을 비추도록 했다. 하지만 거기에서 아직도 피와 머리카락의 맛이 살짝 느껴지고 있으니……. 손바닥을 오그리고 호수 가장자리의 물을 떠먹을 때마다 사람들은 어머니들이 자기 자식을 공중으로 들어 올린 채 호수 속에 잠겨 있다는 사실을 떠올리곤 한다. 비록 자신의 팔로 자식을 떠받칠 수 있다고는 하나 곧 대홍수가 닥쳐 자식들을 다 데려가리라는 것을 알면서도 어머니들은 그러고 있었던 것이다. 짐작건대 아기들과 아주 늙은 노인들을 비교적 무해한 존재로 여긴 것은 오로지 그들이 무력하다는 점 때문이었던 것 같다.

이제 오랜 세월이 흐르자 모든 것이 깨끗이 씻겨 나간 채 아무것도 남아 있지 않다. 다만 살짝 풍기는 냄새 내지 얼얼한 느낌만이 물과 시내와 호수의 숨결 속에 남아 있을 뿐이니, 아무리 슬프고 거칠다 하더라도 그것은 확실히 인간적이었다.

나는 물을 마실 때마다 호수의 중심이 우리 할아버지의 눈이라는 생각을 떠올리지 않을 수 없었다. 또 무겁고 앞이 보이지 않고 거치적거리는 호수의 물이 우리 엄마의 팔다리를 이루고, 엄마의 옷의 무게를 지니고 있고, 엄마의 숨을 멎게 하고, 엄마의 시력을 빼앗아 갔다는 생각을 하지 않을 수가 없었다. 요컨대 인간적이면서 신성을 모독한 추억과 영적 교류가 있는 것이다. 가족이란 해체되지 않을 테니까. 그들을 저주하고 추방하고 그들의 자식을 방랑길에 내보내고 그들을 홍수와 불길 속에 빠트려 보라. 그러면 늙은 여인들이 이 모든 슬픔으로부터 노래를 지어 낸 뒤 포근한 저녁나절 현관에 나앉아 그 노래를 부를 것이다. 모든 슬픔 하나하나가 수많은 노래를 탄생시키고 모든 노래 하나하나가 무수한 슬픔을 떠올리게 하나니, 둘 다 하나같이 한도 없고 끝도 없다.

기억이란 무엇인가에 대한 상실감이고, 상실은 우리를 자신의 뒤편으로 끌고 간다. 우리가 쓰러지면서 생긴 소용돌이 속으로 하나님이 뒤를 따라 끌려 들어오셨거나 이야기가 그렇게 진행되고 있다. 그런데 하나님께서는 지상에 거하실 동안 가족들을 원래대로 돌려놓으셨다. 라자로를 그 어미에게 돌려주셨고, 백인 대장에게는 딸을 도로 돌려주셨다. 심지어 당신을 체포하러 온 병사의 잘린 귀를 도로 붙여 주기까지 하셨는데, 이는 우리로 하여금 부활이 이루어질 때 세세한 부분까지도 상당히 배려할 것이라는 희망을 갖게 하는 대목이다. 그럼에도 불구하고 이것도 결국 어설프게 갖다 붙인 임시방편 이상의 것은 못 되었다.

그분은 인간이었기 때문에 죽음이 끌어당기는 힘을 느끼셨고, 또한 신이었기 때문에 그것이 어떠할지 우리보다 더 궁금해하셨음에 틀림없다. 그분은 물 위를 걸으셨던 것으로 알려져 있지만, 원래 타고나기를 물에 빠지도록 되어 있지 않으셨던 것이다. 그분께서 돌아가셨을 때, 그토록 전도양양한 젊은이가 죽었다는 것은 몹시 애통한 일이었다. 그분의 어머니는 눈물을 흘리셨고 친구들은 그 사실을 믿을 수가 없었다. 어쨌거나 그 소식이 사방으로 퍼졌고, 애통해하는 사람들은 위로를 받을 수가 없었다. 그러다가 그분의 부재가 너무나 감당하기 힘들고 그분에 대한 기억이 너무도 강렬한 나머지, 마침내 그분의 친구들은 길을 따라 걸어가면서 그분이 옆에 있다고 느끼게 된다. 또 누군가가 호숫가에 앉아 생선을 굽는 것을 보고 그 사람이 그분임을 깨닫고는 모두 다 그분처럼 상처 입은 몸으로 그분과 더불어 저녁 식사를 하기 위해 자리에 앉는다. 그제야 비로소 그들은 위로를 받을 수 있었다.

누군가를 떠올리게 하는 것은 생각만큼 많지 않다. 사소한 일화나 식탁에서 나눈 대화 정도나 될까? 하지만 모든 기억이 자꾸자꾸 다시 떠오른다. 또 아무리 우연히 던져진 한마디일지라도 그 한마디 한마디가 하나도 빠짐없이 우리 마음속에 새겨진다. 기억이 제 스스로 힘을 발휘해 구체적인 모습을 떠올리고, 방랑자는 집으로 돌아가는 길을 찾으리라는 희망과 함께……. 시도 때도 없이 부재를 느끼게 했던 죽은 자들이 우리를 오래 기다리게 하지 않으려고 마침내 문지방을 넘어 들어와, 여느 때와 다름없는 꿈꾸는 듯한 다정한 태도로 우리 머리를 쓰다듬어 줄 것이라는 희망과 더불어…….

이모는 나를 잃어버리기를 원치 않았다. 내가 집 전체를 채우는 것처럼 보이도록 거창하고 복잡하게 자라는 것도 바라지 않았다. 또 내가 꿈과 꿈 사이를 가르는 얇은 막을 통과할 수 있도록 포착하기 힘들면서 섞이기 쉬운 존재로 바뀌는 것도 원치 않았다. 이모는 나를 기억하기를 바라지 않았다. 비록 내가 말도 없고 볼품없게 생겼을지는 몰라도 그처럼 소박하고 평범한 내가 이모 옆에 있는 것을 훨씬 더 좋아했다. 격렬한 감정에 휩싸이지 않은 채 낯익은 모습과 낯익은 표정과 낯익은 침묵을 가진 나를 바라볼 수 있기 때문이었다. 이모는 내가 방에 있다는 사실을 잊어버리고 지낼 수도 있었다. 또 내가 곁에 앉아 있는 동안에도 혼잣말을 하거나 머릿속의 누군가를 향해 즐겁고 신나게 수다를 떨 수도 있었다. 이렇게 이모가 나를 거의 의식하지 않아도 되는 것이야말로 우리가 얼마나 친밀한가를 나타내는 척도라고 할 수 있을 것이다.

하지만 만일 이모가 나를 잃어버린다면, 나는 내가 사라져버렸다는 이유 때문에 특별한 존재가 될 것이다. 우리 엄마가 그 일요일 저녁에 돌아왔다고 상상해 보라. 엄마가 우리 머리에 입을 맞추고, 엄마와 할머니 사이에 필요한 모든 화해의 절차가 이루어진 다음, 저녁을 먹기 위해 식탁에 앉았다고 상상해보라. 루실과 내가 알지도 못하는 사람들의 이야기를 듣느라고 좀이 쑤셔 엉덩이를 들썩거리다가 밖으로 나가, 낯설고 깊숙한 마당의 차가운 풀밭에서 놀았다고 상상해 보라. 엄마가 얼마나 늦은 시간인지 알아차리기를 바라는 동시에 그러지 않기를 바라기도 하면서 말이다.

우리는 밤새도록 차를 타고 할머니 집으로 왔다. 루실과 나는 비좁은 뒷좌석에서 잠이 든 가운데에도 살짝 열린 창문 틈으로 오싹한 찬 바람이 쌩쌩 불어와 엄마의 향수 냄새와 엄마가 피우는 담배 연기를 희석시키는 것을 느꼈다. 엄마가 노래를 불렀던 것 같다. "그대가 멀리 떠나면 나는 어떡해."라든가 "그대 심장에서 곧장 날아온 사랑의 편지."나 "아이린." 따위의 노래를. 핑거본으로 차를 타고 오면서 뒷좌석에서 바라본 엄마의 모습이 떠오른다. 엄마 머리 꼭대기 부분의 웨이브, 멋진 회색 드레스의 각진 어깨, 핸들에 놓인 엄마의 길쭉한 손, 짙은 빨강색 매니큐어가 반짝이던 손톱. 나는 엄마의 침착하고 우아한 태도에 무척이나 놀랐다. 또 그때까지 엄마가 운전하는 모습을 한 번도 본 적이 없었던 루실과 내가 무척 감동을 받은 것도 사실이었다.

버니스의 차 안에서는 낡은 소파에서 나는 것과 같은 지저분한 냄새가 났다. 우리는 앞좌석의 등받이를 가로질러 매달린 두꺼운 회색 줄을 잡은 채, 마치 역마차나 몰고 있는 듯이 위아래로 펄쩍펄쩍 튀었다. 공기는 작은 겨이삭 줄기나 머리카락처럼 보이는 더러운 먼지로 가득 차있었는데, 누군가가 우리한테 그것이 원자라고 말해 준 적이 있다. 둘이서 토닥토닥 싸우기도 하고 말과 공동묘지의 숫자를 세기도 하면서 오는 동안, 엄마는 우리에게 단한마디도 건네지 않았다. 엄마에게 숲 속 도로변의 아이스크림 가게 앞에서 세워 달라고 부탁하자, 엄마가 차를 세우고 아이스크림을 사주었다. 거기 있던 아줌마가 우리를 보고 예쁘다고 말하자, 엄마가 공허한 미소를 지으면서 대답했다. 가끔은 그렇죠.

이제 와 돌이켜보니 이 모든 것에 변화의 초기 단계에서 볼 수있는 침묵과 엄숙함이 흘렀던 것 같다. 어쩌면 기억 속에는 예언만이 아니라 기적 또한 자리 잡고 있는지도 모른다. 우리 둘다 자꾸만 엄마가 너무 조용했던 것 같다는 느낌이 들었기 때문이다. 비록 엄마가 늘 조용하기는 했지만, 그래도 그날따라 유난히 조용했던 엄마의 태도가 우리를 놀라게 했던 것 같다. 우리가 아이스크림을 다 먹을 동안 엄마가 팔짱을 낀 채 구두 끝으로 쓰레기를 밀어내던 모습이 떠오른다. 우리는 비바람으로 색이다 바래 버린 뜨겁고 끈적끈적한 초록색 철제 테이블에 앉아 있었다. 무지갯빛으로 어른거리는 날개를 지닌 시커먼 왕파리들이 시끄럽게 윙윙거리며 바닥에 고여 있는 말라 가는 아이스크림을 핥더니, 집고양이처럼 앞다리로 꼼꼼하게 자기 주둥이를 비볐다. 은회색 원피스를 입은 엄마는 키가 무척 크고 몹시 조용했는데, 우리에게 전혀 눈길도 주지 않았다. 우리는 온몸이 땀에 젖어 끈적끈적했고, 서로에게 넌더리가 날 만큼 싫증이 나있었다. 그 당시 엄마에게서 운명이 정해진 채 소환당하는 사람의 담담함과 엄숙함이 느껴지던 것이 떠오른다. 그때 엄마는 거의 유령처럼 보였다.

하지만 만약 그날 엄마가 층계의 발판이 내달린 아파트 꼭대기 집으로 우리를 도로 데려왔다면, 그런 식으로 엄마를 떠올리지는 않았을 것이다. 그러다가 나이를 더 먹은 뒤에는 엄마의 그런 기이한 태도에 질색을 하면서 곤혹스러워했을지도 모른다. 우리는 엄마의 생일 같은 것은 다 잊어버린 채, 차를 사라고 혹은 머리 모양을 바꾸라고 엄마에게 성화를 부리다가 마침내 엄마를 떠났을 것이다. 또 이상하리만큼 고독했던 우리의 어린 시절에 대해 슬픔과 만족감이 뒤섞인 웃음을 터뜨렸을 것이다. 그런 점에 비추어 볼 때 우리의 실패는 불가피한 일이요, 우리가 무언가를 달성한다는 것은 기적적인 일처럼 보였으리라. 우리는 죄책감과 향수에 젖어 엄마에게 전화를 걸 테지만, 전화를 끊고 나서는 쓸쓸한 미소를 지었을 것이다. 엄마가 우리에게 아무것도 물어보지 않고 아무 이야기도 하지 않은 채 이따금 침묵에 빠져 버리기까지 하다가, 이윽고 전화를 끊게 된 것을 다행으로 여길 것이기 때문이다.

추수 감사절이면 훌륭한 식당이나 극장으로 엄마를 모시고 가고, 크리스마스가 되면 유행하는 옷을 사드렸을 것이다. 또 엄마가 여행도 다니고 재미있는 소일거리도 찾게 하려고 애를 쓸 것이나, 엄마는 우리의 보살핌 아래 허약해지고 움츠러들면서 약하디 약한 존재가 될 것이다. 엄마는 강인한 인내심으로 자신의 허약함을 견뎌 낼 터인즉, 바로 그 인내심으로 우리의 성화도 견뎌냈고 삶의 다른 국면도 모조리 버텨 왔던 것이다. 그런데 그와 같은 엄마의 침묵이 우리를 점점 더 화나게 하리라. 루실과 나는 종종 만날 것이나 다른 이야기는 거의 하지 않을 것이다. 우리에게 엄마의 침묵이나 슬프면서도 얼이 빠진 듯한 조용한 태도보다 더 친숙한 것은 없을 것이다. 나는 그것이 어떠했을지 잘 알고 있다. 사람들이 낯선 것과 같은 식으로, 그것이 점점 더 낯설어지는 것을 보아 왔기 때문이다. 우리는 웃고 있기는 하나 버림받고 학대받았다는 느낌은 지울 수 없었으리라. 엄마가 거기에서 눈을 감고 머리를 누이려고 호수 가장자리까지 갔다가 우리 때문에 도로 돌아왔다는 사실은 꿈에도 모른 채……. 엄마는 미화되지 않은 모습으로 남아 있었을 것이다.

우리는 엄마의 조용함이 물 위에 떠있는 껍질만큼이나 가볍다는 것도, 엄마의 조용함이 잔잔한 물 위에 동전이 뜰 수 있는 것처럼 엄마를 떠받치고 있다는 사실도 전혀 몰랐을 것이다. 만약 엄마가 그냥 돌아왔다면, 엄마의 슬픔의 본질이 무엇이었는지, 또 얼마나 깊은 슬픔이었는지도 결코 이해하지 못했으리라. 하지만 엄마가 우리를 떠나면서 가정을 무너뜨리자 슬픔이 풀려났고, 우리는 그것이 사방팔방으로 너울너울 날다가 산 속으로 들어가는 것을 보았다. 이따금 슬픔이 약탈을 일삼는 존재가 아닌가 하는 생각에 빠져들 때가 있다.

새벽이면 새들이 하염없는 공포에 휩싸여 울부짖기 때문이요, 전에도 말했듯이, 연못과 도랑에서 나는 냄새 속에 죽음 같은 슬픔이 묻어 있기 때문이다. 우리가 어릴 때 어둠이 무섭다고 하면, 할머니는 눈을 꼭 감고 있으면 그것을 보지 않게 될 것이라고 말씀하시곤 하셨다. 그때 나는 내 머리 속의 공간과 내 주위를 둘러싼 공간 사이에 서로 교감이 이루어지고 있다는 사실을 깨달았다. 나는 내 눈꺼풀이나 방 벽에서, 혹은 내 방 창문 너머 나무 사이에서 아주 똑같은 형체를 보았다. 그런데 가족이 해체되면 주변의 환영(幻影)마저 제대로 작용하지 않는다.

이모는 우리가 함께 살 수 있도록 세웠던 첫 번째 계획이 실패로 돌아갔음을 깨달았다. 아울러 청문회(우편으로 통고받은 바에 의하면 일주일 뒤에 열릴 예정이었다.) 결과가 좋으리라는 기대도 거의 갖지 않았다. 그럼에도 불구하고 열심히 살림에 매달렸다. 창틀을 청소하고 아직 남아 있는 유리창을 닦았으며, 유리가 없는 창문들은 테이프와 누런 종이로 깔끔하게 감쌌다.

나는 도자기 그릇을 씻어서 찬장 안에 도로 넣은 뒤 과수원에서 상자를 태웠다. 이모가 불을 보더니 현관에 모아 두었던 잡지를 한 아름 들고 나왔다. 그런데 그것을 태우기가 쉽지 않았다. 이모가 헛간에서 신문지를 가져왔고, 우리는 그것을 아무렇게나 뭉쳐 잡지 사이에 끼운 뒤 성냥으로 불을 붙였다. 잠시 후 잡지가 부풀어 오르고 뒤틀리기 시작하면서 저 혼자 책장이 넘어가다가 마침내 회오리바람을 일으키면서 공중으로 날아올라갔다.

아주 멋진 날이었다. 과일나무는 모조리 벌거벗고 있었고, 땅바닥에 떨어진 나뭇잎은 젖은 가죽처럼 흐느적거리며 악취를 풍겼다. 하늘은 짙고 선명한 푸른색이었으나 햇살은 싸늘하고 끄느름했으며 그림자는 검고 분명했다. 바람도 전혀 불지 않는 것 같았다. 불길이 뿜어 대는 열기로 공기가 흐트러지고 일그러지는 모습과, 맹렬하게 위로 올라가면서 주변 공기를 어지럽게 헤쳐 놓는 모습이 보였다. 잡지의 종잇장들이 시커멓게 변했고 사진의 어두운 부분이 은빛을 띤 검정색으로 변했다. 거의 무게가 나가지 않는 타버린 종잇장들이 아찔한 높이까지 소용돌이쳐 올라가다가 좀 더 높은 허공에서 어떤 기류에 걸리거나 고공에서 부는 바람에 붙들렸다. 물론 우리는 느낄 수 없는 바람이었다. 이모가 팔을 뻗어 날아가는 종이를 손바닥으로 붙잡더니 내게 보여주었다. 어두운 은색 바탕에 웃고 있는 여자의 얼굴이 보였고, 그 아래쪽에 커다란 활자로 다음과 같이 씌어 있었다. '하지 않는 것보다는 늦더라도 하는 것이 더 나으리라!' 이모가 종이를 떼어내려고 손을 흔들어 대자 이마 아래로 웃는 얼굴만 남겨진 채 귀퉁이와 가장자리가 너덜너덜 떨어져 나갔다. 이모가 뻗쳐 올라가는 열기 속에 대고 손뼉을 치자, 여자는 재와 먼지 속으로 사라져 버렸다. "저기 간다!" 이모가 종이가 날아가는 걸 보면서 외쳤다. 이어 검정이 묻은 손을 치마 한쪽에다 닦았다.

내 눈에 불길이 개로, 그놈이 먹고 있는 개 밥그릇으로, 야구 팀으로, 시보레 자동차로, 그리고 수많은 단어로 변화하는 것이 보였다. 조금만 잘 생각해 보면 지극히 당연해 보이는 일인데도, 단어들 역시 구조되어야 한다는 생각이 머릿속에 떠오른 적이 단 한 번도 없었다. 사물이 언어의 그물에 의해 어떤 자리에 붙잡혀 있거나 붙잡혀 있다고 생각하는 것은 터무니없는 일이었을 터인즉.

상당히 어두워진 다음까지도 신문과 잡지를 태웠다. 저녁 먹는 것도 잊어버렸다. 이모는 몇 번이고 불빛 너머로 사라졌다가 얼마 지나지 않아 태울 것을 한 아름 안고 다시 나타났다. 우리 둘 다 주변의 핑거본 사람들이 설령 보고 있지는 않더라도 우리가 하는 일을 전부 다 알고 있으리라는 사실을 깨달았다. 나 같으면 이런 주목을 받게 되면 잔뜩 주눅이 들어서 집 안에 처박힌 채 이불 속에서 전등 불빛 아래 책이나 읽고 있다가 빵이나 건전지를 가지러 겨우 나갔을 것 같다. 하지만 이모는 관객을 향해 연극투의 목소리와 과장된 몸짓으로 반응을 보였다. 이모가 계속해서 말했다. "왜 이 일을 진작 몇 달 전에 하지 않았는지 모르겠구나." 마치 불빛 너머 사과나무 사이에 누가 듣고 있기라고 하는 양 큰 소리로 말했다. 이모는 누구나 다 잘했다고 칭찬할 것 같은 일이라고 생각되는 경우, 열과 성을 다해 그 일을 했다.

그날 밤 우리는 그동안 모아 두었던 신문과 잡지를 깡그리 태워 버렸다. 비눗갑, 구두 상자, 달력, 시어스 백화점 카탈로그, 그리고 지금 쓰는 것을 포함해서 전화번호부까지 모두 다 태워 버렸다. 이모는 『이방인으로서가 아닌』도 태워버렸다. "네가 읽어야 할 부류의 책이 아니야." 이모의 말이었다. "그게 어떻게 집 안으로 굴러 들어왔는지 모르겠구나!" 과수원에 있는 판사 나리에게 감명을 주기 위해 의도적으로 한 말이었다. 나는 도서관에서 빌린 책이라는 말은 하지 않았다.

나는 이러한 한바탕 열정과 생기를 보는 것이 좋았다. 이모는 불빛에 얼굴이 상기된 채 자신이 모아 두었던 모든 것을 날름거리는 불길 한가운데로 찔러 넣었다. 펼쳐 볼 수 있는 타지마할 사진이 든 『내셔널지오그래픽』까지 집어넣었다. "옷 좀 사자꾸나." 이모가 말했다. "고상한 것으로 무얼 좀 사자. 정장 같은 거. 아무튼 교회에 가려면 정장이 필요할 테니까. 그리고 파마도 좀 하고. 너도 잘 차려입고 나가면 아주 좋은 인상을 줄 거야. 정말로 그럴 거야, 루스." 이모가 불길 너머로 미소를 지었다. 청문회가 끝난 다음에도 이모와 내가 같이 지낼 수 있겠다는 생각이 들기 시작했다. 개선하겠다는 의지가 개선 자체로 받아들여질 수도 있겠다는 생각이 들기 시작했다. 이모가 누구든지 잘 속일 수 있었기 때문이 아니라, 가정을 지키겠다는 이모의 열망이 사람들에게 그것을 깨면 안 되겠다는 믿음을 심어 줄 것 같았기 때문이다. 아마도 이모와 나는 테 없는 모자를 쓰고 눈길을 헤치면서 터벅터벅 교회로 갈 것이다. 그런 다음 문에서 가장 가까운 맨 뒷자리에 앉을 것이고, 이모는 다리를 뻗기 위해 몸을 뒤척일 것이다. 목사님의 설교가 이어지는 동안, 이모는 주보를 돌돌 말아 든 채 '거룩, 거룩, 거룩'을 흥얼거리다가 장갑 낀 손으로 입을 가리고 하품을 할 것이다. 물론 말할 필요도 없이 학부모 교사협의회에도 칭찬받을 만큼 규칙적으로 참석할 것이다.

이모는 봄이 되면 집 주변에 꽃밭을 만들 요량으로 진작 우편으로 씨앗을 주문했고, 주방에도 노란색 커튼을 새로 달았다. 그즈음 이모는 우리 생활이 다른 사람들의 기대 혹은 이모 생각에 기대라고 짐작되는 것에 부응할 수 있도록 끊임없이 방법을 모색하고 있었다. 그러면서 결의에 가득 차 있었는데, 그것이 때로는 희망처럼 보이기도 했다. "추수감사절 때 쓰려고 칠면조 한 마리 주문해 놓았단다. 루실을 초대해도 될 것 같구나. 로이스 선생님도 같이." 이제 불은 연기 덩어리가 되어 있었다. 이모가 막대기 하나를 불 속에 던져 넣자, 푸 하는 소리와 함께 타다 남은 불길에 부딪치면서 불길을 공중으로 깃털처럼 날려 보냈다. 내 주위로 깜짝 놀란 듯이 튀어 오르는 그림자가 보였다.

"안으로 들어가야겠어요. 추워요." 내가 말했다.

"그래. 너 먼저 들어가렴. 나는 재 위에 쓰레기를 좀 갖다 놓아야겠다." 희미한 달빛과 사위어 가는 불빛을 받으며 이모가 헛간으로 걸어가더니, 삽날 끄트머리에 녹이 슬 때까지 벽에 기대 세워져 있던 삽을 들고 왔다. 문 옆에 서서 이모가 타다 남은 불 속에 흙을 쓸어 넣는 모습을 바라보았다. 이모가 흙을 한 삽 가 득 떠 넣자, 큼지막한 불똥과 불꽃이 공중으로 한바탕 솟구쳐 올 랐다. 불빛이 이모를 환하게 비추는 가운데 이모 주위로 나무 그 림자가 펄쩍펄쩍 뛰어올랐다. 흙을 몇 삽 더 집어넣자 날아오 르던 불똥이 점점 줄어들면서 이모가 좀 더 흐릿해진 불빛 속에 서있었다. 그러다가 한 번 더 흙을 집어넣자 이모도, 과수원도 캄 캄한 어둠 속에 잠겨 버렸다.

나는 이모 방으로 통하는 문 바깥쪽 층계에 주저앉았다. 이모는 꼼짝하지 않고 있었다. 움직이는 소리도 들리지 않았다. 이모가 얼마나 오랫동안 가만히 있나 보려고 기다렸다. 어둠이 이모를 과거의 이모로 돌려놓았을지도 모르고, 이모가 내 교육을 연장 시키기 위해 혹은 이모 자신을 위해 다시 사라졌을지도 모른다는 생각이 들었다. 그 순간 이모가 땅바닥에 삽을 세웠다. 삽날이 삐 걱거리며 땅 속으로 들어가는 소리가 들렸고, 이어 이모가 코트 자락에 손을 닦는 소리가 났다. 어떤 중대한 행위를 완수했을 때 면 늘 취하는 동작이었다. 그러고는 내가 앉아 있는 층계 쪽으로 걸어왔다. 달이 집 반대편에 떠있었던 까닭에 나는 그늘 속에 가 려져 있었다.

이모가 나를 보지 못한 것 같았기에 층계 가장자리를 벗어나 한

쪽으로 슬그머니 빠져나갔다. 이모가 내 옆을 지나갈 때 이모 코
트가 거의 나를 쓸고 가다시피 했다. 이모가 주방에서 "루스! 루
스!" 하고 부르는 소리에 이어 2층으로 올라가는 발소리가 들
렸다. 이모가 창밖으로 내다볼 경우에 대비해 잘 숨을 수 있도록
과수원으로 달려 들어갔다. 그런데 왜 나는 과수원 안으로 들어
가 씩씩거리는 숨소리를 틀어막기 위해 손으로 입을 가린 채 어
둠 속에 웅크리고 앉아 있었을까? 이모가 가는 곳마다 불을 다 켜
면서 집 안 구석구석을 돌아다니며 루스, 루스, 루스 하고 부르는
소리가 들렸다.

　얼마 후, 이모가 다시 층계로 나오더니 "루스!" 하고 친밀하면
서도 꾸짖는 듯한 목소리로 나를 불렀다. 이모가 한밤중에 과수
원과 들판 사이로 나를 부르러 나갈 수 없다는 것은 너무도 뻔한
일이었다. 그러면 핑거본 사람들이 모조리 알게 될 테니까. 목구
멍 안에서부터 격렬한 웃음이 솟구치더니 끝내 입 밖으로 터져
나왔다. 이모도 웃으면서 나를 얼렀다. "들어오렴. 따듯한 곳으로
들어오렴. 맛있는 거 줄게." 내가 나무 사이로 자꾸 뒷걸음질치자
이모가 따라왔다. 이모는 내 발소리나 헉헉거리는 숨소리를 다
들은 게 분명했으니, 내가 어디로 가든지 다 알고 있는 것 같았기
때문이다. "들어와, 따듯한 데로 들어오라니까." 우리 집이 창문
마다 환하게 불을 밝힌 채 과수원 너머에 우뚝 서있었다. 그것은
정원에서 발견한 근사하고 환상적인 장면으로, 마치 정박 중인

배처럼 거대하고 이국적이면서도 조심스러워 보였다. 그 안으로 들어간다는 것이 상상이 되지 않았다.

언젠가 한 소녀가 한밤중에 과수원을 어슬렁거리고 있었다. 소녀는 전에 한 번도 본 적이 없는 집에 왔는데, 집 안에 온통 불이 환하게 켜져 있었던 까닭에 어떤 창문을 통해서도 진기한 장식품과 생활을 편리하게 해주는 놀라운 물건들을 다 볼 수 있었다. 문이 열려 있었기에 소녀는 안으로 들어갔다. 그것은 그런 종류의 이야기로 몹시 우울한 내용일 것이다. 소녀의 머리카락은 캄캄한 하늘만큼이나 어둡고 또 너무 길어서 자기 뒤를 휩쓸고 지나가는 모습이 꼭 풀밭에 부는 바람과 같았다……. 캄캄한 하늘처럼 어두운 소녀의 손가락은 너무 곱고 가느다래서 빗방울처럼 차가운 감촉만이 느껴질 뿐이었다. 또 발소리가 너무 조용한 나머지 사람들은 그 소리를 들었다고 생각하면서도 깜짝 놀랐다……. 소녀는 방방이 켜놓은 등불로 인해 죽을 수밖에 없는 아이가 될 것이다. 환한 창가에 섰다가 세상이 사라지고, 과수원도 사라지고, 엄마도 할머니도 이모도 다 사라졌다는 사실을 발견할 것이다.

비가 내리기 시작한 지 열흘인가 보름째 되던 날의 노아의 아내처럼, 소녀는 창가에 서서 정말로 세상을 다 잃어버렸다는 사실을 깨닫게 될 것이다. 바깥에 있던 사람들은 소녀가 매우 슬프게 변했다는 사실을 거의 모르고 있을 것이다. 전에는 그 아이가 바깥 공기에 익숙한 채 벌거벗고 다녔고, 추위로 얼굴은 빨갛게 상기되었으며, 뼈까지 얼음장처럼 가냘팠었다. 또 과수원을 좋아했기 때문에 자주 들렀지만 잔물결을 일으키거나 물살의 흐름을 변화시키지 않은 채 호수 속으로 걸어 들어갈 수 있었고, 열기처럼 눈에 띄지 않은 채 공기 속으로 날아갈 수도 있었다. 하지만 자기 본성을 잃어버린 지금, 소녀는 그런 사실을 거의 다 잊어버린 채 빈약한 육체를 위해 형편없는 음식을 취하고도 그냥저냥 만족해 하리라.

그날 밤 과수원에서 아주 중요한 사실을 깨달았다. 추위에 저항하지 않고 그냥 편안하게 받아들이면 추위가 더 이상 불편한 것으로 느껴지지 않는다는 점이었다. 나는 아찔할 정도의 자유와 열망을 느꼈다. 꿈속에서 문득 아주 쉽게 날 수 있다는 사실을 발견하고 왜 진작 시도하지 않았을까 의아해할 때와 같은 느낌이었다. 아울러 다른 점도 새롭게 깨달았던 것 같다. 예를 들면, 배고픔도 나름대로 쾌감을 준다는 사실을 터득할 만큼 배가 고팠고 어둠 속에서 행복할 정도로 편안했다. 말하자면 결핍의 한계를 차례차례 극복해 나가는 것을 느꼈다고 할 수 있었다. 그런데 그 순간 보안관이 왔다. 문을 두드리는 소리가 들렸다. 그가 "계세요?" 하는 소리도 들렸다. 잠시 후 이모가 재빨리 과수원에서 나와 옆문 쪽으로 갔다. 하지만 보안관이 집을 돌아오다가 층계 위에 있는 이모를 보았다.

"안녕하세요, 피셔 부인."

"안녕하세요."

"별일 없으세요? 불이 다 켜져 있어서요."

"별일 없는데요."

"그 녀석도 잘 있나요?"

"네, 잘 있어요."

"자고 있나요?"

"네."

"불을 켜놓고요?"

"네, 그럴걸요."

"이렇게 늦은 밤에 여기처럼 불을 다 켜놓는 집이 흔치 않아서요."

침묵. 이모가 웃음을 터뜨렸다.

"그 애 좀 볼 수 없을까요?"

"뭐라고요?"

"루스 좀 볼 수 없을까요?"

"안 되는데요."

"루스는 2층에서 자나요?"

"네."

"그러면 문틈으로 살짝 들여다보는 건 괜찮을 것 같은데요."

"루실은 잠귀가 아주 밝아요. 깰 거예요."

"신발을 벗고 올라가겠습니다, 부인. 절대로 방해되지 않을 거라고 장담하지요."

침묵.

"그 애는 어디 있죠? 피셔 부인?"

"집 어딘가에요."

"그러면 제가 들어가서 그 애와 인사를 좀 나누겠습니다."

"안에 없어요, 밖에 있어요."

보안관이 모자의 가장자리를 손가락으로 만지작거리며 물었다. "어딥니까?"

"아마 과수원에 있을 거예요. 저도 찾는 중이었어요."

"아이를 찾을 수 없으신가요?"

"루스가 그렇게 놔두지 않으니까요. 게임 같은 것이거든요."

내가 과수원 밖으로 나가서 현관으로 가 이모 옆에 섰다.

"루스, 오늘 밤에 우리 집에 가지 않을래?" 보안관이 물었다. "너도 알다시피 나한테는 손자들이 있단다. 방도 많고. 마누라도 네가 가면 반가워할 거다. 지금 막 루이스톤 씨 집으로 가는 중이었단다. 그 양반이 우리가 찾던 크랜쇼네 아들을 데리고 있다는 구나. 저 아래 차를 세워 두었다⋯⋯."

"저는 여기 있고 싶은데요."

"지금 그 말 확실한 거냐?"

"네."

보안관이 육중한 몸을 움직이며 말했다. "한밤중에 코트도 안 입고 추위 속에서 무얼 하고 있었니? 내일 학교도 가야 되는데."

나는 아무 대답도 하지 않았다.

"나랑 같이 우리 집에 가자."

"싫어요!"

"우리는 괜찮은 사람들이야. 우리 마누라 음식 솜씨도 제법 쓸 만하고. 우리 집에 가면 사과 파이도 있단다, 루스. 세상에서 제일 맛있는 파이지. 내 말을 믿으라고!"

"싫어요."

"사양하겠어요." 이모가 나섰다.

"사양할래요."

"그래, 그럼 좋다. 그나저나 지금이 잠자리에 들 시간이라고 말할 필요는 없겠지, 그렇지?"

"네."

"좋아. 하지만 계속 너를 지켜보고 있겠다. 내일 학교에 가기를 바라마, 알겠지?"

"네."

"잘 자라."

"안녕히 가세요."

"내일 보자." 보안관이 인사를 하고 자기 차로 걸어갔다. "내일 이 시간에 네가 여기 있었으면 좋겠구나. 너랑 하고 싶은 이야기가 있거든." 그가 우리를 돌아보며 큰 소리로 말했다.

II

집은 과수원만큼이나 축축해서 불에 잘 타려 들지 않았다. 아,
소파 위의 장식용 덮개에서 잠깐 불이 확 타오르다가 팔걸이에
연기가 나는 고리 모양의 불길을 남겼다. 이모가 아무것도 없는
것보다 더 나쁘다고 하면서 손으로 탁 쳐서 꺼버렸다. 보안관이
떠나자마자 우리는 집 안의 모든 불을 다 꺼버렸다. 그러자 집 안
에서 마치 무언가 환상적인 일이 벌어지고 있는 것처럼 보였다.
이모가 어디 있는지 전혀 알 수 없다는 생각이 든 순간 거실의 커
튼이 불길에 휩싸였고, 이모가 그 앞에 무릎을 꿇고 있는 것이 보
였다. 뒤로 검은 그림자를 진 채 불빛을 받아 흐릿한 장밋빛을 띠
고 있었다. 그런데 커튼이 순식간에 다 타버리면서 바닥으로 떨
어져 내리더니 불이 꺼졌다. "젠장!" 이모가 탄식을 내뱉었고, 우

리는 웃음을 터뜨렸다. 하지만 집을 태워 버리는 것이 엄숙한 일임을 알고 있었기에 가능한 한 웃지 않으려고 애를 썼다. 램프 갓이나 피아노 덮개 따위는 안중에도 없는 우리가, 다른 사람들 눈에는 못된 장난이나 하고 있는 난폭하고 인간답지 않은 것들로 보였을지도 몰랐다. 하지만 그것은 단지 우리가 숨도 쉬기 어려울 만큼 허둥지둥 서둘렀기 때문이었다.

이모와 나는(그날 밤 우리는 거의 일심동체처럼 느껴졌다.) 그 집을 남겨 두고 떠날 수가 없었다. 뇌수처럼, 성골함(聖骨函)처럼 간수하던 것인데, 그렇게 하지 않으면 핑거본의 가난하고 인색한 사람들이 그 유품을 함부로 다루면서 제멋대로 찢어발겨 나누어 가질 터이므로…… 최후의 심판의 횅한 불빛이 느닷없이 머리 위로 떨어진다고 상상해 보라. 그것은 그런 일과 같을 것이다. 잊고 지냈던 슬픔이나 꿈의 전조처럼 집 안에서 잃어버린 것들이나 가족과 관련된 많은 것들이 순전히 정서적인 가치를 지니고 있기 때문이기도 하다. 우리 할머니가 간직해 두었던 소녀 시절의 굵고 윤기 없는 머리카락처럼 말이다. 그것은 엄마의 회색 지갑과 함께 옷장 맨 위에 놓인 모자 상자 속에 모셔져 있었다. 무심한 불길의 입장에서 바라볼 때, 그런 것들은 본래의 그것들 자신이 아니다. 그냥 단순한 물건으로 바뀐 채 모골이 송연해지도록 오싹한 것이 되었으니 불에 태워져야만 하는 것이다.

우리가 떠나야 했기 때문이다. 나는 그 집에 있을 수 없었고,

내가 없이는 이모도 거기에 있지 않을 터였다. 이제 우리는 정말로 방랑의 길로 추방당했고, 따라서 살림을 하는 일도 다 끝나 버린 것이다. 이모가 빗자루의 짚에다 불을 붙여서 식료품 저장실 커튼 가장자리와 바닥 깔개 술에 불길을 갖다 댔다. 그러자 두 군데에서 제법 큰 불길이 일었는데, 바로 그 순간 열차의 기적 소리가 울렸고, 이모가 "뛰어야 돼! 코트 입어!"라고 소리를 질렀다. 나는 시키는 대로 코트를 걸치면서 부츠를 신었다. 이모가 품 안에 빵 세 봉지를 넣은 채, 빗자루를 장작더미에다 던진 뒤 내 손을 잡았다. 이어 문 밖으로 나와 과수원으로 달려갔는데 몹시 캄캄하고 추웠다. 흙더미가 두둑하게 솟았다 이랑이 졌다 하는 곳을 통과하면서 거름과 베고 남은 채소의 그루터기로 가득 찬 텃밭을 가로질러 갔다. 그렇게 해서 막 텃밭과 오솔길 사이에 있는 휴경지의 끄트머리에 닿았을 때, 기차가 우리 앞을 통과해 사라져 버렸다. "아, 안 돼!" 이모가 외쳤다. 공기가 너무 차갑고 매서워서 숨을 들이마시기가 고통스러울 지경이었다.

그때 우리 뒤로 쿵 하면서 우리 집 창문이 박살나는 소리가 들리더니, 다시 쿵 하는 소리가 들렸다. 누군가 고함을 질렀다. 그 소리에 뒤를 돌아다보았으나 불꽃도, 연기도 보이지 않았다. "불길이 제대로 일지 않았구나." 이모가 말했다. "사람들이 우리가 안에 없다는 걸 금방 알게 될 테고, 그럼 우리를 찾아 나설 거야. 참말로 골치 아프게 생겼구나."

"숲 속에 숨어 있으면 되잖아요."

"사람들이 개를 풀어 놓을걸."

우리는 사람들이 질러 대는 고함 소리를 듣고 이웃집에 불이 켜지는 걸 보면서 잠시 동안 가만히 서있었다. 어린애들 목소리까지 들려왔고, 개들이 난리법석을 부리고 있었다.

"할 수 있는 게 한 가지 있긴 한데……." 이모의 목소리는 나지막하면서도 의기양양했다.

"뭔데요?"

"다리를 건너는 거."

"걸어서요?"

"개들이 감히 따라오지 못할 거야. 어쨌거나 아무도 그럴 거라고는 생각하지 않을걸. 아무도 그런 적이 없었거든. 다리를 건넜다는 이야기를 들은 사람이 아무도 없으니까."

좋군.

"갈 작정이라면 가야 된단다." 이모가 말했다. "단추는 다 잠갔니? 모자를 가져왔어야 하는 건데." 이모가 내 어깨에 팔을 두르고 꼭 껴안으면서 속삭였다. "너도 알게 되겠지만 떠돌아다니는 게 꼭 아주 나쁜 일만은 아니란다, 루스. 너도 알게 될 거야, 알게 될 거라고."

구름까지 낀 캄캄한 밤이었지만, 선로는 널따란 인도처럼 호수로 이어져 있었다. 이모가 앞에서 걸었다. 우리는 침목을 하나 걸러 하나씩 디뎠다. 그러자니 보폭이 거북할 정도로 넓어졌지만 그래도 그럭저럭 걸을 만했다. 침목을 일일이 다 디디게 되면 불편할 정도로 종종걸음을 쳐야 되기 때문에 차라리 그렇게 하는 것이 더 나았다. 나는 길고 느릿느릿한 무용수의 걸음걸이로 이모 뒤를 따랐다. 우리 머리 위로 바빌로니아 군중만큼이나 무수한 별이 먼지처럼 희미하게 빛나면서 엄청난 회오리바람의 소용돌이(정말로, 사진에서 본 적이 있는 원래 모습 그대로였다.)를 따라 어둠 속을 헤쳐 나가고 있었으나 눈으로 볼 수는 없었다. 달도 오래전에 기울었기에 이모도 잘 보이지 않았다. 내 발을 어디다 디디고 있는지 잘 분간도 되지 않았다. 아마도 이모가 앞에 있으니 그냥 발을 곧장 앞으로 내디디기만 하면 된다는 확신이 나로 하여금 무언가를 보았다고 생각하게 하는 것 같았다.

"기차가 오면 어떡해요?" 내가 물었다.

그러자 이모가 대답했다. "아침까지는 지나가는 기차가 없단다."

다리가 솟아오르는 것 같은 느낌이 들더니 곧이어 갑자기 축축한 바람이 내 종아리로 불어오면서 코트 자락을 부풀게 했다. 아울러 미끄러지는 듯한 물소리도 어렴풋이 들렸는데, 잔잔하면서도 넓게 퍼져 나가는 소리였다. 물속으로 뛰어 들어가서 숨이 찰 때까지 버티고 있다가 다시 밖으로 나올 경우 공간과 거리가 귀로 느껴지는데, 바로 그런 소리였다. 아스라하게 멀리 떨어진,

캄캄한 호숫가의 막대기나 돌멩이를 뒤집는 파도 소리가 내 귀에 들린 것이다. 갑자기 물 위로 나서게 되는 바람에 아찔하게 현기증이 나면서도 의기양양한 기분이었지만, 다리가 후들거려서 자신 있게 걸음을 옮길 수가 없었다. 따라서 다른 것을 생각하지 않을 수가 없었다. 그리하여 뒤에 남겨 놓고 온 집이 모조리 불길로 화한 장면을, 스스로 불러일으킨 맹렬한 바람에 휩쓸려 소용돌이치면서 솟구치고 있을 뜨거운 불길을 떠올렸다.

그 집 귀신이 창문을 부수고 문짝을 무너뜨리는 장면을 상상해 보라. 모든 이웃들이 귀신이 너무도 쉽게 자기 무덤을 무너뜨리고 묘비를 부수는 걸 보고 경악을 금치 못하는 모습도 상상해 보라. 쾅! 하자 도자기 주전자 모양을 하고 있던 찰흙이 박살나면서 주전자가 소용돌이치며 공중으로 올라가고 있다……. 다시 한 번 쾅! 하자 옷장의 거울이 제 몸이 반사된 너울거리는 불길과 함께 산산이 떨어져 내리면서 무수한 불꽃을 되비추고 있다. 그렇게 마지막 하나까지 모조리 불꽃으로 화해서 공중으로 올라갈 것이요, 우리 집 영혼도 완전히 자취를 감출 것이다. 모든 핑거본 주민이 그 영혼의 발길이 마지막으로 머물던 곳에 연기가 나는 것을 보면서 놀라고 있겠지…….

나는 집이 불에 타고 있는지 보기 위해 감히 고개를 돌리지 못했다. 그랬다가는 어찌할 바를 몰라 하다가 발을 헛디딜 것 같아 두려웠다. 너무 캄캄해서 앞에 이모가 있는 것 같지 않았다. 내가 걸어가면 내 발밑으로 다리가 생겨났다가 내 뒤에서 다시 사라져 버리는 것 같았다.

하지만 다리에서 나는 소리는 들을 수 있었다. 나무로 된 다리가 삐걱거리는 소리를 내며 흔들렸는데, 물속의 것들을 움직이게 하는 느릿느릿한 리듬을 타고 있었다. 물살이 남쪽을 향하고 있었던 까닭에 내 발 아래에서 다리가 아주 미미하게 남쪽으로 떠밀렸다가 이내 똑바로 되돌아오는 것이 느껴졌다. 내 생각에 이러한 리듬은 그 자체의 것이지 강을 향해 한결같이 밀려가고 있는 물과는 아무 상관이 없는 것 같았다. 느릿느릿 삐걱거리는 소리를 듣고 있자니 엄마가 루실과 나를 자주 데리고 가던 바다 옆의 공원이 생각났다. 거기에는 나무로 된 그네가 하나 있었는데, 교수대 정도의 높이에 이음매가 전부 다 헐거워진 것이었다. 엄마가 나를 밀면 그네가 뒤로 기울어지면서 삐걱거리는 소리를 냈다. 그곳은 또 내가 아주 서늘한 밤나무 잎을 만지작거릴 수 있도록 엄마가 목말을 태워주던 곳이기도 했다.

바로 그날, 우리는 하얀 손수레에서 저녁으로 산 햄버거를 들고 바닷가 절벽 부근에 놓인 초록색 벤치에 앉아, 햄버거를 죄다 갈매기에게 먹이면서 육중한 여객선이 하늘과 바다 사이로 항해하는 것을 바라보았다. 하늘과 바다가 아주 똑같은 파란색이었는지라 수평선이 아예 없는 것처럼 보였었다. 여객선에서 소가 음매 하고 우는 것 같은 크고 부드러운 소리가 났다. 그 소리가 허공

중에 우유 같은 숨결을 풀어 놓았겠구나라고 생각했지만, 사실은 망설이는 듯한 기적 소리의 여운만이 남아 있을 뿐이었다. 엄마는 그날 아주 행복해 보였지만 우리는 그 이유를 몰랐다.

그 이튿날, 엄마는 몹시 슬퍼 보였지만 우리가 그 이유를 모르기는 마찬가지였다. 또 그다음 날에는 엄마가 떠나 버렸건만 우리는 여전히 그 이유를 몰랐다. 엄마는 마치 잠시도 멈추지 않고 끊임없이 흘러가는 물살에 대항해 끈질기게 자신을 똑바로 세우고 있는 것과 같았다. 엄마는 물속에 잠긴 사물처럼 끊임없이 흔들렸으니, 그것은 우아하면서 느릿느릿한 춤이요, 슬프면서도 사람을 도취시키는 춤이었다.

이모는 '두 사람 호수에 익사'라는 제목과 함께 오려 낸 신문 기사를 오른쪽 옷깃 아래에 핀으로 꽂아서 지니고 있었다. 그런데 기사가 너무 긴 나머지 여러 번 접어서 핀으로 꽂아야 했다. 우리가 집에 방화를 시도했던 사건이 실린 기사였다. 거기에는 곧 자녀 양육권 재판이 있을 예정이었으며, 이웃 주민들이 점점 더 심해지는 우리의 유별난 행동에 놀랐다는 설명이 나와있었다. "이런 일이 벌어질 줄 알았어요." 그 동네에 사는 어떤 남자의 소견이었다.(우리 엄마 역시 자살임에 분명한 이유로 호수에서 익사했다는 사실이 언급되었다.) 개들이 다리까지는 우리의 흔적을 찾아냈다. 새벽에 마을 사람들이 시신을 찾기 시작했지만 아무리 찾아도 발견되지 않았고, 결국 사람들은 수색 작업을 포기하고 말았다.

이제 그것도 벌써 오래전 일로, 그로 인한 최악의 사태라면 그 이래 지금까지 오랫동안 루실과 전혀 연락을 취하지 않고 지내 왔다는 점이다. 처음에는 만일 동생에게 전화를 하거나 편지를 보낼 경우, 사람들이 우리를 찾아낼까 봐 두려웠다. "7년 후면 그 사람들도 너를 어떻게 할 수가 없단다." 이모가 말했고, 7년이 흘 렀다. 하지만 점점 심해 가는 이상 행동을 이유로 사람들이 언제 라도 무슨 조처를 취할 수 있다는 사실을 알게 되면서 이모도 나 도 그런 사태를 두려워하게 되었다.

우리는 떠돌이가 되었다. 그런데 일단 그 길로 들어서면 다른 길은 생각하기 어려운 법이다. 이따금 내가 여급이나 판매원 따 위의 일자리를 얻으면 한동안은 그럭저럭 괜찮게 지낸다. 이모와 나는 온갖 영화를 다 섭렵하면서 지내고 있다. 하지만 종래는 그 렇게 남의 눈을 속이는 일이 부담스러워지면서 결국 다른 사람들 도 눈치 채게 마련이다. 손님들이 내 미소를 보고 마치 내가 찡 그리고 있다는 듯한 반응을 보이는가 하면, 갑자기 내 태도를 미 심쩍어하면서 자기들이 받은 거스름돈을 세어 보는 것이다. 만 일 내가 선택할 수만 있다면, 나는 물품 교환권을 받고 물건을 파 는 가게에서 근무했을 것이다. 나는 낯선 이들이 서로 주고받는 이야기를 엿듣기를 좋아하며, 고독한 사람들이 아주 사소하고 하 찮은 위안 가운데서 얻는 그런 까다로운 즐거움을 좋아한다. 비가 오거나 날씨가 험악한 날이면 외로운 사람들이 카운터에 팔꿈치를 올려놓은 채 어떤 파이가 있느냐고 묻는다. 오로지 길고 오래된 장광설을 다시 한 번 듣기 위해서 말이다. 하지만 얼마 후, 손님과 여급과 접시닦이와 요리사들이 나에게 혹은 내가 듣는 가운데 자신들의 이야기를 늘어놓다가 문득 내가 눈에 띄게 침묵을 지키고 있다는 사실을 깨달으면서 나를 의심하기 시작한다. 마치 내가 커피를 내오면서 그 위에 차가운 맥주라도 떨어뜨린 듯이 떨떠름한 표정으로……. 이런 음식이나 먹을 것을 가지고 내가 도대체 어떻게 해야 하는 걸까? 그들은 나한테 왜 아무것도 먹지 않느냐고 묻기 시작한다. 그러면서 무얼 좀 먹으면 뼈만 앙상한 몸에 살이 좀 붙을 텐데라고 말한다. 일단 사람들이 그런 눈으로 나를 보기 시작하면 떠나는 게 상책이다.

내가 언제부터 그렇게 다른 사람들과 달라졌을까? 아마 이모를 따라 다리를 건넜을 때, 즉 우리가 호수에 익사했다고 알려졌을 때일 것이다. 아니면 엄마가 자기를 기다리게 한 채 나를 남겨놓고 떠났을 때인지도 모른다. 그때부터 나는 기다리고 기대하는 버릇을 가지게 되었는데, 거기에 포함되어 있지 않다는 이유 때문에 현재의 모든 순간을 가장 중요한 것으로 만드는 기다림이었다. 만일 그것도 아니라면 엄마가 나를 임신했을 때부터였는지도 모른다.

엄마가 나를 임신한 것에 대해서는 나도 다른 사람이 알고 있는 것 이상은 알지 못한다. 그것은 어둠 속에서 벌어진 일로, 내가 동의한 것이 아니었다. 나는(그 당시 아직 아무것도 아니었던 내게는 '나'라는 이 빈약한 단어도 사실 과분한 것이다.) 밤에 피는 꽃들에게서 풍겨 나오는 것 같은 분위기 속에서 무한한 망각 속을 하염없이 걷고 있었다. 그러다가 별안간 나를 앗아간 자들이 내 안에 암컷과 수컷의 흔적을 남겨 놓았다. 여러 달이 지나면서 이제 더 이상 추문을 감출 수 없을 정도로 내가 토실토실 살이 찌고 무거워지자 망각이 나를 추방해버렸다. 하지만 이것은 다른 사람들도 다 마찬가지다. 냉혹한 연금술에 의해 이제까지 아무것도 아니었던 것이 생명과 뒤섞이면서 죽음으로 화한다. 이어 우리가 돌아가지 못하도록 문도 봉해지고 만다.

그런 다음 엄마가 나를 유기해 버리는 사태가 발생한다. 다시 한 번 말하거니와, 이것은 누구에게나 공통된 경험이다. 그들은 우리 앞에서 걸어가는데, 그것도 아주 빠른 속도로 걸어가면서 우리를 잊어버리고는 자신의 생각에 몰두한 채 조만간 사라져버리고 만다. 딱 하나 불가사의한 점이 있다면 우리가 그 상황을 다르게 기대하고 있다는 것이다.

나는 나를 결정적으로 변화시킨 것이 다리를 건넌 일이라고 믿고 있다. 다리를 건너는 일은 대단히 두려웠고, 나는 두 번이나 비틀거리면서 넘어졌다. 북쪽에서 바람이 불어오는 통에 바람이 미는 힘과 물살이 끄는 힘이 똑같아서 마치 둘 다 저항을 받지 않을 것 같았다. 게다가 캄캄하기 짝이 없었다.

　무언가 몹시 중요한 일이 일어났던 까닭에 다리를 건너던 일을 되돌아보면, 한순간만이 렌즈의 가운데 부분처럼 볼록해지고 나머지 순간은 전부 다 가장자리로 밀려나면서 움츠러져버린다. 그것은 마치 눈먼 여인이 벽을 짚어 가면서 길을 찾듯이, 우리가 몸을 웅크린 채 기대야만 하도록 그냥 느닷없이 바람이 일었던 것뿐이었을까? 아니면 너무 큰 나머지 무슨 소리인지 들을 수 없는 소리를, 너무 진실한 나머지 무슨 뜻인지 이해하지 못한 채 다만 어둠이나 물처럼 신경 속으로 흘러 들어오는 것만 느낄 수 있는 말을, 우리가 정말로 들었던 것일까?

　나는 한 번도 생각하는 것과 꿈꾸는 것을 쉽사리 구분한 적이 없었다. 만일 내가 그것을 구분할 수 있다면 내 삶이 훨씬 달라지리라는 것을 잘 알고 있다. 꿈을 꾸는 것은 감각을 통해 알았던 반면, 생각하는 것은 그저 상상만 하고 있었다. 나는 사람들에게 명백한 사실을 말하고자 한다. 이모와 내가 핑거본의 철교를 밤새 걸어서 건넜다고.(본 사람이라면 알겠지만 무척 긴 다리였다.) 바람과 어둠 때문에 아주 천천히 걸을 수밖에 없었다고.

　실제로 동이 틀 무렵, 우리는 기슭에서 그리 멀지 않은 곳에 있었다. 동쪽으로 가는 기차가 숲에서부터 덜커덕거리면서 나와 핑거본을 향해 다리를 건너기 시작하기 직전, 우리는 바위 위로 기어 내려왔다. 그러다가 그다음에 온 서쪽행 기차를 잡아타고 닭이 든 상자 틈에서 줄곧 꾸벅꾸벅 졸면서 시애틀까지 갔다. 거기서 포틀랜드로 갔다가 다시 크레슨트 시티로 갔고, 이어 밴쿠버로 옮긴 다음 도로 시애틀로 돌아왔다. 처음에는 발각당할 위험을 피하려고 복잡하게 돌아다녔지만, 나중에는 딱히 이곳이 아닌 저곳으로 갈 이유도 없고, 거기가 아니라 여기에서 머무르거나 여기를 떠나야 할 특별한 이유도 없었던지라 그렇게 복잡하게 돌아다녔다.

이모와 나는 여행자가 아니다. 둘이서 이따금 샌프란시스코에 대한 이야기를 나누기는 하지만 아직 가본 적은 없다. 이모에게는 아직도 몬태나에 사는 친구들이 있어서 우리는 종종 뷰트나 빌링스 혹은 디어 로지를 가는 길에 핑거본을 지나간다. 그럴 때마다 열차 문가에 선 채 호수를 바라보고, 그것이 스쳐가는 것을 바라보면서 우리가 옛날에 살던 집을 힐끔거리려 애를 쓰지만 철로에서는 보이지 않는다. 누군가 거기에 살고 있겠지. 누군가 사과나무의 가지를 쳐주고, 죽은 것을 뽑아내고, 빨랫줄을 다시 매고, 헛간 지붕도 수리했을 것이다. 또 정원 가장자리에 해바라기와 커다란 달리아도 심었으리라. 그 사람이 루실일 거라고 상상해 본다. 파괴의 잔해를 말끔하게 정돈해 놓은 무척이나 깔끔한 루실을. 아울러 빳빳한 고급 장식 덮개와 식료품 저장실의 반짝이는 커튼을 상상해 본다. 이모와 내가 집 안을 어슬렁거리기라도 할 것 같으면, 그것들이 거기에 버티고 선 채 새것다운 산뜻한 모습과 풀 먹인 냄새를 풍기며 우리를 비난하리라는 상상에 빠져 본다. 물론 나는 루실이 그곳에 없다는 것을 잘 알고 있다. 그 애는 어느 도시인가로 가서 철저함과 결단력으로 무신론자들의 찬사를 얻었을 것이다. 무슨 일을 하든지 완벽하고 단호하게 해내는 아이니까.

언젠가 이모가 보스턴의 전화 안내에 전화를 걸어 루실 스톤의 이름으로 등록된 전화번호가 있는지 문의한 적이 있다. 로런스, 린더, 루커스는 있지만 루실은 없다는 안내원의 대답이 돌아왔다. 따라서 우리는 루실이 어디에 있는지, 또 그 애를 어떻게 찾아야 하는지 모르고 있다. "루실은 아마 결혼했을 거야." 이모의 말인데, 당연히 그랬을 것이다. 언젠가 내가 남 앞에 나설 만하다고 여겨지면 핑거본에 들어가서 물어볼 작정이다. 어서 그렇게 해야만 되는 것이, 요즘에는 그런 날이 드물기 때문이다.

이 모든 것은 다 사실이다. 하지만 사실이란 아무것도 설명해주지 않는다. 오히려 설명을 요하는 것이 사실이다. 예를 들면 나는 몇 번씩이나 할머니네 집 뒤로 지나갔지만 역에서 내려 그 집을 보러 간 적은 한 번도 없었다. 화재 때문에 수리할 필요가 있어서 변하기야 좀 했겠지만, 그래도 그것이 여전히 옛날과 똑같은 집인지 아니면 옛날 터에 새로 집을 지었는지 확인해 보지 못했다. 그 집에 사는 사람들을 보고 싶다. 하지만 그 사람들을 본다는 것은 불쌍한 루실을 내쫓는 일일 것이다. 지난 세월 내내 격렬한 분노에 휩싸인 채 쓸고 닦고 하면서 거기에서 기다리고 있을 내 마음속의 루실을……. 그 애는 누군가가 걸어오는 소리가 난다고 생각하자, 너무 간절하게 기다린 나머지 초인종이 울릴 때까지 기다리지 못하고 문을 열기 위해 서둘러 뛰쳐나간다. 하지만 소리의 주인공은 우체부이거나 바람이거나 혹은 아무것도 아니다. 이따금 루실은 우리가 레인코트를 휘날리며 도로를 따라 올라오는 꿈을 꿀 것이다. 추위로 몸을 잔뜩 웅크린 채 그 애가 도저히 이해할 수 없는 말을 소곤거리면서……. 그러다가 우리가 고개를 들고 루실에게 말을 하면, 수중에서 울리는 소리처럼 말은 억눌려지고 음정은 높아지고 억양은 과장된다.

어느 날 밤, 집으로 찾아갔다가 거기에 루실이 있는 것을 발견하게 되면 어떨까? 충분히 그럴 수 있는 일이다. 이모와 내가 죽은 걸로 되어 있으므로 이제 그 집은 루실의 것일 테니까. 어쩌면 그 애는 무릎 위에 예쁜 딸들을 앉혀 놓고 주방에 있을지도 모르며, 딸들은 자기 엄마가 무얼 그렇게 열심히 보는지 알아내려고 이따금 캄캄한 유리창을 바라볼지도 모른다. 그러다가 딸들은 거기에서 자신들의 얼굴과 또 자기 엄마의 얼굴과 아주 비슷하게 생긴 얼굴을 보게 될 것이다. 하염없이 부드러운 눈빛으로 넋을 잃고 들여다보는 한 여자의 얼굴을. 오로지 루실만이 그게 내 얼굴이라는 것을 알아보겠지. 루실이 그곳에 살기만 한다면,

이모와 나는 천 번이고 만 번이고 그 애 집 창문 밖에 서있을 것이다. 그러다가 루실이 침대를 정리하기 위해 2층으로 올라가면, 옆문을 열어젖히고 나뭇잎을 가지고 들어와 커튼을 흔들어 대고 씨앗이 든 꽃병을 만지작거리다가 그 애가 아래층으로 내려오기 전에 떠날 것이다. 우리 뒤로 호수의 물 냄새를 짙게 남겨 놓은 채……. 루실이 한숨을 쉬면서 중얼거리겠지. "조금도 변하지 않는군."

아니면 루실이 보스턴의 한 식당 테이블에 앉아 친구를 기다리고 있다고 상상해 보라. 그 애는 우아하게 차려입고 있을 터이니, 말하자면 짙은 빨간색 머리에 사람들의 시선을 끌기 위해 트위드 정장을 입고, 목에는 호박색 스카프를 두르고 있는 식으로 말이다. 테이블 위에 동그란 물컵 자국이 3분의 2가량 남아 있자, 그 애가 엄지손톱으로 동그라미를 완성하고 있다. 이모와 나는 구성없이 터무니없이 헐렁한 코트 자락을 매만지고, 손가락으로 머리를 뒤로 빗어 넘기면서 문 안으로 뛰어 들어가지는 않는다. 또 루실의 옆 테이블에 앉아서 주머니에 든 것을 다 꺼내 테이블 한복판에다 축축한 작은 더미를 만드는 짓도 하지 않는다. 껌을 싼 종이와 티켓을 잘라 주고 남은 부분을 골라내고 동전과 지폐가 얼마나 되는지 세어 보고 한바탕 웃은 다음 다시 한 번 그것들을 합산하는 일 따위도 하지 않는다.

우리 엄마 역시 그곳에 없다. 슬리퍼를 신은 채 땋아 내린 머리를 흔드시는 할머니와 이마에 머리카락을 빗어 붙인 할아버지가 꼼꼼하게 메뉴를 살펴보시는 일도 없다. 우리는 보스턴에 없는 것이다. 루실이 아무리 열심히 찾아본다 하더라도 보스턴에서는 우리나, 하다못해 우리의 어떤 흔적이나 표시도 찾아내지 못할 것이다. 우리는 보스턴에서 잠시 멈춰 서서 가게의 진열장을 들여다보며 감탄하는 일도 하지 않기 때문이다. 그리고 우리의 방랑에는 경계도 한계도 없다. 루실이 김이 서린 물 컵 위에다 제 이름의 머리글자를 엄지손가락으로 문지르거나 갈매기에게 주려고 굴 크래커가 담긴 비닐봉지를 핸드백에 집어넣는 것을 보는 사람들 가운데, 과연 다음과 같은 사실을 짐작이라도 하는 이가 누가 있을까.

이모와 나의 부재가 그 애의 머릿속을 어떻게 들끓게 하는지, 그 애가 어떻게 보지도, 듣지도, 기다리지도 않으며 또 만날 것을 기대하지 않는지는 아무도 모르리라. 그것도 항상 이모와 나에 대해서……

옮긴이의 말

2013년도 제3회 박경리 문학상 수상자로 선정된 미국의 여성 작가 메릴린 로빈슨의 『하우스키핑』은 몇 번을 읽어도 감동이 반감되지 않는 흔치 않은 걸작이다. 이번 재출간을 위해 몇 년 만에 다시 책을 꺼내 들면서 속으로 은근히 걱정했던 것도 사실이다. 처음 번역할 때 하도 여러 번 읽었기 때문에 거의 외우다시피 하는 내용이라, 또다시 정독하면서 문장을 다듬는 작업이 혹시 지루하지는 않을까 생각했지만 그건 기우에 불과했다. 작업하는 내 내 마치 처음 읽는 것처럼 책에 몰입하며 새삼스럽게 감동을 느꼈기 때문이다.

『하우스키핑』은 최고의 처녀작에 수여하는 펜/헤밍웨이 문학상 수상 작품으로, 메릴린 로빈슨의 첫 번째 소설이다. 1980년에 출간되어 풀리처 상 소설 부문 후보에 올랐으며, 2005년에는 「타임」이 선정한 100대 영문 소설에 포함되기도 했다.

커다란 호수가 인상적인 핑거본이라는 허구의 마을을 배경으로 펼쳐지는 이 소설은 화자인 루스를 중심으로 어머니와 외할머니에 이르는 삼대의 삶을 다루고 있다. 아버지가 누구인지도 모르는 루스는 여동생 루실과 함께 친척들의 손에서 자란다. 어릴 때 엄마가 호수로 자동차를 몰고 들어가 자살한 이래 처음에는 외할머니 손에서 자라다가 할머니가 사망하고 난 뒤 잠시 외고모할머니들 손을 거쳤고 마침내 막내이모인 실비의 보살핌을 받는다.

자매는 떠돌이 생활을 하던 몽환적인 분위기의 이모와 가정을 이루며 한동안 그럭저럭 잘 지내지만, 루실이 점점 현실적인 사람으로 성장하면서 이모의 기이한 생활 방식에 진력을 내게 되고 결국 집을 떠나고 만다. 하지만 이모와 비슷한 성향의 루스는 점점 더 사회와 동떨어진 채 이모와 밀착된 삶을 살게 되고, 동네 주민들은 이모의 비정상적인 행동 방식을 이유로 루스에 대한 양육권을 박탈하려고 한다. 마침내 이모와 루스는 그들이 살던 집에 불을 지르고 떠나 떠돌이 생활에 돌입하게 된다.

이 작품의 원제인 『Housekeeping』은 단순히 쓸고 닦으며 집안을 꾸려나가는 살림의 의미라기보다는 상실과 해체 위기에 처한 자아와 가족을 위해 가정을 지키려는 몸부림으로 보는 것이 옳을 것이다. 하지만 그와 같은 노력이 실패로 돌아간 상황에서 화자의 회상을 바탕으로 전개되는 삼대에 걸친 비극적인 삶에는 상실과 기다림, 사랑의 덧없음과 모든 일시적인 것들에 대한 애잔한 통찰이 아름답게 담겨 있다.

이 소설이 처음 출간되었을 때 많은 평자들이 한결같이 독창적이면서도 놀랍도록 뛰어난 소설이라고 격찬했으니, 깊이 있는 내용 및 시적인 분위기와 더불어 작가의 탁월한 언어 구사 능력이 그 이유라 하겠다.

맑게 걸러진 순수하고 아름다운 언어로 치밀하고 적확하게 구사한 문장을 읽는 기쁨은 다른 소설에서 얻기 힘든 이 작품만의 훌륭한 선물이다. 하지만 이러한 기쁨을 누리기 위해서는 마치 시를 읽듯이 문장 하나하나를 음미하며 느릿느릿 읽어 나가야 할 것이다. 2007년 노벨 문학상 수상자인 도리스 레싱도 이 작품은 문장 하나하나가 즐거움을 주는 까닭에 서두르지 말고 천천히 읽어야 한다고 충고하고 있다.

또 깊이 생각하지 않아도 쉽게 읽히는 스토리 중심의 소설이라기보다 문장도, 내용도 독자에게 끊임없는 지적, 정서적 활동을 요구하는 작품이다. 뜬금없이 튀어나온 것 같은 에피소드나 깊은 속뜻이 담긴 비유를 이해하기 위해서도 그렇고, 또 화자가 들려주는 이야기를 따라가며 그것에 공감하고 몰입하기 위해서도 그렇다. 그러한 수고로움을 마다하지 않을 때 이 작품의 묘미와 진가를 한층 더 잘 느끼고 깨닫지 않을까 생각한다.

역자 또한 몇 번씩 읽고 나서야 속뜻을 파악한 문장이 여럿 있음을 고백하지 않을 수 없다. 문장 표현도 의미하는 바도 결코 쉽지 않은 작품이지만 처음 읽을 때보다는 두 번째가, 두 번째보다는 세 번째, 네 번째로 갈수록 점점 더 작품에 빠져들었음도 아울러 고백하고 싶다. 따라서 다른 작품들보다 훨씬 여러 번 읽고 고쳐 나가는 과정이 필요했음에도 불구하고 번역하는 내내 지루하거나 짜증스러웠던 기억은 별로 없다. 평자들이 이 작품을 두고 현대의 고전이라고 하는 이유가 무엇인지, 100대 영문 소설에 선정된 이유가 무엇인지 충분히 이해가 가고 공감이 간다고 감히 말해도 될 것 같다.

쉽고 가벼운 소설이 유행하는 요즈음, 우리나라 독자들에게 깊이 있는 내용을 아름다운 문장으로 표현한 『하우스키핑』을 소개하게 되어 무척 기쁘면서도 한편으로는 이 작품의 뛰어난 아름다움을 제대로 옮기지 못한 게 아닐까 염려스럽기도 하다. 마치 시와 같은 문장이라 다른 나라 언어로 번역이 불가능한 작품이라는 평도 있지만, 역자가 번역하면서 느꼈던 감동을 독자에게 고스란히 전달하지 못했다면 그건 전적으로 역자의 탓이리라.

머리와 가슴을 활짝 열고 한 편의 시를 읽듯 루스의 이야기를 들으면서 『하우스키핑』의 아름다움을 음미해 보시라고 독자 여러분께 간곡히 권하고 싶다.

유향란

하우스키핑

© 메릴린 로빈슨, 2013

초판 1쇄 발행일 2013년 10월 25일

지은이   메릴린 로빈슨
옮긴이   유향란

발행인 이상만
발행처 마로니에북스
등록   2003년 4월 14일 제 2003-71호
주소   (413-756) 경기도 파주시 문발동 파주출판도시 521-2번지
대표   02-741-9191
팩스   02-3673-0260
편집부   031-8070-8250
팩스   031-955-4921
홈페이지 www.maroniebooks.com

ISBN   978-89-6053-341-7

＊ 책 값은 뒤표지에 있습니다.
＊ 이 책에 수록된 글은 저작권법에 의해 보호받는 저작물이므로
   무단 전재 및 복제를 금합니다.